犯罪心理 03

末始之罪

戴西 作品

中信出版集团 | 北京

图书在版编目（CIP）数据

犯罪心理. 末始之罪 / 戴西著. -- 北京 : 中信出版社, 2021.1（2023.1 重印）

ISBN 978-7-5217-2508-7

Ⅰ. ①犯… Ⅱ. ①戴… Ⅲ. ①推理小说—中国—当代 Ⅳ. ①I247.5

中国版本图书馆CIP数据核字（2020）第237335号

犯罪心理 · 末始之罪

著　　者：戴　西

出版发行：中信出版集团股份有限公司

（北京市朝阳区东三环北路 27 号嘉铭中心　邮编　100020）

承 印 者：中国电影出版社印刷厂

开　　本：787mm × 1092mm　1/16　　印　　张：20　　字　　数：225千字

版　　次：2021年1月第1版　　印　　次：2023年1月第5次印刷

书　　号：ISBN 978-7-5217-2508-7

定　　价：59.00元

目录

楔子

我倦了，我的灵魂流浪得太久，
在自己以外找寻自己。

你知道什么是绝望吗？不，你不知道。所以，你永远都无法看到我眼中的黑暗和我冰冷的脸，这没关系，我不在意。

因为不管你知道与否，我都在这儿，无论春夏秋冬，无论黑夜还是白天，无论生或者死，我都会一直陪在你身边。

因为我知道哪怕这个世界把我抛弃，我也不是一无所有，我的身边至少还有你。

你永远都属于我。

第一章　坠落的希望

对于普通人来说，一生中最重要的功课就是学会接受自己，而最可怕的事情就是全然地接受自己。

6月29日晚6点10分，安平市水西区百源新村。

天空中依旧是一片明亮，只是没有了白天耀眼的喧嚣，周遭的一切都变得死气沉沉的。空气里满是咸咸的海风味道。一只海鸥飞过，凄凉的鸣叫声伴随着翻飞的翅膀在莫小白的目光中留下了一道浅浅的划痕，转瞬即逝。

母亲在厨房里切菜。家里那只小边牧只有3个月大，它趴在自己的主人莫小白脚边，歪着头看着她，眼神中满是焦灼，喉咙里不断地发出嘶嘶的呜咽声，好像已经读懂了莫小白此刻的心情。

莫小白伸手摸了摸它的头，脸上露出一丝悲凉的笑意，因为它即将拥有新主人，过不了多久可能就会忘记她了。

父亲还没有下班回家，此时是家里一天中最安静的时候，既听不到母亲和父亲歇斯底里的吵架声，也不用纠结于母亲那喋喋不休的对父亲的抱怨。这一刻的轻松，是无法用语言来描述的。

莫小白的心情从未这么好过，她关闭了电脑程序，同时启动了“恢复出厂设置”的命令，电脑主机很快便发出“吱吱嘎嘎”的声音。

接着，她删除了手机里的所有信息，然后关机，取出了电话卡，折断，最后吞下。电话卡很小，但是却出奇地难以下咽，她不得不喝完了杯子中的最后一口水才把它彻底吞下，要不了多久，胃酸就会把它完全腐蚀。

做了这么多，应该够了吧？

莫小白是个很听话的孩子，她从椅子上起身，来到衣柜边，伸手打开柜门，取出那套她最喜欢的藕色公主裙换上，又摘下发圈，把凌乱的长发梳成两条漂亮的马尾辫，然后放下木梳，看了一眼窗外灰蒙蒙的天空，她知道，夜晚已经来了。

然而，留给自己的时间也不多了。

就在这时候，母亲的声音从厨房传了过来："小白，晚上西红柿不炒鸡蛋了，直接给你用白糖凉拌，好不？"

镜子中的莫小白轻轻一笑，朗声回答："好的，妈妈，记得多放点白糖，要冰镇一下最好。"

这时候的她已经来到窗台边，踩着椅子默默地爬上了窗台，手扶着窗框。

小边牧竟然也跳到了椅子上，它抬头看着主人，焦急地晃动着尾巴，爪子不断地原地拍打着椅面，呜咽声变成了压抑的哀鸣。

莫小白看了一眼小边牧，然后扭过头看着远处夕阳下掠过的海鸥，闭上双眼纵身一跃，也变成了天空中一道浅浅的划痕。

与此同时，小边牧也跳了起来，它试图去咬住小主人的裙摆，但是已经来不及了，一声哀鸣，它也跟着摔下了楼。

厨房中的母亲还不知道这一切，她今天的心情特别好："我家宝贝女儿说了要多放点白糖，我的糖罐子呢，记得放在……”

话音未落，窗外突然传来一声重物坠地的声音，紧接着楼下便是歇斯底里的尖叫声：“有人跳楼啦——还有一只狗，一只狗……哎呀，这谁家的毛丫头啊……”

母亲心中一颤，刚找到的白糖罐子也随之从手中滑落砸在了地板上，满满的一罐子白糖几乎撒满了狭小厨房里的每个角落。母亲懊恼极了，却并没有马上去卫生间拿扫帚和拖把清理，只是鬼使神差一般地从厨房的窗口探头出去看。那一刻，一只海鸥恰好飞过头顶，猛地一声哀鸣，让母亲的心慌乱起来。她强逼着自己朝人群的方向看去，但是什么都看不清，只是模模糊糊地看见好像有个人趴在地上，身边还有一只狗，几个上了年纪的女人正在一旁哭泣。

远处，能够隐隐约约听到救护车的声音。

这时候，母亲耳畔传来了敲门声，起先的时候还是一两下比较克制，接着节奏便加快了，好像站在门口的那个人已经完全失去了等待的耐心，伴随着阵阵敲门声大声询问：“小白妈妈，小白妈妈，你在家吗？开开门啊，我是你楼下的张姐。”

张姐是社区居委会的副主任，一个热心的胖阿姨，在广场上跳舞的时候总是能看见她站在最前面，尽管跳得一点儿都不好看。

家里没有一点儿声音，而往常的时候，女儿莫小白和那只小边牧早就已经主动去开门了。

母亲愣了一下，她想去开门，可奇怪的是自己的双脚站在原地根本无法移动半步，整个人就跟僵硬了一般，莫名的慌乱已经占据了她全部身体。

“唉，我这就来开门，你，你等等。”母亲努力着，打算向门口走去，可是她不得不扶着墙才能勉强站稳。

这时候家里安静极了，窗外却已经炸开了锅。

她想叫女儿，但张了张嘴，却怎么也喊不出口。经过女儿卧室门口的时候，母亲深吸一口气，伸出右手推开了虚掩着的门，她也不知道自己为什么要这么做，一切就像是在做梦。

房间里空荡荡的，窗子开着，海风吹起了藕色的纱窗，椅子静静地靠在窗户旁，却看不到女儿，也不见那只聪明的小边牧。

房间里静得可怕。

“小白，小白？你在哪儿呢？快出来，别躲着了，别吓唬妈妈好不好……”她颤抖着嘴唇轻声嗫嚅，昏昏沉沉地来到窗台边，右脚下意识地也踩在了椅子上，向楼下看去。

这时候楼下先前聚拢的人群早就已经散开了，昏黄的路灯下趴着一个人，旁边正在收起急救仪器的医生摇摇头，提着空担架向120急救车方向走去。而围观的人大多抬起头向六楼窗口的位置看过去，唉声叹气地议论纷纷。

不远处的百源新村门口，一辆当地派出所的警车警灯闪烁，正避让着路口下班回家的行人，准备拐弯驶入小区。

门外邻居的敲门声变成了重重的砸门声，或许是担心她在家里有什么意外发生吧，邻居的情绪变得焦灼不安起来，大声喊着：“小白妈妈，开开门，小白妈妈，你千万不要想不开，我们都会陪着你的，小白妈妈，你开开门……”

莫小白母亲的脑子里瞬间一片空白，她缩回了上半身，顺势用手撑住窗框，然后像莫小白那样右脚跨上了窗台。

此刻，楼下又传来了一阵惊呼声，显然莫小白母亲惊人的举动已经被楼下围观的人看得一清二楚。有人赶紧打电话通知了还在敲门的社区副主任张姐，砸门声随之变成了用力的撞击声，房门被踹开的同时，莫小白的母亲看了一眼书桌上女儿的相片，目光中充满绝望，然后果断地纵身一跃，就像刚才的莫小白那样重重地砸在了楼下的水泥地面上，就在女儿身边不到两米远的地方。

绝对不会有人想到在同样的地点会有第三次跳楼，人们炸了锅似的惊叫着四处散开。

昏黄的路灯下，周遭瞬间安静了下来，莫小白母亲的意识在迅速消失，但是她挣扎着想看一眼自己女儿的脸——莫小白的眼睛是闭着的，表情异常平静，嘴角渗出了一丝血水，就那样趴着，像睡着了一样。

莫小白母亲眼前一黑，泪水瞬间涌出了她的眼眶。

天塌了。

6月29日晚6点32分，安平市北市区市北高级中学初中部初三教学楼前。

晚自习的铃声响过后，教学楼里瞬间变得安静了。

一周后就要中考了，作为安平市排行第一的重点中学初中部，每个初三毕业班师生都压力重重。按照往年的惯例，一个班至少要有2/3的学生被淘汰去中职或者高职就读，只有剩下的1/3有机会走进高中课堂。但这只是针对普通班而言。

她所在的是市北高级中学初中部最顶尖的班级，每年能去本校高中部重点班就读的比例是99%，而她在班里的排名从未掉下过前三。

她不该着急的，也没有必要着急。属于她的时间还有很多，而她的未来还没有真正开始。

在卷子上写完最后一道题的答案后，她轻轻放下手中的黑色水笔，习惯性地把卷面朝下扣在课桌上，然后站起身走出了教室。

一切都显得那么平常无奇，她只不过是个提前交卷的好孩子，谁都不会去注意她接下来会做什么，因为学霸的存在本身就是理所当然的。

但是她并没有停下向前走的脚步，哪怕是走到了走廊的围栏边上，她仍然毫不犹豫地双手撑着护栏抬脚跨了上去，然后纵身一跃，头也不回地跳下了楼，重重地砸在了楼下冰冷的水泥地面上，一部粉红色的手机从她紧握的手中滑落。

就像一只断了线的风筝。

这是不该发生的事，更不该发生在房爱玲的身上，就在离她最后躺着的那块水泥地不到5米远的地方，学校橱窗里，她的名字还在光荣榜年级第一的位置。

看着逐渐变得漆黑的天空，她突然感到有些后悔，可是一切都已经来不及了。

20点21分，出警的警车开回了北市区市北派出所。

值班员从房间探头问道："咋样？"

出警的警员摇摇头，叹了口气："自杀，唉，还是个初三的学生，听说成绩不错，太可惜了。现在的孩子真是太脆弱了，经受不起一点儿挫折。"

值班员突然想到了什么，从电脑旁抬起头，皱眉说道："我刚才在警情通报上看到6点多的时候好像水西那边也发生了跳楼事件，怎么这么巧？”

没人回答，出警的警员去吃晚饭了。

值班员耸耸肩，扫了眼案头的电话机，悲伤的情绪真的会传染，他落寞地叹了口气，开始专心致志地继续忙活手头的工作。

今晚注定会是一个不平静的夜晚。

6月29日晚6点12分，安平市公安局停车库。

李振峰的车坏了，坏在了安平市公安局的停车库里，折腾了半个多钟头依旧点不着火。眼瞅着大楼外的天色都快黑了，李振峰急得像热锅上的蚂蚁。

“关键时刻给老子趴窝！”他懊恼地把车门用力一关，满是油污的手在牛仔裤上抹了抹，这才匆匆地向车库出口跑去。

门外左手边的位置有一排共享单车，一色儿的草绿色油漆，看上去非常养眼。李振峰本想骑共享单车，可是看了看坐椅，又看了看自己那两条竹竿一样的大长腿，叹了口气，便打开手机开始寻找愿意跑南禅寺的网约车。

周围的网约车确实不少，但是正逢下班高峰，3公里都得开上10分钟，远的就更不用说了。好不容易等来了一辆，李振峰立刻上了车。再三确认了李振峰要去的是城市另一头溪南区的南禅寺时，司机的脸顿时垮了下来，边开车边嘀咕：“警官，虽然路不远，但不好走啊！”

“不差你钱！”李振峰下意识地看了一眼手表。

“这不是钱不钱的问题。”

李振峰一听这话就乐了：“敢情师傅你出来开网约车是遛弯啊，

那不正好嘛，反正有的是时间，把我送到那儿不就得了。”

司机瞥了他一眼：“警官，我遛弯没关系，我是替你着急啊，这一路都是上坡，5站路，还是高峰期，车都跟爬似的，你花钱叫网约车，不就是图个快吗？不然的话，你干吗不坐公交车？2块钱就能到！”

李振峰心里有些起急：“师傅，那你觉得到南禅寺得多久？”

“少说也得半个钟头吧。”司机慢悠悠地说道。

这时候，车已经开出了安平路，拐进了中山路，前面的路更是拥堵，一排车尾灯整整齐齐的，晃得人头晕。

李振峰看了一眼窗外的路况更着急了，立马说道：“师傅，我就在这儿下车，时间来不及了。”

“可这儿周围没公交站台啊。”司机看着后视镜里急得直擦汗的李振峰，开始偷着乐。

李振峰掏出手机一通操作：“没事儿，师傅，我修改了下车地点，你这也不亏了。你就靠边停车吧，我骑单车去。”

司机一打方向盘，利索地靠边停了车。李振峰推开车门下了车，司机赶紧提醒他：“警官，买卖不成仁义在，别忘了五星好评啊！”

“评了，评了！”李振峰不耐烦地摆摆手，上了马路牙子后就向不远处那堆共享单车跑去。

中午在食堂吃饭的时候，李振峰接到“悬案迷踪”博主曹小军打来的电话，电话那头的他整个人都处在亢奋中。

李振峰皱眉问道：“你找我干吗？”

“南禅寺你去过吧？”曹小军卖了个关子，“那地方有条古玩街你知不知道？”

“古玩街？我还真没听说过，”李振峰放下手里的筷子，“刚建的吗？”

“我就知道你不知道。”曹小军嘿嘿一笑，“李警官，古玩街可是南禅寺周围最早的一条街道了，它可以说是咱安平城里最守规矩、最讲信用的地方，算下来也有好几百年的历史了。”

“别兜圈子，兄弟，直说吧，你想让我去古玩街替你找什么东西？你自己干吗不去？”

李振峰和曹小军之间的关系因为墙缝里发现的那具尸骨而变得有些微妙。

“李警官，你不是老想找你太爷爷的线索吗？去那儿一准有消息。”

李振峰双眼一亮：“消息可靠？”

“当然可靠，李哥，你尽管放心，我不出面是因为我和你之间有承诺。”曹小军想了想，说道，“还有就是那个老板啊，不见到狠角色是不会开口的，还会漫天要价。我没你那么会说，当然就乐得做个顺水人情了。”

“什么店？”

“渔人居，老板姓于，60岁出头，专卖古书字画。我四处打听了下，他那儿肯定有你想要的东西。”曹小军神神秘秘地说道。

“有啥规矩不？”李振峰多了个心眼儿。

“渔人居只有晚上才营业，而且营业时间就两个钟头，从晚上7点到9点，一分不多一分不少。”曹小军压低嗓门说道，“所以你得按时去，去迟了可能就‘铁将军’把门了。还有啊，这老头儿属于看人下菜碟的那种，特难伺候，李大警官，你可要心里有数，不能让他牵你的鼻子走，更不能亮你的警察身份。”

“为啥？”李振峰明知故问。

“干这行的多多少少都会有些东西是来路不正的，这年头做哪一行生意的不带点水分啊，懂不？自己斟酌吧，我等你好消息。”说着，曹小军又意味深长地嘿嘿一笑，挂断了电话。

6月29日晚上6点47分，李振峰艰难地征服了一个又一个上坡，额头的汗珠顺着脸颊流下来，砸在地上。

小时候，他听母亲陈芳茹提到过几次“古玩鬼市”，但都是一带而过，并没有详细说。从字面上解读，那里就是不见光的古玩市场。

半小时后，夜幕降临，安平市的大街小巷也开始变得热闹起来。

满头大汗又饥肠辘辘的李振峰骑着单车绕着南禅寺区域转了老半天，也没有找到曹小军所说的那条古玩街。李振峰想起母亲提到过历史上的“古玩鬼市”都很隐秘，一般人找不到。

眼瞅着时间已经到了晚上8点30分，逐渐感到绝望的李振峰锁好车后，拖着沉重的步子来到街边花坛旁坐了下来，目光在来往的行人中漫无目的地寻找着，心里盘算着怎么向曹小军开口问路。

正在这时，耳畔传来一阵卖白玉兰花的叫卖声，就是那种只在夏天才会开的白玉兰花，年轻女孩喜欢将它们用一根铅丝串起来打个结，挂在衣扣上。白玉兰花的香味并不浓郁，属于那种长久的扑鼻的幽香。

李振峰心中一动，便走了上去。他在卖花的老奶奶身边蹲下：“阿婆，我买花。”

昏黄的路灯下，老奶奶伸出满是皱纹的手，在竹篮里轻轻翻找出两对花串，用纸包好，笑眯眯地递给李振峰：“5毛钱。”

“一共？”

老奶奶点点头：“只要5毛钱。”

“那太谢谢您了。”李振峰心中充满了惊喜，他从钱包里摸出个5毛钱的钢镚儿，交给了老奶奶，刚要站起来离开，却被老奶奶抓住了衣袖。

“阿婆，是不是花儿的钱不够？”李振峰有些诧异，他又一次打开钱包，“那我还要给您多少？”

老奶奶微微一笑，摇摇头说：“不，我是有句话要送给你，年轻人。”

李振峰来了兴致，便又蹲了下来：“阿婆，您尽管说。”

“年轻人，如果你遇到的女孩恰好喜欢白玉兰花，你可一定要好好珍惜哦！”老奶奶的目光充满笑意。

“为什么？”李振峰有些好奇。

老奶奶依然是满脸笑容：“花如其人。”

李振峰的脸一红：“谢谢阿婆，我知道了。”

老奶奶若有所思地看着他，接着便伸手朝马路对面的阴影中一指：“年轻人，你要找的地方，就在那边。”

那地方一片漆黑，隐隐约约传出几声狗吠。

“那不是狗市吗？”看着门口有些夸张的大招牌，李振峰有些狐疑。

“你进去吧，走进去就知道了，那里面深着呢。”老奶奶莞尔一笑，挥挥手，便又开始在夜风中吆喝起来，“白玉兰花，白玉兰花……”

看着老奶奶的背影，李振峰猛地醒悟了过来。这可不是一位普通的卖花老奶奶，她识人辨人的能力之高完全不亚于一个心理医生。母亲常说的一句话就是“大隐隐于市”，看来这周围真的是藏龙卧虎啊！

李振峰摸索着穿过了那条几乎伸手不见五指的狭小巷子，跨过最后一道门槛的时候，眼前突然一亮——大榕树底下坐落着两排低矮的门面房，吆喝声与讨价还价声不绝于耳。

现在是晚上8点41分，李振峰笑了，此时他终于相信自己真的找到了传说中的古玩街。

渔人居可不是卖渔具的，店面的空间满打满算也就只有6平方米，但是靠墙的柜子里从上到下摆满了各式各样的古书和字画，空气中弥漫着一股说不上来的味道，仔细辨别，其中竟然还夹杂着一股香味。

李振峰看着坐在书堆中的那位瘦瘦的老头儿，笑眯眯地问道：“是伽罗吧，伽罗香？”

“那玩意儿可不便宜。”瘦老头儿见来了客人，便从藤椅上站了起来，慢悠悠地说道，“年轻人，我这小店做的都是亏本的买卖，怎么可能有那种烧钱的闲情逸致？”

李振峰伸手指了指瘦老头儿左手腕上的那串不起眼儿的手串：“伽罗翻黑，经所谓黑沉香是矣，盖昔蛮商传天竺语耶，今名奇南香也。华严经云：‘菩提心者，如黑沉香，能熏法界，悉周遍故。’”

一听这话，瘦老头儿不由得呆了呆，脸上闪过一丝笑意，哑声说道："小哥，恕我眼拙，真没想到你还精通佛经？"

李振峰笑而不语，其实他就懂这几句，还都是小时候母亲逼着他背的，怎么也没想到会在这个时候派上了用场。

"于老板，打扰了。有事相求。"

于老板皱了皱眉，上下打量了一番李振峰后，面容表情缓和了些："小哥，咱俩也是有缘，有什么事就尽管说吧，只是不知道能不能帮上你的忙。"

李振峰从兜里摸出母亲给他的那张相片递给对方："我要知道他的所有资料，最主要的是当年安平城里到底发生了什么。"

于老板接过相片，顺手打开了店里的日光灯，眼前瞬间一亮。他仔细看了看相片，又回头看了看李振峰，又看了看相片，一脸的疑惑。

李振峰知道自己的身份已经暴露，便不打算隐瞒了，直截了当地说："相片里的人是我的太爷爷，叫李林，当年安平城里第一巡捕房的华人探长。"说话间，他的目光在店堂那些柜子上一个不落地兜了一圈，重新回到于老板脸上的时候，李振峰微微一笑，"于老板这渔人居是卖书和字画的，我对字画不感兴趣，但是那些古书和古县志却很吸引我，我的薪水微薄买不起古书，只是想找到一些关于我祖辈的消息罢了，不知道于老板是否能成全。当然了，于老板是开门做生意的，不是做慈善的，这点我懂，所以，只要我能负担得起那些只言片语的文字价格，我还是会尽力而为的。"

李振峰说完，于老板沉默了好一会儿，才缓缓点头，说道："小哥，不瞒你说，1925年前后发生的事儿至今都快100年了，难道你真的打算刨个底儿朝天？”

“那是肯定的。”李振峰伸手接过相片重新揣回兜里，犀利的目光盯着于老板，意味深长地说道，“做人不能忘本。”

“好的，”于老板咧嘴笑了笑，“那不管我找到什么，我都会尽快给你亲自送去的，安平路308号，对吧，那地儿我熟。至于说报酬方面，随便给个茶水钱就行了，这样你也不用感觉欠我什么。”

李振峰一愣，随即哑然失笑：“于老板这么快就看出我的来历了。”

“干我们这行啊，靠的就是这双眼睛，虽然我老了，但是有些东西和有些人还是能一眼就看出来的。”于老板把李振峰送出了门。

李振峰没走两步，突然回头问道：“于老板，你们这边很不好找啊，不怕没客人上门吗？”

于老板意味深长地一笑：“真正做古玩生意的，自古以来接的都是熟客，至于说生人面孔嘛，凤毛麟角，一般我们是不接待的，自然也就找不到入口了。对了小哥，你是怎么进来的？”

李振峰伸手指了指自己胸前扣子上挂着的那串白玉兰花，点点头，转身走了。

于老板这才恍然大悟，看着李振峰的背影消失在黑暗中，他顺手用竹竿挑下了门帘招牌开始收摊，嘴里忍不住嘟囔：“该死的老太婆，净给我添乱。”

晚上9点，古玩街准时收摊歇业。

在值班室躺下的李振峰看着手中的白玉兰花，回想着卖花老奶奶的话，嘴角不由自主地上扬。

6月30日5点03分，安平市溪南区北苑新村。

雨下了一整晚，此刻的晨光还没完全洒满天空，房间里黑漆漆的，勉强能够让他看清楚自己眼前的啤酒罐。

他伸手晃了晃啤酒罐，确信里面已经没有酒了，这才颓然地把它丢进脚边的垃圾桶里。他站起身，拉开了房间的窗帘。

他一晚上都没睡，一个人在做重大决定之前似乎都会彻夜难眠。看着窗外灰蒙蒙的天空，活了这么久，自己还是第一次这么早起床呢。

隔壁房间依旧是静悄悄的，不过这样也好，省去了很多不舍。

除了手机外，他什么都没带，甚至连房门钥匙都没带。

在卫生间里，他默默地洗漱。最后，看着灯光下灰白的脸色，他的嘴角不由得露出了一丝苦笑，终于走到了这一天，也该学会去接受现实了。

他换了一件干净的衣服，仔细整理了一下头发，这才轻轻叹了口气，拿着手机离开了家。最后反手关上门的那一刹那，他的心中竟然有了一种解脱的感觉。

顺着楼梯，他缓步走上了顶楼，推开天台的门，来到天台边上，双手撑着栏杆跨了上去。

这时候的景色还真是挺美的，初升的太阳在海平面上洒下了金黄色的晨光，在安平住了这么久，自己还从未见过早晨的大海。

不会再感到遗憾了。

他默默地闭上了双眼，身子前倾，张开双臂，纵身跃下了高楼。

此时此刻，是早上5点18分，赵晓楠起床，拉开窗帘，看着晨光洒满天空，她感觉心情舒畅了许多。

她刚要转身去洗漱，突然一阵异样的风刮过耳畔，接着便是一声物体重重地砸在坚硬的水泥地面上的声音。

赵晓楠呆了呆，确信自己听到了骨头断裂的声音，便本能地探头向楼下看去。时间瞬间就凝固了——坠楼的人身体还在微微抽搐，鲜血不断地从他身子底下汩汩地流出，很快便形成了一片不小的血泊。

赵晓楠在犯罪现场面对死亡时波澜不惊，但看着一个活生生的生命在自己面前消失，她感到有些头晕目眩。她回到屋里弯腰从地垫上拿起手机，分别拨打了120与110，一贯遇事冷静的她这次却足足重复了三遍才把她所在的位置彻底说清楚。

他的身体重重地砸在了楼下的水泥地面上，剧痛转瞬即逝。几乎与此同时，一个苍老的声音惊恐地在他耳畔尖叫着："有人跳楼啦，有人跳楼啦……"

他记起来了，那是三大爷，一个性格开朗的小老头儿，昨天还跟自己打过招呼。

对不起，吓着他了吧。

带着一丝深深的歉意，他停止了呼吸。

三大爷，本姓陈，排行老三，所以大家都叫他三大爷。赵晓楠和他打过两次照面，知道他有早起的习惯。

这时，赵晓楠突然意识到了什么，心顿时揪紧了，她赶紧跑到阳台上，果然，楼下的人越聚越多，有认识坠楼者的，便打算弯腰去抱他，似乎是想让他起来。赵晓楠急了，双手扒着阳台扯着嗓子吼了一句："别动他，你们动他的话会让他死得更快。"

虽然赵晓楠家住4楼，但是大清早的小区周围都很安静，声音会传得很远，所以每个字都能被楼下围观的人听得清清楚楚。

三大爷知道赵晓楠的工作，所以赶紧和周围人解释："都散开吧，都散开吧，120急救车一会儿就到了。她是法医，她懂的，等她来，别再出什么事儿了，咱可承担不起。"

说话间，赵晓楠披了件长袖牛仔衬衣匆匆跑下了楼，围观的人主动给她让了条路。

来到坠楼者身边，赵晓楠单膝跪地，先是探了一下他的颈动脉，接着又查看了他的瞳孔，最后打开自己的手机看了看时间，这才站起身，摇摇头说："5点28分27秒，瞳孔都散了，人没了。"

这时候她才注意到地上的坠楼者有些眼熟，便问三大爷："他是不是住6楼的？"

三大爷长长地叹了口气："没错，602，焦一，这孩子还有一年就要大学毕业了，这节骨眼儿上出事，唉，作孽哟。"

"那他家里人呢？"赵晓楠抬头看向602的窗口位置，"怎么一点动静都没有？"

"你说老焦啊，他老伴儿好几年前就得肝癌死了，他自己耳朵背，听不到外头的声音，要戴助听器的。"一位围观的老阿姨眼圈红了，"真不应该发生的事啊，孩子昨天还好好的，说回来拿行李准备去实习，见面还乐呵呵地和我打招呼来着，怎么今天早上就想不开了呢？"

真是从6楼跳下来的？

远处隐隐传来了120急救车的警报声，赵晓楠的心情有些沉重。自己所住的这栋小区住宅楼总共有11层，12楼是天台。如果是从6楼掉下来的话，他的伤不应该这么重，刚才目测死者的半边颅骨已经严重塌陷，眼珠都被砸出了眼眶，这么明显的高坠伤至少应该是从楼顶坠落才对，而且从6楼坠落的话，像死者这样良好的身体素质，完全不应该没有本能的求生反应的，可是她记得很清楚，10多分钟前自己站在阳台上的时候，分明只听到坠落的风声，却没有听到本能的惨叫声，这就可以排除是失足坠落或者意识清醒时由别人推下来的可能性。

想到这儿，她的目光又落在了死者的身上，自己刚才从4楼探头往下看的时候，明确看到他的身体有非常明显的抽搐，并且活动幅度还不小，虽然不能肯定这是超生反应还是生理反应，但是两者的结果是一样的，那就是死者从楼顶坠落的那一刻，意识是清醒的。

难道真的只是自杀这么简单？

这时候，120急救车已经来到了小区便道旁，护士和医生拿着急救工具跑了过来，围观的人群分散得更开了，三三两两地在绿化带周围站着，街道办的人也已经上楼去了。

随车医生再三确认后，站起身："刚才是谁打的120？手机尾号是26。"

赵晓楠迎了上去："是我打的。"

"你签个名吧，人已经死了，可以通知家属了，死亡证明我这就去车上开给派出所的人。"随车医生一边说着，一边嘟嘟囔囔地走向刚停下的派出所警车，“真他娘的倒霉，跳楼跳上瘾了。”

赵晓楠心中一动，便叫住了医生：“你等等，我是市局刑科所的法医，我姓赵，就住4楼，我想问的是你刚才说什么‘跳楼上瘾’？”

“你不知道吗？”随车医生停下脚步，看着赵晓楠一脸惊诧的表情，又见她茫然地摇摇头，这才“哦”了一声，满是歉意地说道，“看我这记性，我都差点忘了，自己跳楼不是命案，基层应该不会特意上报给你们市局法医。不过我也够倒霉的，这24小时内连轴转，从中班刚过来，结果一个班的时间内竟然有3个人跳楼，今天早上这个是第四个，真不明白了，好好的日子不过去跳楼，你说是不是？真邪门！”

赵晓楠心中不安的感觉越来越强烈：“不，这世界上没有邪门的事，只有可能是各种内在原因引起的连锁反应。我们安平市卫生局公布的上半年自杀率为每10万人中有7.44人，这个比例已经很高了，但是选择跳楼死亡的人数只占1/5，你却一个值班期内遇到4个跳楼自杀的，我只能说这情况不正常，绝对不正常！”

随车医生皱眉看着她，半晌，嘀咕了句：“那你想干吗？”

赵晓楠冲着认识的派出所同事点点头，利索地把手一伸：“这案子我们市局接管了，回头我就补手续，你把那三起坠楼案的相关资料尽快交给我。对了，尸体呢？”

“家属已经送殡仪馆了呀。”

三大爷一直在旁边站着，现在终于有了插嘴的机会，他赶紧招呼道：“赵法医，别担心，咱安平城的老百姓有个风俗，家人没了亲属得守灵7天7夜才能火化，你们赶紧去火葬场吧，现在还来得及。”

赵晓楠感激地冲着三大爷点点头："三大爷，谢谢！"

上午7点刚过，安东乐呵呵地走进办公室。

李振峰扒着窗口朝下看："安东，你来得正好，楼下法医那边怎么进进出出的这么忙？半个钟头的时间里车子都开两回了，有什么案子吗？"

"没听说具体的，只是知道今天那运尸体的车出了两趟殡仪馆，前后拉了4具尸体回来。这不，前脚刚到，后脚家属也一并拉过来了。"安冬回答。

"家属？"李振峰转身看着他，一脸的疑惑，"这味儿不对。"

安东点点头："是不对，都在楼上集中起来开会呢，给副局整得焦头烂额的，一个劲儿地向家属苦口婆心地宣传国家政策。"

李振峰愈发感到吃惊："明摆着是有案子啊，怎么不通知我们，直接由局领导出面了？"

"我看没这么简单，"小范凑了过来，"李哥，不只是刑科所那边忙了个底儿朝天，就连网络安全大队那边都出人了，还偏偏就是把我们刑侦队的给落下，有些古怪。"

"喂，你们听说跳楼事件没？"文书小邓神秘兮兮地说道，"应该就是为了这事。12小时之内，死了4个了，全都是跳楼自杀，你们说这事邪门不？"

安东点头应和："没错，没错，在食堂的时候我也听到议论了，治安大队的阿强说其中还有一对母女，跳楼前后相隔不到10分钟，还是在同一个位置跳的，人当场就没了。据说她们家小狗也跳楼了，不过那应该是去救自己小主人的吧，目击者说是小女孩先跳，接着是狗，最后是女主人，这两人一狗，也确实挺惨的。现在社会上传得可邪乎呢。刚开始这一个两个，没人当回事，可是这一下子4个了，还是在12小时之内发生，不得不叫人产生怀疑了。”

小邓曾是个汽车兵，前年刚从部队退伍，外表显得有些单薄，文绉绉的，因为负责刑侦支队与各部门、各单位之间的情报联络，所以消息来源比较丰富。他扶了一把鼻梁上的眼镜，继续说道：“这还不是最重要的，我查了派出所交上来的死者档案，结果上面都是干干净净的，可以看出都是对生活充满向往的人。第一个自杀的，是个高二的女学生，叫莫小白，成绩非常优秀，明年就要考大学了。她的母亲待业在家，全身心地照顾女儿。她们的家境挺不错的，女孩父亲开了个外贸公司，专跑东南亚出口业务，忙是忙了一点，家里也有点小矛盾，但是这居家过日子磕磕绊绊也是常有的事，所以她们的自杀还真是让人有点想不明白。这第三个去世的，是个初三女生，叫房爱玲，也是个四星级重点高中的苗子，她在学校上晚自习时毫无征兆地就跳了楼，她妈知道这事儿后到现在还没清醒过来，她爸成天念叨着要去炸了学校，为女儿报仇，搞得基层单位的同志不得不天天陪在他身边。至于这第四个，就是我们赵法医在今天早上目睹的了，姓焦，叫焦一，名字挺有意思的，一个年轻的医学院大四学生，马上就要实习了，学的是临床外科专业，母亲早亡，父亲又有残疾，这孩子特孝顺，对父亲非常好，这种家庭，你说，懂事的孩子会选择去自杀吗？这不是把他毫无生活能力的父亲活生生地往火里扔吗？真想不通，这些人这么做到底图个啥？简单地放飞自我吗？在我看啊，那叫自私自利才对。”

李振峰问：“是谁坚持要调查这几起自杀案件的？”

小邓右手食指朝脚下的方向指了指，他们办公室的最底楼位置就是法医办公室，意思已经很清楚了：“赵法医给咱头儿打电话的时候，我正好在他身边汇报工作，赵法医一口气列了一堆的数据来表明这几起自杀案件的不正常，弄得咱头儿点头不是摇头也不是，最终只能硬着头皮答应了下来，说是先查查看。李队，你也不想想，咱局里刑侦这块本来人手就不够，这一门心思调查几起自杀案，头儿肩膀上的压力就可想而知了。”

李振峰深知赵晓楠是个心细的人，做事谨小慎微不说，没有把握的事情也绝对不会轻易下结论，而且焦一那起案子，她第一个到的现场，发现的尸体，作为法医，她有绝对的话语权，所以在这件事上，李振峰完全认可赵晓楠的决定。可如果结论只是自杀的话，警方也不能再介入下去，或许，这就是马国柱至今都不让一分队介入调查的原因所在吧。

“小邓，除了第四起案件中赵法医是发现尸体的人之一，其余三起有没有现场的直接目击证人？”李振峰问。

“当然有。”小邓回答，“我逐一问过第一时间赶到现场的兄弟单位同事，他们走访过当时的围观群众和死者邻居，结合监控视频确认下来都是自杀。”

李振峰心中一动：“等等，既然莫小白和她母亲死亡的时间如此接近，又是在同一个地点跳的楼，能不能排除是莫小白母亲一时气愤，冲动之下对女儿下手，随后因为自责而自杀？”

安东一听这话，立刻回头看向李振峰，表情夸张：“哇，李哥，你的心理好阴暗啊，我是听说过产后抑郁症，但那毕竟是少数，况且这案子里的死者马上高三了，母亲杀了亲生闺女再自杀，现在的社会风气应该还没阴暗到这种地步吧？”

“谁给你说‘阴暗’了，我只不过说出了基于事实的合理怀疑而已。”李振峰从办公桌抽屉里拿出一张白纸，在上面快速地写了好几个大字，然后指着纸上的字跟大家说道：

“关于平常所提到的‘自杀’，可不是大家想的那么简单。遇到想不通的事，一冲动就结束自己的生命？不，不，不，这只是其中一个可以忽略的小原因而已，真正的‘自杀’是经过深思熟虑的，是在我们人类复杂的心理活动的作用下，蓄意或自愿采取各种手段来结束自己生命的危险行为，其中的原因则更为复杂。反正现在空着，我详细说说，咱逐一排除，剩下的那个就是真相了。

“在我们心理学研究中，自杀分为六大类型七个分类，我结合这4起自杀案来简单分析下。第一种，失调型，一般指个人与社会固有的关系被破坏，令人彷徨不知所措导致局面难以控制而自杀，比方说失去工作、失恋、失去生活自理能力等，这类人没有勇气继续去面对今后的人生，经过煎熬之后选择自杀，显然咱们这4个死者中除了莫小白的母亲或许有这个可能，剩下3个绝对不可能。”

小范点点头：“莫小白母亲不可能杀害女儿，因为莫小白母亲的生活都是围绕着女儿转的，而她跳楼极有可能是因为女儿突然之间没了，一个生活骤然失去中心的人，只要再刻意加上一点点自我谴责，那她走上绝路就在情理之中了。”

“第二种，宿命型，受害者因种种原因，受外界过分控制及指挥，感到命运非自己可以控制而自杀，最典型的就是邪教组织殉葬案例。1978年11月18日发生在南美洲圭亚那的人民圣殿教914名教徒集体自杀案就是这个类型。至于说我们目前所掌握到的死者资料是否属于这种类型，还需要进一步核实。”李振峰看了眼小邓，“你去了解下这3个孩子平时在校时是否接触过什么特别的东西或者人，看看有没有共同点。”

“没问题。”小邓在工作笔记上记下了要点。

“第三种，自我型，它和第四种利他型正好相反。自我型因个人失去社会的约束与联系，对身处社会和周围的群体毫不关心，最终因为孤独而自杀，这种人无子女，无家庭，缺少关爱，抑郁症患者就是这一类型的最主要体现，我们这4起案件可以忽略‘自我型’。至于说第四种利他型，从字面上来看，可以被解读为为了负责任，牺牲小我而完成大我，这种人的共同心理是觉得死是有价值的，是唯一的选择，比方说孟姜女殉夫和屈原投江。现在第四种已经很少见了，相反第三种因为抑郁症患者逐年增多，数量倒是在增加。至于说与我们这些自杀案件是否有关，我个人认为第四种完全不用考虑。”

“说到第五种，”李振峰突然停下不说了，他斟酌了一下自己的用词，“第五种叫传染型。”

小范吃惊地问道：“李哥，自杀还会传染？”

李振峰严肃地点点头：“概括来说叫‘心理暗示效应’，在有关自杀的研究中，自杀的传染性是一个非常受重视的现象，不少研究都介绍过，因为影视、广播等媒体过于详尽地报道一些自杀事件，却忽视了对潜在自杀倾向者的心理暗示，从而使社会上自杀事件或者企图自杀者增加。2018年年初，日本有名的筑波大学就发生过一位男性教师因为工作压力从理工大楼7层跳楼自杀，随后在接下来整整一年的时间里，同一地方先后以同样的方式自杀的就有3个人。而媒体报道越多，内容越详尽，自杀率上升幅度也就越大，其中青少年女性自杀率上升约13%，男性则为5%，所以报道这种事件的媒体一定要注意措辞，不然导致的后果真的很难让人接受。至于说我们的四个案子，这一点上，不好说，还是要对死者进行进一步社会关系挖掘才行，寻找共同点。

“最后一类，被归为其他类型，但是我们又可以把它划分为情绪型和理智型两种。情绪型自杀有两个很典型的特征，就是即时性的冲动和突发，对应的人格类型以过分强调自我为中心，被自我爆发的情绪所引起，进程非常迅速。安东，上次那起湖滨区天马国际公寓发生的自杀案就是这个类型，你还记得吧？”

“我怎么可能会忘，”安东长长地叹了口气，“他们吵得可凶了，那女的就是往死里作，自身条件那么优秀，分手了再去找下一个呗，非要以死相威胁，不过那小年轻也是，都劝他了说说软话认下屄，让事情先过去再说，我的嘴皮子都快磨破了，结果他可好，心比石头还硬，这边不肯松口，那边冷不丁就真的跳了，这下他才傻了眼。”

李振峰点头：“这就是情绪型，如果排除了2号死者对自己女儿下手的可能性的话，那她的死，就可以被归类为情绪型自杀。”

“最后一种理智型自杀，它相对于情绪型，并不是由偶然的外界刺激唤起的激情状态所导致，而是由于自身经过长期的评价和体验，进行了充分的判断和推理后，才逐渐萌发自杀意向，并且有目的有计划地选择自杀措施，进程缓慢，发展周期较长。”说到这儿，李振峰的目光中闪过一丝黯淡，“这种人的智商和情商都非常高，在旁人眼中为人随和、善良、自强不息，在他们身上甚至挑不出一点儿毛病来，他们是家人眼中的精神支柱，但是身心已经极度疲惫，生活的压力让他们患上了严重的焦虑症，产生自杀的想法可能不是一两天的事了，只是他们碍于面子没有求助，而他们周围的人也没有发现。”

“李哥，难道你说的是这个大四的学生焦一？”安东皱眉看着他。

“从目前的资料来看，不排除有这种可能性。”李振峰重重地叹了口气。

法医办公室里，赵晓楠伸手打开台灯，把4份尸检报告逐一摆放在自己面前的办公桌上，紧锁眉头陷入了沉思。

马月看在眼里，忍不住上前道：“姐，两个是从6楼跳下去的，一个是从5楼跳下去的，而最后一个是从12楼跳下去的，排除基础性疾病后，都符合高坠所导致的死亡，而且尸检我们也都做过了，没有发现抵抗伤和第三方外力所能导致的伤害，现在就等毒物检验的报告了。姐，你为什么觉得这4个人是非正常死亡呢？”

“巧合！”赵晓楠头也不抬地说道，“无法解释的高频率自杀巧合，就是谋杀，但可惜的是目前我还找不到证据。”

大楼外院子里传来了激烈的争吵声，马月担忧地看向她对面的赵晓楠：“姐，听说这家属都闹了一个早上了，看情形，如果告诉他们真相是自杀的话，可能真的会无法接受。”

话音未落，走廊里便传来了急切而又零乱的脚步声，就像一个人喝醉了酒在跌跌撞撞地扶着墙行走。很快，来人便在办公室门口出现了，是个憔悴不堪的中年男人。人还未到跟前，一股浓烈的烟草味道便扑鼻而来。他肩上背着个藕色女式双肩背书包，身上穿的是皱巴巴的全是污渍的白色T恤，脸上胡子拉碴，蓬头垢面，眼中却噙满了泪花。

他的目光在赵晓楠和马月的脸上转了一圈，突然跪倒在地，冲着她们连连叩头："我在殡仪馆见过你们，是你们带走了我女儿和老婆的尸体，求求你们一定要查出真相，她们一定是被人害了，她们绝对不可能自杀的。小白明年就要考大学了，她是个很优秀的孩子，你们看，我把她做过的卷子都带来了，她每一道题都做得很认真的，老师对她的评价也是很高的，她绝对不会自杀的……"

跪在地上的中年男人哭得像个孩子一样，马国柱看到这一幕实在不忍心，上前把他拉了起来，这时候他才明白眼前这个一夜之间家破人亡的男人为什么总爱背着那藕色的女式书包，原来那是他女儿莫小白的遗物。

马国柱叹了口气，看着眼前的中年男人，轻声说道："老莫啊，我也是有女儿的人，你的心情我完全能够理解，节哀顺变，我相信你女儿要是看到你现在憔悴的样子，她的心里肯定也很难受的，你要振作起来，走，我请你喝一杯去，咱哥俩找地方好好聊聊。"

莫小白父亲终于缓过了神，他默默地点点头，擦掉了脸上还未干的眼泪，跟着马国柱走了。

赵晓楠看着地上散落的那几张卷子，有些出神。

"姐，你在想什么？"

"马月，你说'被害'或者'自杀'，对死者家属来说有什么区别吗？反正人都已经死了。"

马月皱眉想了想，随即点头："当然有区别，如果是'被害'，那对活着的人来说就不会感到那么绝望，最起码亲人的离开并不是出于本意，他们心里就多少能感到一点安慰。"

中午12点，食堂里人声鼎沸。

靠窗坐着的赵晓楠神情平静，右手拿筷子的姿势就像是在拿手术刀，面前托盘里的韭菜炒百叶丝被整整齐齐地分成了两小堆，绿色的在左边，白色的在右边，而剩下的菜汁则被倒进了一只空碗里，最后，她放下筷子，端起那小半碗白米饭，拿起旁边备用的干净筷子，挑起一口米饭正准备往嘴里塞，眼前突然出现了两朵白玉兰花，一根铅丝精巧地穿过花梗，挽了个小小的如意扣。

赵晓楠双眉一挑，抬头看去，李振峰笑眯眯地顺势在她对面坐了下来。

"喜欢吗？"

"喜欢！"这是真心话，赵晓楠的目光变得有些温柔了，"我小时候上学的路上都要经过一条长长的弄堂，两边的围墙很高很高，都是那种长条青石垒起来的，所以走在外面再怎么热，弄堂里都很凉快，而弄堂中央有个小门，有个老阿婆就坐在小门的门槛上叫卖白玉兰花，那时候是一毛钱两朵，我经常买，买了就用这种如意扣挂在胸前的扣子上去上学，一整天都能闻到香味呢！对了，你怎么知道我喜欢白玉兰花？"

李振峰没有回答，只是歪着头，双手托着腮帮子，看着自己喜欢的女人出神。

"你在想什么呢？"赵晓楠问。

李振峰若有所思地摇摇头："没想什么，只是觉得你很像白玉兰花，文静素雅，所以我就猜你也喜欢白玉兰花。我妈也喜欢，家里有好几张老相片上都能看到她年轻时穿着旗袍，胸前挂着白玉兰花的样子，特别漂亮。"

"伯母年轻时一定很漂亮……送给我了？"

李振峰赶紧点头，暗自庆幸昨晚从南禅寺买回来后一直都小心翼翼地保养着，不然这么热的天早就打蔫儿了。

"谢谢。"

目光落在赵晓楠面前的托盘上，李振峰皱眉："赵法医，你就吃这些清汤寡水的东西？"

"卡路里够了，不想多吃。"赵晓楠又一次端起了碗。

"那是……菜汤？"李振峰看着整个托盘里唯一看得见油水的东西，忍不住笑了笑，"你的吃法有些独特。"

"不吃，等下倒了。"说话间，赵晓楠已经吃完了那小半碗米饭，心满意足地放下了筷子。

"倒了？为什么？"

"盐和糖都超标，这会让我增加患上高血压、高血脂的风险，再说了，油水过高也会使患上脂肪肝的概率增加七成，我可不想那么早死，人得学会管住自己的嘴。"

"心理暗示。"李振峰嘀咕了句。

"你说什么？"

李振峰咧嘴一笑："没啥。"

走出食堂，李振峰还是低着头，一声不吭地跟在赵晓楠身边。

"你跟着我干什么？"赵晓楠问。

“那几起跳楼案，我想听听你的想法。”李振峰说。

两人并肩走进了一楼大厅，接着走向东北角的楼梯直接下了楼。

“尸检结果都已经汇报给你们的领导马国柱了，没有外伤，毒物检验报告结果显示也未中毒，综合所有检查结果，证实4个人都属于自杀。”赵晓楠双手插在工作服口袋里，目光直视着前方，“不会立案的。”

李振峰没有吱声，依旧跟在赵晓楠的身旁走着。

她突然停下了脚步，把手一伸：“给我看看。”

“什么？”李振峰没明白。

“你的手，我想再看看功能有没有完全恢复。”赵晓楠看着李振峰的目光有些异样，许久，悄声说道，“都是因为我，真对不起。”

李振峰脸红了，他尴尬地把手揣进兜里：“没事，没事，恢复得很好，就跟没受伤一样，你也别放在心上，再说，救你是应该的，换谁在那个时候我都会出手的，别忘了我是个警察。”

赵晓楠一听，呆了呆，随即点头轻声说道：“那也好，以后感到手掌功能有什么不对劲，尽管来找我就是，我得为你负责。”

“那案子……”

赵晓楠再次停下脚步，转身盯着李振峰的眼睛：“难道说你和我想的是一样的？”

“什么？”

“觉得这四起自杀案有些古怪？”

李振峰点点头：“12个小时之内，四起案件同一种死亡方式，如此高频率的巧合，解释只有一个，那就是他杀！”

赵晓楠的目光中溢出了笑意。

第二章　无所不能

看着窗外飘动的长柳和静静流淌的河水，
『蜘蛛』的心里感到了从未有过的解脱。

7月2日13点12分，安平城南。

“蜘蛛”回到了安平，就在一个闷热的午后。

“蜘蛛”坚定地看着前方，心里暗暗地想：总算了结了。

天空中飘着蒙蒙细雨，他在车里挂断电话后，靠在椅背上长长地松了口气，然后下车，锁好车门，接着便穿过看不见尽头的青石板巷，走进了南下塘一间不起眼的茶室，又跨过冷清的堂屋，最终在里间的靠窗雅座坐了下来。看着窗外飘动的长柳和静静流淌的河水，“蜘蛛”的心里感到了从未有过的解脱。

茶室并不大，里外两间，外间是对外开放的普通区，鲜有客人光顾，里间靠窗则是雅座，如果不是茶室的老客人，是绝对进不来这里——能走进雅间的人，不只要消费得起，更要懂茶。

“蜘蛛”第一次来这里的时候，就好奇于茶室老板的淡定，明显是一间亏本的茶室，却为何有如此挑剔的规矩？不过他很快就知道了答案，因为这里就是老板自己的家，他无儿无女，开这间茶室，与其说是做生意，还不如说是为了打发寂寞。

当一个人放下一切，什么都不图的时候，就可以有充沛的时间和精力去追求属于自己的幸福了。“蜘蛛”又何尝不是如此?

消失了一个月的“蜘蛛”又杀人了。虽然他已经不是第一次杀人，但是这次却和以往的每一次都不同，因为被他杀了的，是和他没有任何关系的人。

“蜘蛛”不是杀手，他向来只为自己的喜好而杀人，但是这一次他却破例了。只是他违背诺言依旧录下了自己所做的每一件事，这与其说是习惯，不如说是可怕的执念。这种执念已经深入他的骨髓，他知道自己这辈子都改变不了。

现在，一切都结束了。

老板亲自上了一壶新的翠竹，笑眯眯地对“蜘蛛”说道：“蒋老板，好久没来了。”

“蜘蛛”点点头：“最近有点忙，出了趟远门。”

谈话到此为止，茶室老板知趣地退出了雅座，只留下“蜘蛛”一个人静静地品茶。

他从钱包里摸出了那张偷来的相片，右手食指轻轻地抚摸着，眼角也随之露出了一丝温柔。离开安平的32个晚上，他几乎每天都会拿出相片来看，而每看一次，“蜘蛛”就越发确信自己爱上了这个年轻的法医。

他永远都不会忘记那天自己刚走进赵晓楠家里的时候，起初的不安瞬间便消失得无影无踪，站在房间冰凉的地板上，他的心中却充满震撼，眼角甚至流出了激动的泪水，因为周遭的一切都让他感觉如此的熟悉，就好像是走进了记忆中自己的家。

他用欣赏的眼光，仔细看遍了房间里的每个角落，最后盘腿坐在睡垫上。他缓缓躺了下去，想象那就是自己的床。他闭上双眼，把自己的脸埋进枕头，一寸寸地寻找着她的味道，扑鼻而来的是一种淡淡的幽香，就像这个季节里才会有的白玉兰花。

这，难道就是缘分？

刹那间，在赵晓楠身上，“蜘蛛”仿佛看见了自己。

而如今，他又回来了，迫不及待地回到了这熟悉的城市，相信她再次见到自己也会很高兴吧。

想到这儿，“蜘蛛”的脸上又露出了一丝腼腆的笑意，就仿佛赵晓楠此刻正坐在自己对面。人与人之间的距离就是这么微妙，分明能感受得到，却又往往看不到。

窗外，雷声阵阵，雨越下越大，雨水打在河中央那些簇拥在一起的绿色荷叶上，发出了细密的沙沙声。

“蜘蛛”心满意足地喝完了壶中的最后一杯茶，把相片放回钱包，随后取出3张百元大钞放在桌上，用茶壶压住一个角，站起身走出了茶室。

7月2日14点21分，安平城市花园小区。

走进电梯，他艰难地伸手按下了15楼的按键。

肩上的书包很沉很沉，里面塞满了补习班的各种复习资料，上课时间是下午3点，如果这个时候他按下的是1楼按键的话，那他的时间绰绰有余，但是他却选择了15层。

他没想到这个时候的电梯里还有人，是住在自己家楼上的程奶奶。老人都有碎嘴的毛病，见到了自然会问长问短，程奶奶更好奇这个时候他怎么会去15层，要知道那里是楼顶天台，根本就没有住户不说，这个时候的室外温度也已经到了40℃。

他没有吱声，只是把耳机里的音乐声音开到最大，很快，程奶奶家的楼层到了，她嘟嘟囔囔地拎着帆布袋子走出了电梯，电梯门在她身后迅速关上。

这时候他才长长地舒了口气，掏出兜里的手机，重新调回那个特殊的频道，音量也调低了些。做完这些事情后，电梯电子屏上显示已经到了15楼，“叮咚”一声，电梯门应声打开。他顺着楼梯往上走，走到头儿后推开了天台的门，出现在眼前的是被晒得发白的楼顶地面。

他毫不犹豫地走上天台，做出了自己人生中最后也是最重要的一个选择。他望了一眼远处那碧蓝的天空，脸上露出了释然的笑容。

5分钟后，住在8楼的程奶奶正在厨房里仔细清洗着孙子涛涛最爱吃的水蜜桃，她对着窗，时不时地看一眼窗外小区的游乐场，琢磨着今天晚上的广场舞会有几个人参加，毕竟程奶奶是广场舞团的副团长，要操心很多事情。正在这时，她眼前一黑，天上好像有什么东西掉了下去，还是自己年纪大了，眼神出了问题？

“啪！”一个重物的撞击声，随即一阵刺耳的车辆报警声骤然响了起来，程奶奶心里一颤，她感觉好像出什么事了，便扒着窗户朝下看去。5楼的窗口也有人探出了头，他们几乎同时看见了死去的童小强和那辆面目全非的帕萨特。

7月2日15点12分，两辆警车飞速地开出了安平路308号的大门。

“又是跳楼自杀？”李振峰皱眉问道，坐在副驾驶座上的他感觉浑身不自在。

“分局就是这么说的，他们已经到现场了，核实下来说情况确实非常可疑，与我们曾经接触的那四起自杀案高度吻合。”安东神情凝重，驾驶着警车迅速穿过市中心三阳广场十字路口，马路两旁的行人纷纷驻足侧目，面露惊讶的神情。

“死者叫童小强，17岁，家住城市花园小区15栋703，案发时母亲在家睡觉，父亲在单位上班。童小强是仁爱中学高二学生，刚放暑假，开学读高三，与我们的第一位死者莫小白情况类似。童小强的母亲承包了安平海鲜市场的一个柜台，每天零点准时去市场接货分发，上午7点回家，所以晚上都是不在家的。而童小强的父亲经营着一家贸易公司，做建材批发，生意忙起来也是顾不了家。但是他们对孩子的学习还是挺上心的，半年前就给他报了暑假补习班。今天下午3点的时候童小强补习班有课，根据监控，孩子在2点21分离开的家，然后进了电梯，看他背着书包的样子应该是准备去上补习班。当时电梯里还有一个人，是住他们家楼上803的程奶奶，她反映说孩子戴着耳机一副爱搭不理的样子，不过现在这个年龄段的孩子几乎都这样。她提到一个情况说很奇怪，因为程奶奶是知道童小强要上补习班的，在这之前听他妈妈说起过，但是今天他一进电梯就按下了‘15’这个按键，也就是说电梯最终会上15楼，并且童小强似乎不愿意和老人说话，只是戴着耳机听音乐。当时老人没当回事，可是几分钟后，那孩子就跳楼了，直接掉在了5楼一对新婚夫妻的车上。”

“会不会是由家庭矛盾而引发的自杀？17岁的男孩比较容易冲动，很难有较为理智平和的思维方式，如果我们不太注意说话方式的话，一件小事都能让孩子失去对情绪的控制。或者是学习压力太重？”李振峰说。

安东不由得一声苦笑：“李哥，这孩子可是得过全国奥数冠军的，学霸级别的人物，你要说他因为学习压力重而自杀，我真的不信。”说话间，安东已经把警车开进了城市花园小区，不远处便能看到两辆停着的警车和好几个围观的人。见此情景，他不由得皱眉：“死人了有啥好看的，就不怕晦气？”

李振峰笑了：“咱都不怕晦气，他们会怕吗？”

等安东把车停下后，李振峰下车，两人并肩朝警戒带走去。李振峰边走边把工作证挂在胸前：“喜欢围观？我们人类是群居动物，一言一行都会受到周围人或环境的影响，带有明显的心理强迫倾向，明白不？”

安东点点头，顺势扫了一眼周围：“反正我将来退休了可不会像他们这样，有啥好看的。”

正说着，分局的一位四级警长向他们走了过来：“我是张海洋，我带你们去见死者家属。”

“好，辛苦了。”李振峰点点头，三人走进楼栋。

在等电梯的时候，张海洋说道：“死者把自己的遗物都留在了楼顶，我们仔细检查过书包、鞋子和手机、耳机，都是完好无损的，这孩子真是有心了。”

“那就确定是自己跳下去的了？”李振峰问。

张海洋点头：“我看过对面楼顶配电房里的监控，从上楼直到坠楼发生，自始至终都只有死者一个人。”

“那什么地方让你觉得可疑呢？”安东问。

张海洋抬头看了他一眼：“这孩子已经被安平大学物理专业破

格提前录取了，你说，一个根本就不存在升学压力的孩子，为什么还要选择跳楼自杀？”

李振峰顿时感觉这话非常耳熟，不由得和安东面面相觑。

李振峰转而说道：“先带我们去看看死者跳楼的现场吧，还有监控视频、遗物，最后我们再和家长谈谈。”

“没问题。”三人走进电梯，李振峰按照惯例仍然是最后一个走进电梯的，张海洋伸手按下了15层的按键。

电梯开始缓慢上升，李振峰深吸一口气，背靠着墙，双手紧紧地抓着电梯内扶手。张海洋瞄了他一眼，瞬间明白了，微微一笑把头转了过去，礼貌地给李振峰留了点私人空间：“其实孩子母亲现在的精神状况还不太适合与我们沟通交流，孩子父亲还能说几句话，不过打击确实不小，他始终都无法接受孩子自杀的事实。”

“创伤后压力心理障碍症核心症状有四个步骤：否认、愤怒、回避，最后是认可，也就是接受。死者父母这时候应该是处于第一和第二阶段之间。没有办法，这是必经的阶段，有些人很长时间都被困在这里面，严重的就会患上抑郁症。”李振峰黯然说道。

话音未落，电梯已经到了15层，电梯门缓缓打开，李振峰第一个跨了出去，这才长长地舒了口气。

楼顶平台很大，约200平方米，上面摆了好几台太阳能热水器，四周的围栏有大约150厘米高，是用水泥固定的，上面刷着白色防水漆，中间没有任何缝隙。

李振峰和安东在烈日下站了不到5分钟就已经汗流浃背了。张海洋说：“看这情形，地面温度至少有42℃了。”

“没错，多待1分钟都是煎熬。他是在哪里跳楼的？”李振峰伸手擦去额头的汗水。

张海洋指了指角落，白色防水漆上有一个很明显的鞋底擦痕："他的身高在170厘米左右，虽然超过了围栏高度，但是这个围栏是经过专门设计的，目的就是防止攀爬，所以，他爬上去明显费了一番功夫。最终跳楼的时候，他手腕上的手表表带刮到了这里的防水漆，所以才会留下痕迹，我们已经核实过了，在死者的手表上确实发现了防水漆的擦痕残留物。"

李振峰伸手扒着围栏朝下看了看，在白晃晃的阳光照射下感到有些头晕，他赶紧缩了回来，对张海洋说："监控视频给我看看。"

三人回到电梯里，顿时感觉凉快许多。张海洋把手机递给李振峰，视频中，死者童小强淡定从容地走进电梯，确实没有和邻居程奶奶说话，却对耳机做了一些调整。很快，程奶奶离开电梯，电梯门关上后，童小强便径直上了楼顶，正如张海洋刚才所说，自始至终童小强都表现得从容平静，一点都没有害怕或者犹豫，只是在最后攀爬围栏的时候有一些停顿，持续了2秒钟的时间，然后纵身跳了下去。

李振峰抬头看向张海洋："我需要他的手机。"

"手机？我们已经查过了，没什么大问题。"

"不，"李振峰把手机还给了他，然后指了指手机屏幕，"视频从4分02秒处开始，你看他在手机页面上操作了什么？而且，从这次操作过后，我注意到他的整体情绪有了很大程度的放松，尤其是他的肩膀和胸口，都有明显的动作表现出来，这种放松不像是一个自己讨厌的人离开后所流露出来的，相反却是准备好了的意思，我们经常会在拳击比赛时在参赛选手身上看到这种特殊的'放松'。

所以，我要看看他到底在听什么。”

“没问题，现在他的遗物都在楼下我们的车里，我这就叫人拿给你。”张海洋说。

“这是自杀案件，你们没交给死者家属吗？”安东问。

张海洋摇摇头：“发觉不对的时候，我就没打算给了。现在尸体刚被拉去殡仪馆，你们需要让法医看看吗？”

“需要。”李振峰果断地说道，“我们先去看看手机。”说着，他伸手按下了1层的按键。

安平公安局3楼网络安全办公室里，手机铃声突然响了起来。

郑文龙顺手按下了免提：“哪里？”

“大龙，是我，李振峰，有事要你帮忙。”

“没问题，尽管吩咐。”郑文龙目不转睛地盯着电脑屏幕上不断滚动的数据。

“我需要你帮我取得一个手机的远程控制权，然后帮我彻查一下整部手机里的情况，尤其是机主最后的操作。”李振峰说。

郑文龙不由得一怔：“这是小事，只是李哥，为什么要这么做，机主是干啥了？”

“机主死了，是个高中生，告诉我该怎么操作？”

郑文龙眉头一皱。

几分钟后，看着屏幕上出现的诡异一幕，郑文龙满脸狐疑地说道：“李哥，他接了个电话，是个网络号码打过去的，很奇怪，结束通话后那个号码就被注销了。”

“能查到来源吗？”

“不行，网络电话，号码随机生成，可以选择保留，也可以选择随时注销。不过，我可以通过我新写的一个小程序试试看能不能抓住它的马脚。但是需要时间。”郑文龙说。

“随时告诉我结果。”李振峰挂断了电话。

703室，死者童小强的家，一位民警守在门口。

门口的左手方向是并排着的两个卧室，小卧室的门关着，大卧室里，童小强母亲丁秀娥坐在床上，头发蓬乱，脸色惨白，双眼呆滞无神，早就已经哭不出声了。右手方向一墙之隔的客厅里，安东和李振峰看着整整一面墙的奖状，心里沉甸甸的。

“我跟你说啊，警官同志，我儿子绝对不可能自杀，绝对不可能的，你看看，你仔细看看，”童小强的父亲童家辉双眼通红，疯了一样不断伸手指着墙上的每一张奖状，“这些都是我儿子的，他明年只要能顺利毕业就可以去上大学，提前录取，整个安平市就他一个人，国家著名的大学，他怎么可能因为压力大而跳楼？这简直就是笑话！”

李振峰看着墙上的奖状，沉思片刻后问道：“童先生，你冷静一点，你能否回忆下近一周时间，你的儿子童小强是否有什么异常表现，包括言谈举止和作息时间，只要是你认为有一点点反常的，都可以告诉我。”

童家辉一怔，随即果断地摇头：“我儿子很懂事的，也很乖，没有什么反常，我们给他安排了暑假补习班，他也从未缺席过，每天都是按时去上课的……”

李振峰感到有些失望，他想了想，又问道：“那他有没有突然喜欢上某样东西，或者说有没有按时睡觉、起床？会不会突然有了赖床的习惯？”

童家辉依旧摇头，同时又面露尴尬的神情：“警官同志，我平时工作挺忙的，有时候生意场上免不了应酬，这每天到家了，孩子房间的灯都熄了，我起床的时候，他都已经去上学了，所以其实我们之间并没有多少真正见面交流的时间。”

正在这时，大卧室里传来了丁秀娥焦急的喊声：“警官同志，警官同志……”

安东闻声赶紧走了进去，李振峰和童家辉紧跟在他身后也进了卧室。

“警官同志，我知道，我知道我家小强肯定哪里出了问题。”丁秀娥一把抓住安东的手臂，神情激动地说道，“我每天晚上都会等小强上床了以后才离开家，这样我也好放心。以前呢，小强都是很听话的，直到4天前我去上班的时候，走到楼下推出电动车，刚上车骑了一段，还没到小区门口，突然下起了雨而且越下越大，我想起我没带雨衣，便骑车回来了。因为我本来做事情动静就不大，也不想影响小强休息，所以我上楼后开门进屋的时候小强并不知道，我听到他关着房门在和人说话，好像是在打电话，我那时候就觉得很奇怪，因为这半夜三更的，都快12点了，小强虽然放暑假了，但是第二天上午补习班还是有课的，我本来想提醒他，可是又怕……又怕孩子有想法，毕竟他的年纪也不小了，所以我就走了。”

“那第二天呢？是不是同样的状况？”李振峰问。

童小强母亲默默地点头。

“他平时的社交圈子怎么样？有没有特别要好的同学？”

“因为小强的成绩在年级里一向都是数一数二的，所以，受老师喜欢的同时，无形中就受到了同学的排挤。”一旁站着的童家辉沉声说道，“从小到大，因为这个事情他没少挨揍，好几次都是哭着回来的。我真是不懂，学习成绩差都不会受人排挤，学习成绩好怎么会受人排挤呢，你们说是不是？这真的说不通嘛！”

“那他回来找你们说这个事后，你们当时是怎么处理的？”李振峰冷静地问道。

童家辉毫不在意地把手在空中一挥：“当然是找他老师了，我孩子成绩这么好，还一天到晚受人欺负，这像话吗？”

李振峰心中一沉，默默地叹了口气。他用眼神示意安东离开，却被童家辉粗暴地拦住了：“哎，警官同志，你们怎么走了？我家小强到底是怎么回事，你们还没给我一个答复呢！还有，他的遗物呢，为什么不还给我们？”

张海洋见状赶紧上前拦住了他，李振峰和安东这才得以脱身。

在开车回局里的路上，见李振峰总是紧锁双眉，安东忍不住问道：“李哥，愁啥呢？”

“我在等电话。”

“谁的？”

“大龙。”李振峰回答，“刚才离开小区的时候我给他又发了一条消息，如果他最终证实了，那这件事可就不小了。”

“是不是这个跳楼的高中生和我们前面的四起案子都有关系？”安东不安地瞥了他一眼。

李振峰点头，神情凝重：“我担心有人在借此肆无忌惮地杀人，如果最终被证实的话，那就太可恶了！”

“可是现场证据都显示死者明明是自杀，又为何会是他杀？”安东不解地问道。

李振峰的眼神黯淡了下来：“心理暗示，诱导自杀。”

窗外的天空中突然响了一个炸雷，眼看着又要下暴雨了，正在厨房忙碌的陈芳茹探头出去冲着书房的方向叫了声：“老李，老李，要下雨了，去阳台收下衣服。”

没有回应，陈芳茹便又叫了一声，依旧没有回应，难道说李大强睡着了？风卷起树叶漫天飞舞，眼瞅着天色越来越黑，没时间多想了，陈芳茹只能赶紧去阳台上收衣服。

回到房间后，想想心里有点堵，陈芳茹便快步朝书房走去，可是眼前这一幕让她愣住了——书房里竟然空无一人。她随即在家里兜了一圈，还是没有找到李大强。最终，她坐在客厅沙发上，看着眼前显得格外安静的家，心中不由得感到阵阵的不安。

陈芳茹心想，以往李大强外出都会跟自己说一声，实在不行就留张字条在饭桌上，但是这次，他却悄无声息地出门了，并且什么都没有留下。

陈芳茹抓过家里的座机开始给李大强打电话，电话刚拨出去，那熟悉的《常回家看看》的铃声便在沙发的角落里响了起来，她赶紧伸手一摸，手机果然还在，那就是说他走的时候连手机都没带。

种种反常现象让陈芳茹开始坐立不安，她想给儿子李振峰打电话，可是转念一琢磨，却又希望只是自己多虑了。或许李大强就是到楼下溜达一圈，这几天来他总是唉声叹气的，又经常在翻找旧卷宗，难道说还是为了那个放不下的案件？

打定主意后，陈芳茹索性站起身走进书房，在书架旁按照索引找到郑福伟案件的相关笔记，然后在椅子上坐了下来，戴上自己的老花镜，打开李大强的笔记仔细看了起来。

时间退回到18年前。

案犯郑福伟，案发时39周岁，未婚，职业是安平市机床厂三车间工人，家住本市小木桥巷27号，同住的有妹妹郑红梅，时年32岁，离异并带有一个6岁的男孩。郑福伟每次都是骑着他那辆永久牌28英寸自行车上下班，路上所需时间是42分钟到50分钟，具体视天气情况而定。

2002年6月17日晚上，天气晴朗闷热，郑福伟在工厂上中班，晚上11点30分下班，传达室记录本签到处显示他离开工厂的时间是11点41分，正常情况下他本应在零点30分至凌晨1点之间到达位于城市东区的小木桥巷自己家中，但是他实际回到家的时间却是凌晨5点10分，这个线索在小木桥巷里专门负责清扫路面的环卫工人赵德贵处得到证实，因为他目睹郑福伟骑着自行车回家。与郑福伟同住的妹妹郑红梅也证实了这个特殊的时间节点。

由此，从下班到回家，郑福伟有将近4个小时的时间没有办法得到印证。

而在这4个小时期间发生了一起血案，死者叫黄木清，安平本地人，19岁，单身女性，家住小木桥巷对面的德云新村18号101室，与郑福伟家直线距离不到500米。死者姐姐早亡，与年迈的父母同住。黄木清生前在安平市第三纺织厂做挡车女工，从德云新村到第三纺织厂骑自行车的话，只需要20分钟上下的时间。

而第三纺织厂与第三机床厂处在同一个方向，也就是说郑福伟每次下班回家都会经过黄木清所在的第三纺织厂。

6月17号晚上，黄木清也是中班，下班时间是11点50分。出厂门的签出记录显示，黄木清离厂的时间是晚上11点55分。但是当晚，黄木清并没有回家。上午7点的时候，有人在运河边弯道的芦苇丛中发现了黄木清的尸体，此处距离黄木清下班回家必经的道路路面约70米。警方刚开始的时候以为她是失足落水，后被涨潮时的河水冲到岸边，被芦苇丛挂住头发才没被冲走，直到法医解剖后证实死者是被人用石头多次击打颅骨，导致严重的颅脑损伤合并失血性休克死亡，并且是死后入水。由于河水冲刷无法在尸体上直接提取到有效的犯罪嫌疑人所留证据，结合死者身上没有穿衣服的特征，警方依然可以推断死者是被人奸杀后抛尸河中，抛尸地点就在距离发现尸体处不到50米远的石拱桥上，弯道是河水流淌必经之处，那片靠岸边的芦苇丛经常挂住河里漂浮的生活垃圾。

石拱桥周围的环境比较隐秘，离外围行人车辆来往的大路约20米。

在后来的走访过程中，警方之所以第一时间怀疑上郑福伟，原因有以下几点：第一，郑福伟与黄木清是相识的，而且据说郑福伟一直在追求黄木清，走访调查下来的结果显示很多人都用了“痴迷”这个词语来形容当时郑福伟对黄木清的感觉，但是因为两人年龄差距实在太大，受害者的父母根本不同意两人交往，黄木清则非常听父母的话。第二，案发当晚，黄木清的同事看到郑福伟和黄木清在一起骑车，时间就在零点至零点30分之间。第三，黄木清的车子在德云新村外的绿化带里被人发现，车上遍布郑福伟的指纹，而此地距离抛尸地点直线距离不到600米。第四，警方在黄木清那辆宝蓝色自行车被发现的地方同时发现了一张电话磁卡，就是那种一次性的预付费卡，只能用街头的磁卡电话机才能拨打，经过电信部门的进一步调查证实，案发凌晨2点32分左右，距离抛尸点最近的公用电话亭里，有人曾经用这张磁卡拨打过一个电话号码，通话时间在12秒钟左右，而被呼叫号码是郑福伟家的座机，附近不远处的一个路面监控也显示打电话的正是郑福伟本人，他骑着的是辆女式自行车。

经过走访调查，警方第一时间排除了作案动机为劫财，因为黄木清本身并不富有，从不戴首饰，再加上当晚是中班，她的随身钱包里也就只放了10块钱，这些线索都是黄木清的同事提供的。接着便排除了报复杀人，因为无论是黄木清本人，还是她的父母，在当地都属于普通老百姓，住着公租房不说，姐姐因病早亡欠下了一屁股债还需要黄木清一点点用工资去偿还，所以钱财纠纷导致的报复杀人更不可能。剩下的就只有情杀了，而黄木清死亡时的赤身裸体且衣服一直没有被找到更是证实了这点。至于说流窜犯作案，也很快被排除了，因为临近地区和城市根本就没有类似案件发生。

鉴于上述原因以及目击证人的讲述，警方第一时间就传唤了嫌疑最大的郑福伟。安平是个沿海小城市，这里已经很久没有发生过如此恶性的凶杀案了，三毛纺挡车女工被奸杀案在安平县城里就此闹得沸沸扬扬，一时间谣言四起。省领导知道后为了安抚民心，督促安平县公安局加快办案进度和加大审讯力度，限期破案。

看到这儿，陈芳茹不由得皱眉，本能让她感觉到了一丝不安。她深吸一口气，调整了下眼镜的角度后，接着看下去。

起先的时候，郑福伟在公安局预审科时根本就不承认自己杀过人，只是一再强调黄木清车子坏了，他帮她在路边修了老半天才修好。因为都是一个方向，两人便一块儿并排骑车回家，谈了谈家长里短的琐事，那时候也就是凌晨1点多的样子，具体几点他也说不清，结果半路上他自己的车子又坏了，他怕车子被偷，看看离德云新村也不远了，过个路口就到，便让黄木清自己回家，并嘱咐她路上注意安全，他则一个人在巷子口路灯下修车，就这么折腾到天亮才算弄好回家。而那时候的路面监控数量并不多，无法覆盖所有案发路段，自然也就证实不了郑福伟的辩解说辞。

直到专案组拿出那张发现的磁卡和公用电话亭的通话记录以及监控截图，询问他为什么要撒谎，不然的话又怎么解释在抛尸现场附近打电话和磁卡随后出现在黄木清车辆抛弃点这两个疑点？而当时郑福伟家只有妹妹郑红梅与她6岁的儿子两个人。

此时，本来言辞凿凿一口咬定自己没杀人的郑福伟不由得呆住了，他终于改口承认了一切，说自己之所以会杀害黄木清，都是因为当晚在工厂吃夜宵时多喝了几杯酒，结果酒劲儿上来就克制不住对黄木清下了手，等清醒过来时已经晚了，无奈只能胡乱抛尸了事，随后处理了黄木清的车，无意中却把自己的电话卡弄丢了。至于说那个电话，确实是想打回家的，因为当时实在是太慌张，鬼使神差线路错了，打到了别人那里，费了一番功夫才解释清，还挨了别人的臭骂。

陈芳茹注意到下面一句话被李大强用红圆珠笔重重地勾画了起来——与通信部门再三沟通后，仍然无法证实被呼叫方的确切身份，回复：有一定技术难度。

显然18年前的办案人员虽然意识到这点存疑，但当时犯罪嫌疑人已经交代所犯罪行，并且与现场证据能做到交叉印证，所以这个疑问便因为通信技术原因而就此被终止了核实工作。

最后的结果是黄木清父母自愿放弃一切民事赔偿，只求判郑福伟一个死刑，为女儿讨回公道。判决下来后郑福伟并没有上诉。

郑福伟被公开处决后的第二年开春，黄木清父母就去世了，黄家自此绝了户。

陈芳茹合上笔记本陷入了不安之中。

18年前，19岁年轻女孩黄木清被人残忍杀害后弃尸河中，看似非常简单的一桩情杀命案，但案情报告从头至尾读下来，却总让人感觉有什么地方不太对劲。

回想起前不久在小木桥巷27号里的那场特殊经历，陈芳茹能很明显地感觉到郑福伟的妹妹郑红梅对警察的浓浓敌意。她的态度从情感的角度可以理解，毕竟郑福伟当年就是被法院处决的，他死后，郑红梅作为他唯一的家属，心里过不去这道坎儿也是情理之中的，失去亲人的伤痛需要时间来修复。

陈芳茹想起老伴李大强最后离开郑红梅家时突然问起郑红梅的那个问题——左手还是右手？再加上笔记中所提到的当年郑福伟突然改口交代的情节，看上去似乎是因为磁卡以及监控视频截图这两个证据的出现，导致郑福伟的心理防线被攻破才认罪，但是如今看来，他的认罪却给人一种“顺水推舟”的感觉。

难道是自己多心了？想到这儿，陈芳茹不由得倒吸一口凉气。

这时候，钥匙转动门锁的声音响了起来，是李大强回来了，陈芳茹赶紧把笔记本按照原位放好，双手在围裙上擦了擦，整了整衣服，这才神态自若地走出了书房。

傍晚时分，夕阳西下，天色却依旧明亮。安平路308号院内蝉鸣阵阵。

“妈，大热的天，你怎么来了？”李振峰远远地就看见坐在传达室门口长凳上的母亲陈芳茹，有点意外。

“我来看我儿子不行吗？”陈芳茹笑眯眯地看了他一眼，“吃过饭了吧？走，跟妈到院子里的花坛边坐坐去。”

李振峰乖乖地跟在母亲身后：“爸呢？”

“在家看新闻联播呢，这是他的老习惯了。”母子俩来到大院里的银杏树下。抬头看着巨大的树冠，陈芳茹不禁发出了一声赞叹，“这树长势不错嘛，光听你爸说起来着，我还从没亲眼见过。阿峰啊，你知道这树多少年了吗？”

李振峰摇摇头：“没注意，好久了吧。”

“97年了。”陈芳茹伸手一指树身上的铭牌，意味深长地说道，“我听你奶奶说起过，这棵树就是你太爷爷当年亲手种下的。”

李振峰听了，不禁呆住，他抬头看看这棵老银杏树，又看看母亲：“妈，真的是太爷爷种下的？”

陈芳茹回头看向警局，双手抱着肩膀，若有所思地说道：“谁都不会想到这栋老宅子能存在这么久，我想你太爷爷当年肯定也没想到。阿峰，妈不迷信，但是现在看来，你们老李家的谜团，还真得由你们老李家的后人来解开，你说是不是？”

“妈，我太爷爷他到底是个什么样的人？”李振峰问。

“一个好人！”陈芳茹的目光中闪烁着星星，“你只要记住这点就可以了，一个正直的好人！”

“既然是‘好人’，那为什么要抹掉自己存在过的痕迹？他在隐藏什么？”

“我不知道。”陈芳茹摇摇头，“我问过你奶奶，她说你太爷爷这么做应该有他自己的理由。或许你现在无法理解你太爷爷的行为，但你要知道在你太爷爷那个时代，犯错的惩罚可是很重的。”

李振峰点点头：“妈，你今天来找我，不会就为了看这棵树吧？”

“为了你爸那案子，”陈芳茹长叹一声，“这几天我看你爸总是魂不守舍，还经常不拿手机就出去，不知道他心里到底在想什么。今天下午下雨的时候，我叫你爸帮忙收衣服，可是去书房一看，他不在，也不知什么时候出去的，不只是手机没带，伞也没带，回来时淋得像个落汤鸡。”

李振峰急了：“那他身体怎么样？”

“还行吧，一碗姜汤下去，发了发汗就没事了。”陈芳茹依旧满脸愁容，“你爸不在家的时候我去他书房看了那本工作笔记，就是郑福伟那个案子，他跟我说起过。阿峰啊，这案子可能真的有点问题，你爸在那笔记本上画了好多红道道，我知道他有个习惯，平常看报纸也是，看到重要的地方，都会拿那根从不离身的红色圆珠笔在上面画道道。”

“他在哪句话上面画道道了？”李振峰问。

“就是那个电话，凶手从犯罪现场拨出去的那个电话，一直都没有被查实。”陈芳茹想了想，又说道，“还有就是他一直想弄明白那个被处决的凶手郑福伟是不是有使用左手的习惯，结果被郑福伟的妹妹否认了。我记得很清楚，那时候你爸脸上的表情显得挺失望的。”

听了这话，李振峰认真地看着母亲：“妈，我爸知道你今天来找我吗？”

“不知道，我跟他说我找曹姐遛弯去了。”陈芳茹小声嘀咕。

李振峰微微一笑说：“行，那个案子我有空会看的。”

送走母亲后，李振峰便换了身作训服来到档案库，拿走了当年“6·17专案”的所有卷宗。回到大办公室后，他拧开台灯，把卷宗往案头一放，在椅子上坐了下来。

正在这时，郑文龙打来电话，通知他结果出来了。

“怎么样？”李振峰问。

“不太妙。”郑文龙说，“除了莫小白的母亲赵慧丽的手机中没有发现异常情况外，其余4个死者的手机中都有。”

李振峰的心顿时沉了下来：“那你发现了什么？”

“他们都与一个网络电话联系频繁，尤其是将近午夜的时候，房爱玲的其中一次通话时间甚至持续了3个小时。我不明白什么样的通话会需要这么长时间。”郑文龙想了想，又说道，“莫小白父亲那边我也联系过了，下午拿到了她用过的电脑，和手机一样都进行过格式化处理，但是这难不倒我，只是里面的内容……唉，我都不忍心说了。”

“都是同一个号码吗？”

“这倒不是，网络电话的主呼叫号码每次都是不一样的，虽然说现在已经无法确定对方的具体位置，因为这家伙在被呼叫者死亡后就迅速注销了电话号码，但有一点可以肯定，绝对不是……”

郑文龙还没有说下去就被李振峰打断了：“巧合！”

“对，对，对，我想说的就是这个。”略微停顿过后，他接着说道，“4位死者，死前都曾经与人有过电话联系，而且通话时间都不正常。在最后一次通话结束后不久，死亡就发生了。李哥，这家伙明明是在操纵他们的死亡啊。”

“这还不是最主要的，”李振峰一声叹息，“他可能存在于这个世界的任何一个角落，要想抓住他，太难了。而且即使抓住了，定罪方面也存在很大难度。”

“可是，哥，我们不能就这么放任不管啊。”

“谁跟你说放任不管了？”李振峰冷冷地回了一句，随即挂断了电话。他感到有些心烦意乱，便站起身来到窗口，爬上窗台，靠着墙角坐了下来，看着窗外星云密布的夜空陷入了沉思。

面对4位年轻人的去世，李振峰心中突然有种熟悉的感觉：

他还记得那个叫王凯的大学同学，各项条件都很优秀，但不合群，身边一个朋友都没有，起先没有人知道他患有轻度孤独型抑郁症，只是觉得他是个怪人，后来体检时被发现了，在训导员再三询问下，家长才说了实话。那时候已经是大学三年级，学校不忍心就此劝王凯退学，因为知道离开学校可能会毁了他的一辈子。谁知半年后噩耗传来，王凯竟然在水房里上吊自杀了。发现尸体的时候是个下雨天，天空阴沉沉的，李振峰闻讯也去了现场，亲眼看着王凯的尸体被放下来，他的心情非常复杂。

包括家长在内，谁都认为王凯这么做是因为抑郁症，但是他同宿舍的室友却坚称是有人引导了他的自杀。

事情没多久就真相大白了。

与警官学院一墙之隔的高等卫校有很多女学生，其中不乏条件优秀的。有一个女孩是本地人，叫陈丽红，长得很漂亮，护理专业。王凯在五四青年节搞联谊活动的时候认识了陈丽红，并对她一见钟情。虽然他们在一起的日子并不长，但是王凯周围的同学都说他的人生被格式化重启了。可惜的是好景不长，陈丽红花光了王凯所有的津贴后就跟他分手了，孤独型抑郁症的人是不会向别人倾诉自己内心的痛苦并寻求帮助的。王凯室友说在出事前的一个月时间里，王凯天天晚上哭，甚至还追着室友求证自己是不是很失败、是不是该去死。室友当时并不是很在意，男孩子嘛，失恋是很正常的事，但是没多久，王凯就自杀了。室友感到非常意外，冷静下来后才突然想起王凯的社交账号，登上去一看，他就再也无法控制自己的愤怒了——陈丽红在社交账号上不只是对王凯进行人格羞辱，甚至说“你这个神经病干吗不去死？”“你死了就解脱了”“等你死后我或许还会想念你呢”……

可最终结果呢，王凯死了，而造成这一切的陈丽红却并没有受到多大影响，只是挨了个校内处分，没多久就毕业了。

虽然王凯的母亲向法院起诉了陈丽红，但是没有证据证实陈丽红的行为对王凯的死起到了直接的作用，王家人连个最起码的公开道歉都要不到，因为王凯出事的时候已经成年了。

沉思良久，李振峰摸出手机又拨通了郑文龙的电话：“大龙，得想办法阻止才行。”

“那下一步怎么办？李哥，我都听你的。”郑文龙口气坚决。

“现在，除了莫小白母亲的死可以界定为自杀，另外4位死者的死肯定是受到了足够的心理暗示。你现在要做的，就是想尽办法进入网上各个论坛、贴吧，收集相关字眼。我想，这家伙一定会沉不住气而四处炫耀的。”李振峰沉声说道，“他所攻击的目标没有任何年龄、性别等特定性，结合受害者有喜欢使用社交软件的习惯，所以我断定这家伙平时一定隐藏在各个知名的社交论坛或者学校的电子布告栏系统论坛中。这些地方你都要去看，去搜集信息，发现异常的就把发布者捕捉下来。至于说这个人的年龄，我想不会很大，如果你说他只有17岁或者18岁，我也是认可的。”

“李哥，他这么做至少有个动机吧？”郑文龙不解地问道。

“反社会型人格障碍的人做事本就不需要什么动机。”李振峰沉声说道，“他们自身缺乏内疚的能力，冷酷无情、无所畏惧，甚至自私自利，漠视自己给他人带来的痛苦，相反却把自己犯下的罪恶当作炫耀的资本。如果非要说动机的话，那就是：他在报复社会，报复那些比他有着更好未来的人。”

凌晨2点的时候，“蜘蛛”打开电脑，准时进入了一个特殊的地下论坛。这个论坛的入口被创建者用普通网页做了层层掩饰，一般人进不去，而进去的都是见不得光的人。

外表光鲜亮丽的网络世界，本质却是一个四处布满沟壑暗道的秘密空间，而“蜘蛛”最喜欢做的就是在午夜的这个时候，在每个沟壑间悄无声息地游走，窥探每个人心中的秘密。

离开安平的这段时间里，他都没有打开过这个论坛，甚至都没怎么在网络上出现过，不是他不想，而是怕控制不了自己。但凡是蜘蛛，都改不了织网和暗中窥视的习惯，因为这是它们猎捕食物的天生本领。现在“蜘蛛”回来了，精神上的极度空虚让他又动了“捕猎”的欲望，但这一次，他可不想那么随意地下手，他一定要找一个足够让人惊讶的目标，因为他的对手这次非常明确而又特殊：是一个很聪明的警察，一个聪明到能够看透人心思的警察。

被人看穿内心可不是什么好事，就跟在头顶上悬着一把随时可能掉落的剑一样难受。

“蜘蛛”冷眼看着论坛上各个聊天室中不断滚动的信息，嘴角时不时露出一丝冷笑。终于，他的目光停在了其中一个人的某句即时发言上：

——我才不怕呢，我现在想要谁死，谁就必定会死！警察都拿我没办法。

哟，完全是上帝的口吻啊！“蜘蛛”顿时来了兴趣，他旋即以“游客”的身份登录，开始翻看这个人以前的发言记录。半晌，“蜘蛛”的嘴张成了“O”字形，脸上布满了惊愕的神情。他要求私聊，对方很快就同意了，“蜘蛛”开始在键盘上输入文字：

——你是个天才！我非常崇拜你！

“蜘蛛”夸奖别人的时候从不吝啬自己的言辞。

——是吗？

对方立刻给予了回应。

——但是我并不完全相信。你能再给我表演一次吗？

“蜘蛛”开始钓鱼了，就像猫在捕捉老鼠之前必然会耍弄老鼠一番。

——没问题，你指定下吧。

对方立刻把“蜘蛛”的话当真了。“蜘蛛”不由得摇摇头，似乎有些沮丧，内心想：他还是个孩子吧？

——是不是我可以随意指定死者？

——当然可以。但我需要时间。

“蜘蛛”顿时感觉自己的心跳停止了，他下意识地调整了坐姿，脸上的神情也变得凝重了许多。他的手指在键盘上迅速敲击着，那清脆的“嗒嗒”声在寂静的夜里显得尤为诡异。

——你要多久？

——告诉我姓名、职业。

对方的回复冰冷得就像在与他做一次再普通不过的交易，钱货两讫各不相欠。“蜘蛛”的胃口瞬间被吊得足足的。他的目光下意识地看向手边的报纸。

——周美河。

对方停顿了大约有半分钟的工夫。

——你说的是那个三天后即将出狱的杀人犯？

“蜘蛛”脸上露出了得意的笑容。

——是。

又是一阵长长的沉默，“蜘蛛”认为对方已经放弃了，他刚要离开这间聊天室，对方的头像突然又跳动了起来。

——两周后看新闻。

“蜘蛛”感到有些意外。

——我怎么找你？

对方却再也没有回复，头像也变黑了。

论坛提醒：处于离线状态。

“蜘蛛”愣了一会儿，却只是轻轻耸了耸肩，说实话，他不可能把这件事完全当真，网络上有很多喜欢夸大自己的年轻人，如果把他们的话全都当真，或许这个世界早就已经完蛋了。

况且这个“周美河”可不是什么普通人，他的一举一动在新闻媒体上可是备受关注的。

“蜘蛛”退出论坛，伸手拿过桌上的报纸，看着上面周美河在狱中的相片，双眼不由得眯成了一条缝。8年前的夏天，学校刚放暑假没两天，17岁的周美河就猥亵并掐死了一个年轻女生，当时因为他未满18周岁，所以法院没判死刑，只给他判了10年有期徒刑。由于周美河在狱中表现突出，又减了2年的刑期，3天后就是他出狱的日子。

“蜘蛛”根本不相信周美河会洗心革面，所以一时兴起就在对话中提到了他的名字，剩下的那就是等着看戏了。

这时候，窗外的夜空中响起了一声闷雷，又要下雨了。

第二天早上起来的时候，“蜘蛛”已经打定了主意，如果那个家伙真的做到了，那么，“他”就是自己的下一个目标。

早上7点半，马月进入法医办公室，沉着脸把一张报纸塞给了赵晓楠：“姐，你看看吧。”

“哪儿来的报纸？”赵晓楠不解地问。

“我爸那儿。”马月倚着办公桌，皱眉说道，“这都不重要，姐，你仔细看看那上面第二版。”

这是昨天的《安平晚报》，第二版刊登仅次于国家大事的市级社会报道，上面是一则突发新闻，主题就是对一位即将被释放的服刑犯人周美河的简短采访。

“周美河？这名字有点眼熟。”赵晓楠轻声嘀咕，“我应该看到过。”

“8年前他杀了安平师范高专的一个女生，抛尸现场很惨，”马月皱着眉头说道，“就是因为手段过于残忍，凶手又是未成年人，所以新闻媒体的报道不是很多。我之所以印象这么深刻，是因为这女孩的尸块就被丢在我们小区外的景观河里，一共丢了50米的河道，最后全都被打捞上来的时候，我和我妈去看了……太可怕了。”

“那时候凶手年龄多大？”

“听说是还差一个星期就满18周岁。”马月回答。

“那也不成，法律上规定满18周岁才能判死刑。”赵晓楠无奈地摇摇头，“报纸上面都写清楚了，周美河在狱中表现突出，积极改造，并且还有过两次立功表现，所以才会给他减了2年刑期，这在法律上无可非议。但是……”

“但是？”马月听了便是一愣，“姐，你想说什么？”

“在分局的时候我看过这个案子的尸检报告，”赵晓楠若有所思地看着马月，“周美河下手非常利索。他没有学过医，也没有屠宰类的工作背景，但是尸体上的刀痕却清楚整齐。马月，你说，一个第一次杀人的人能够做到这么不慌不忙，而且手法利索干净，你相信吗？”

“所以，你的意思是这家伙不是第一次杀人？”马月有些吃惊。

赵晓楠肯定地点点头:“而且我想他应该还会再次杀人。”

“为什么?”马月问。

“因为有些人杀人不需要任何理由,尤其是一个能把尸块撒满50米河道的人。”李振峰的身影出现在门口,他双手插在牛仔裤兜里,目光注视着赵晓楠,脸上露出了似笑非笑的神情。

法医办公室后门走廊上,卷帘门开着,工作人员正在清洗工作车,“哗哗”的水声溅在地面上。赵晓楠双手插在工作服口袋里,屋外的阳光给她的头发罩上了一层薄薄的金色。

“找我有什么事吗?”赵晓楠问。

李振峰把那本卷宗看了不止一遍,他很想问问她父亲赵军和的事和她出现在视频中的事情,可是面对赵晓楠清澈的双眼,话到嘴边,他又瞬间没了勇气,只能硬生生地把话咽了回去,转而说道:“有两个专业方向的问题想请教一下。”

赵晓楠轻轻一笑:“你打电话给我就行了,还要跑一趟。”

“我正好经过,就顺便来了。”李振峰不太擅长撒谎,尤其是面对自己喜欢的女人,他把目光下意识地向右偏了5寸左右以掩饰自己内心的尴尬。

“你问吧,看我能不能回答你。”

“第一个问题,被强奸的尸体在水中浸泡一定时间以后,比方说6个小时,是不是就不能在体内查出可供比对的生物检材样本了?”

赵晓楠摇摇头:“三种可能,第一,要考虑凶手是否有精子,现在因为各种环境污染和遗传因素,男性患‘无精症’的比例越来越高;第二,如果凶手作案时戴了避孕套,那同样查不出来,在合适的外部条件下只能在死者体内发现避孕套的杀精剂残留物；第三，如果排除了上面两种可能，那就是尸体被发现的位置在河道主流位置上，考虑到水流的速度和温度，因此无法在体内找到可用的DNA检材样本。”

“第二个问题，”李振峰看着赵晓楠，“尸体在河道主流位置上被发现，但是身上的衣服却没了，唯一留下的是一只挂在胳膊上的胸罩，胸罩已经被解开，可以就此判定是强奸杀人后抛尸的吗？”

“胸罩是什么样式的？”赵晓楠问。

“你说什么？”没提防赵晓楠问这么直接的问题，李振峰的脸红了。

“胸罩，”赵晓楠比画了下，“什么样式的，搭扣型还是纽扣型？有没有钢圈？”

李振峰总算弄明白了：“搭扣，没错，是搭扣，至于说钢圈，应该没有。”

“我懂了，”赵晓楠点点头，“死者的衣服完全有可能被水流冲走，只要当晚是汛期且河流涨潮，水流速度够快，结合案发当天的天气和水文资料，很快就能得出结论，但是也不排除被人故意解开造成被强奸杀害后抛尸的假象。她的衣服后来一直都没被找到是吗？”

李振峰听了这话，不由得心中一怔，这就是说不排除有人报复杀人，杀害了当时年仅19岁的受害者黄木清，从而嫁祸于早就成为众矢之的的郑福伟。

“没，没找到。”

“那可能性就大了。”赵晓楠回答。

第三章　坏人之死

紧握在一起的双手，飘忽不定的目光，

微微上翘的嘴唇，不断调整方向的双脚，

左右摇摆的身体。

夜深了，路上依旧车来车往。

虽然窗户紧紧地关着，耳畔还是不断传来楼下烧烤摊上嘈杂的说话声。对面大楼里有人正在看最新一期的闯关类综艺节目，时不时地从敞开的窗口传来阵阵笑声。

空调坏了，他不得不打开电风扇，电风扇“嗡嗡”地响着，房间里空气憋闷，但是他仍然不愿意打开窗。

窗外的人间烟火是这么单纯而朴实，可惜的是与他没有了任何关系。

他知道自己是“坏人”，所以他更怕死。

面对周围人向他投来的异样目光，他都无一例外地选择了躲避。他尽可能不出门，尽可能不吃东西，甚至，他都尽可能不去打开卧室的窗帘向外看一眼。

就让自己躲在黑暗里吧，至少，那样做能感觉安全一些。

外面的世界对他来说曾经是最渴望的，为了能尽早走出冰冷森严的高墙，他不得不把自己变成了另外一个人，一个小心翼翼地拼命做好事的人。

高墙内看似很安全，因为受害者家属不可能跨越那道高耸的障碍来报复自己，但是时间久了，他突然明白了一个可怕的现实，那就是自己所犯下的罪行，哪怕是在高墙之内，也会随时给他带来难以想象的悲惨后果。

说句在墙外绝对不会有人相信的话——自己的地位，在“号子”里，甚至连个小偷都不如。

从第一次挨揍开始，他就真正感到后悔了，也就拼了命地想尽早逃离高墙。

但是，命运就是这么讽刺，他从一处高墙毫不犹豫地走向了另一处，而后者，他永远都不会有机会走出去。

黑暗中，他蜷缩在墙角，双手抱着膝盖，把脸深深地埋在膝盖里。他不敢睁眼，嘴里不停地嘟囔着：“我错了，我错了，我错了……”

有人说，人的记忆其实和水里的鱼差不多，只要不是自己的事，很快就会忘得一干二净。

在出狱前，他曾经在心里祈祷外面的人能给自己一次重新再来的机会，毕竟都过去8年了，周围人应该早就把他的事情忘了，毕竟人的一辈子每天都会发生很多事情。但现在看来，这显然是痴心妄想，他没有机会了，再也没有了。就连他的父母都依旧以他为耻，他被彻底拒于门外了。

绝望的感觉再一次涌上心头。

黑暗中，手机又一次发出了幽幽的蓝光，他吓得浑身一哆嗦，难道说又开始了？他不想去接这个电话，但是蓝色的光芒闪个不停，他终于忍不住伸出了手，轻轻叹了口气后按下了接听键。

“你可以去死了，死了就解脱了，相信我，不会有痛苦的。死亡其实就是你换一个身体重新开始生活而已，你难道不想吗？不想从头开始吗？这个世界都已经不接纳你了，你还看不出来吗？”

电话那头的声音犹如一个吹着笛子的弄蛇人，唤醒了他内心深处最后一丝渴望。

几分钟后，楼下的烧烤摊上落了一个人，他扑在一张烧烤桌上，把桌子上的食物砸得七零八落，食物飞溅的同时，一把竖着的用来串食物的竹签子因为惯性直直地插进了他的咽喉。鲜血汩汩而出，烧烤摊上的食客们顿时被眼前这一幕吓得惊慌失措，他们尖叫着四散奔逃。

只有“蜘蛛”一个人喝得醉醺醺的，还在不停地给自己灌酒，全然不顾离自己不到两米远处所发生的这一幕惨剧，他甚至都没转过头去看一眼，在他的目光中只有桌上那堆空啤酒瓶。

而这一幕，趴在碎片中的他看得清清楚楚，惊愕之际，他本能地张了张嘴，却一个字也说不出来。

海风吹过，八楼的窗帘扬起，他的床铺上，那部被他丢在枕头边的手机突然自动进入了格式化程序，迅速而又精准地清理了这部手机上所有的使用痕迹，最终，手机关机。

而楼下浑身是血的他终于解脱了。他的意识在缓缓消失，很快，眼前便是一片黑暗。

世界终于安静了。

路人很快就会忘记他这个特殊的醉鬼，因为有人死了，相比起死亡，一个醉鬼真的不算什么。

喝够了，“蜘蛛”这才站起身，晃晃悠悠地走进路边的塑料雨棚里。虽然醉意朦胧，脚步显得有些零乱，但是他的心里清楚得很，回想起刚才的一幕他惊得毛骨悚然，为自己的大意懊悔不已。

傍晚接到通知的时候，“蜘蛛”还以为这只是一个孩子气的把戏而已，他本来不想去，但是转念一琢磨，就此打发一下空虚的夜晚，也是不错的。

他是来看“失败”的，谁知却被他的大意狠狠打了一巴掌。

刚才那人掉下来的时候，“蜘蛛”心里已经知道了对方的身份，因为时间、地点都与通知中的一模一样。他之所以纹丝不动，是因为他在拼命思索，他知道这一次的“捕猎”可不会那么轻易就得手，一不小心的话，自己也会成为对方的“盘中餐”。

谁说“年轻人”不可怕？要知道“恶魔”往往都是不分年龄的，越年轻才越无所畏惧。

这一次，“蜘蛛”是真的阴沟里翻船了。

上午10点的时候，室外的温度已经到了37℃，炽热的阳光晃得人头晕。

李大强毕竟是上了年纪的人，刚下公交车的时候他就双腿一软，差点儿栽倒在地。

“老爷爷，你没事吧？”站台上一个学生模样的年轻人赶紧上前扶住了李大强的胳膊，关切地问道。

“老爷爷？”李大强有点发蒙，目光和年轻人对视的时候，左右看了看，这才意识到对方说的正是自己，不禁心中一阵悲凉。他摇摇头说：“没事，没事，谢谢你。”

离开站台，李大强习惯性地背着手在林荫路上走着。这条路他非常熟悉，叫人民西路，道路两旁种满了法国梧桐树，小木桥巷就在前面路口80米处向左拐的位置。他抬头看了看，高大的梧桐树枝叶已经挡住了大半个天空。

时间过得真快啊，他记得很清楚，18年前郑福伟案案发的时候，眼前这些法国梧桐树还只有一人多高，整条人民西路上空荡荡的，除了沿街的店铺外，最高的居民住宅楼也不过7层，那是建工局的宿舍区，在安平市算上档次的了，而德云新村最高的楼房只有5层。如今呢，人民西路两旁的楼房至少有20层高，仰头看久了，还会让人感觉有些喘不过气来。

李大强是个老刑警，对安平市的大街小巷都非常熟悉，但这也只是停留在数年前，如今站在人民西路上，李大强突然有了一种陌生的感觉——城市变化得都快让他认不出来了。

李大强穿过人民西路，来到德云新村门口，老旧的大门已经被拆了，现在的大门是去年才修的，除此之外，整个新村没怎么改变，与后面那些褪了色的楼房相比，崭新的大门显得如此格格不入。

保安是个年轻人，他拦住了李大强，上下打量了一眼："大爷，有点儿眼生，您找谁？"

"我……"李大强习惯性地伸左手想去摸自己的工作证，但是那地方是空的，他轻轻叹了口气，把帆布口袋送到左手，然后从裤兜里摸出了自己的身份证，递给保安。

小保安愣住了，赶紧摆手："大爷，您弄错了，我不是公安，我不查身份证，您赶紧收起来吧，别弄丢了。"

"小伙子，我来找人。"李大强放好了身份证。

"找谁？"

"住3号门101的金爱珍，年龄……现在应该是50岁上下了吧。"这些都在记录本上写着，所以李大强一下子就能说出来，他朝着3号门的方向指了指，又补充了句，"当老师的，就在安平一小。"

"你说的是金老师啊，在的在的，现在是暑假，我今天早上还见到她买菜回来呢。"小保安脸上的神情顿时缓和了许多，"大爷，您进去吧，过那景观桥的时候脚下留点儿神，物业在维修，路有点儿滑。"

李大强深知小保安是好心，但是也不愿意应和他，只是略显傲慢地点点头，便朝左手边的方向走了过去。

金爱珍是黄木清的表姐，当年案发的时候金爱珍陪着黄木清的父母去过好几次公安局，只不过那时候她还年轻，说不上什么话，只是陪着老人在一旁抹眼泪。

3号门101前的空地上种了一片月季，这个季节正是月季开花的时节，一位中年妇女正蹲在月季丛旁的地上忙碌着，走近了才知道她在种葱头。

"是金老师吗？"李大强认人很准。

金爱珍站起身，双手在腰间的围裙上擦了擦，问："我是。你是哪位？"

"我叫李大强，这是我的退休证。"此刻李大强说话的口气和拿证件的动作与当年简直是一模一样，只是出示的是一本市公安局的退休证。这未免让他心中油然而生一丁点儿沮丧。

"你是警察？"金老师脸上的笑容僵住了，她仔细打量着面前站着的李大强，半晌，点头说道，“没错，我记得你，我表妹那个案子，就是你办的。”

“你记性真好，”李大强尴尬地笑了笑，“金老师。”

“那你现在来找我干什么？”金爱珍伸手指了指屋里，“跟我来吧，外面太热了，到屋里坐坐，喝杯茶。”

李大强也没推辞，跟着金爱珍走进了101室，在客厅竹沙发上坐了下来。

客厅里倒是很凉快，不只是沙发，整个家里的家具几乎都是用竹子做的，房间里一股淡淡的楠竹清香。

金爱珍笑了笑：“我儿子永成在江州开了一家竹制家具厂，所以我们家就有点特别。”她给李大强倒了一杯大麦凉茶，在他对面坐了下来，“都这么多年了，李警官，你还想知道些什么，趁我还记得，就尽管问吧。”

“和我说说你的表妹，她是个什么样的人？”李大强开门见山地问道。

“她？”金爱珍摇摇头，“不好说。”

“为什么不好说？总要有个理由吧。”李大强端起茶杯喝了一口，一股大麦的香气顿时遍布了口腔，他精神了许多。

“真的不好说。”金爱珍看着李大强，见他仍然坚持，迟疑了会儿后，便轻轻叹了口气，“看来你真的想知道，那我就告诉你吧，她是个双面人，她说的话，你只能相信一半，或者说一个字都别信。”

李大强惊得目瞪口呆：“你，你说什么？”

“别相信她说的话，一个字都别信！”金爱珍又重复了一遍。

片刻的沉默过后，李大强问：“为什么会这么说，你当初为什么不告诉我们？”

“人都死了，死者为大，我不想让我姨父姨妈伤心。”

“那现在为什么要改变主意？”

“我姨父姨妈已经去世了。”金爱珍看着他，“也因为他几年前来找过我，他说你一定会来的，叫我到时候一定要如实告诉你。”

“他是谁？”李大强感到自己的心跳得厉害。

“赵军和，赵法医。”金爱珍若有所思地说道，“我还记得他那时候来找我的样子，一个人领着个孩子，看上去很憔悴，精神不太好，好像病得很重。他跟我说虽然黄木清的案子性质是无法改变的，但是真正的凶手不一定就是已经伏法的郑福伟，可能还有同案犯，因为工作纪律要求，他没有办法告诉我太多有关案子的情况，只是再三要求我一定信守承诺。”

“他身边那孩子多大？”李大强问。

“戴着第八中学的校徽。是个女孩，挺乖的，也很有礼貌。”金爱珍微微一笑，“是他女儿吧，那天她手里还拎着个袋子，像是刚从中医院过来，一股中药味。”

“过去这么多年了，你还记得这么清楚？”

“我干了一辈子教师，记性自然很好，再说了我有记日记的习惯。”金爱珍靠在竹椅上，神情平静地轻声说道，“李警官，我们开始吧，我对我下面将要说的每一个字的真实性负责。

“黄木清是我表妹，和我性格完全不一样，我和她之间的关系属于话不投机半句多的表面和睦。

“她虽然和我姨妈姨父一起住在这个小区，我也常去她家，但都是去探望姨妈和姨父的。我父母在我10岁的时候出车祸去世了，是姨妈姨父一直照顾着我，不过我住的这个房子是我父母留给我的，与他们家没关系。案发那年我在安平一小工作，同一年我结婚了，我丈夫在铁路系统工作，跑北方的线，一周回来一次，休息两天就又要发车，挺辛苦的。我丈夫很老实，从不在背后议论别人，人也长得很帅。有一次，他临出车之前突然对我说——你已经结婚了，也有了自己的工作和家庭，不要总去姨父姨妈家，实在不行咱跟人家换个房吧。我当时挺不理解的，因为这里地段好，换房会吃亏，况且我丈夫一直都很孝顺我姨父姨妈，就当自己亲岳父岳母看待，他在背后突然说出这样的话，真的很让人匪夷所思。在我的不断追问下，我丈夫才说了实话，原来是因为我表妹，她不安分地盯上了我丈夫，我丈夫在拒绝数次无果后，忍无可忍才向我提出搬家这个要求，就是想图个清静。

“我当然相信我丈夫的话，但搬家是不现实的，我们刚结婚，经济状况不是很好。在认真考虑后，我决定找我表妹好好谈谈，叫她不要插足我的家庭。结果呢，她却反咬一口，说是我丈夫勾引她，还说我根本配不上我丈夫，言辞刻薄到了极点。”

看着金爱珍茫然的眼神，李大强突然问道：“那你不恨她吗？”

房间里的空气瞬间安静了下来。许久，金爱珍抬头看着李大强，果断地摇摇头：“我不否认，但是我没有杀她。”

李大强脑海中再次浮现刚才进门前金爱珍接自己退休证时伸出左手的那一幕，他转而问道：“对于你表妹和郑福伟的感情，你有什么想告诉我的吗？”

金爱珍长叹一声，笑笑：“她跟郑福伟在一起，也是因为郑福伟有积蓄，愿意给她花钱罢了，还有那套房子，拆迁后可是天价的补偿啊。”

“这些，难道也是黄木清告诉你的？”

金爱珍点头：“我为了我丈夫的事情跟她吵了一次，她羞辱我到了极点，最后还竟然告诉我说她很快就要发达了，只要郑福伟跟她结婚，她从此以后就不用再去纺织厂干苦力了。”

听到这儿，李大强微微皱眉：“金老师，那你认不认识郑福伟的妹妹郑红梅？”

金爱珍小声嘀咕：“不认识，我干吗要去认识她？凡是和黄木清有关的人，我躲都来不及呢。她简直就是个瘟神。”

“那，你丈夫呢？”

金爱珍耸了耸肩，轻轻叹口气，说道：“那次出车后，他就再也没有回来——遇到了山体塌方，整个车头都被砸扁了。”

这时候，李大强突然醒悟过来，刚才金爱珍的目光不是茫然，而是空洞。

临走时，金老师伸手指了指墙上的放大相片，眼神中充满了幸福：“这是我现在的丈夫，退休了，原来和我在一个学校教书的，现在开了个培训公司，每天都很忙，忙着赚钱。”

只看了一眼，李大强就明白了，虽然上了年纪，可是这个男人在长相上根本就配不上金爱珍。他的心情突然变得复杂起来。

走出德云新村，李大强在路边的冷饮摊上坐了下来，要了杯冰镇绿豆汤，边喝边在心里琢磨：总觉得刚才看到的什么东西有些不太对劲，却又一时之间想不出哪里不对劲。

再说自己虽然找到了金爱珍，但是18年前的案子因为犯罪现场和尸体的消失，调查起来是有很大难度的，即使有目击证人或者相关利害关系人员，可随着时间的流逝，一些最原始的记忆也不一定可靠，时间太能改变一切了。

正在这时，一辆警车停在了李大强身旁的马路上，车门打开，李振峰急匆匆地从驾驶座下车，快步来到父亲身边，弯腰扶着父亲的肩膀，看了看，欲言又止。

“你瞅啥呢？”李大强拉长了老脸，尽管这时候他看到儿子出现在自己面前其实是很开心的。

“爸，你没生病吧？我看你脸色不好。”李振峰说。

“胡说八道，我好得很呢。”李大强朝警车努了努嘴，“你来这儿干啥？还不快去把车开走，碍眼。”

“正好有个案子去看看，你没病就好。”李振峰直起腰，转身准备离开，走了一步又停下了，回头一脸狐疑地看着自己的父亲，“爸，这里是德云新村，对面是小木桥巷，大热天的你在这周围溜达，不会是对当年那件案子还不死心吧？”

被说中了心事，李大强的脸瞬间黑了。

见状，李振峰快速地钻进警车。安东回头看了眼车后方向：“李哥，老爷子来这儿干吗？”

李振峰没说话，沉着脸把车开离了马路边。

“老爷子没事吧？”安东关切地问道。

“他好着呢，就是闲不住。”李振峰回答，“老让我妈担心。”

“李哥，郑福伟那案子难道真的有问题？”安东忍不住问道，“我看那本‘6·17’大案的卷宗在你桌上已经放了好几天了。”

“所以你翻开看了，对不对？”

安东嘿嘿一笑："我这不闲着也是闲着嘛，也不浪费时间，毕竟看旧卷宗也是工作。"

"我现在真不好回答你，因为我自己都是一头雾水。"

此刻，李振峰的脑海里再一次浮现那段视频。

他已经想好了，就在这周，一定要找赵晓楠好好谈谈，不绕弯子，开诚布公。打定主意后，李振峰便伸手打开车窗，让风吹进狭窄的车厢，瞬间他的头脑变得清醒了许多。

安东翻看着手机页面上小邓刚传过来的周美河的背景资料，皱眉嘀咕："李哥，你觉得周美河这种人会自杀吗？"

"有可能，这也是为什么现在这个世界上最忙的就是自杀干预热线了。"李振峰回答，"但是从周美河的角度来讲，我们没看过现场，还是不要先入为主的好，否则的话你后面再做任何决定，十之八九都会朝着自己事先预想好的结果方向去了。"

"对了，安东，城阳路派出所那边到底是怎么说的？为什么会想着这个事情一定要汇报给局里？如果真的是自杀，咱还就不好介入了。"李振峰皱眉说道，"毕竟连个案子都算不上。"

安东翻看着电话记录，摇摇头："就是觉得有些不可思议，人才出来不到3天就死了，你想想看，不管先前干过什么，在'号子'里拼了命地立功表现自己，好不容易减了两年刑期，这一出来就自杀，想想确实有点不太对劲。再说我们那几起案子，虽然媒体上不公开说，因为除了来电记录外，根本没证据支持立案调查，但是私底下，群众的议论肯定是不少的，好事不出门，坏事传千里。总之，不管怎么说，这次要是能就此抓住那个混蛋就好了。"

中午11点30分，警车开进了城阳路派出所大院。

这是个郊区小派出所，人员编制没超过10个，负责的区域人口以果农为主。派出所大院虽然面积大，有大半个山头，但是片区内的居民人数却并不多。

一见李振峰和安东走进大院，正在花坛边坐着吃面条的副所长赶紧把大青边海碗往边上一放，右手在裤子上擦了擦，笑着迎上前向李振峰他们伸出了手："你们来得真快。"

"我们一接到你们这边的上报电话就赶来了。"李振峰和安东对视了一眼，"周美河这才放出来没几天就死了，局里领导说了要尽快落实情况，排除和我们手头的案子有关的可能性。"

副所长脸上的笑容消失了，他严肃地点点头："没错，现在我们警方的动作也要快，不然的话到时候社会上谣言满天飞，人心惶惶不说，光是辟谣也能让咱们的干警嘴皮子都磨出泡来，严重影响我们的正常工作。跟我来吧。"说着，他径直走进了派出所大厅。

"周美河这个人一直都是我们片区的一块心病。"副所长边走边说道，"我们片区内的民风一直比较淳朴，8年前的那个案子是我们那一年里唯一的一起命案。那时候我还是个普通的户籍民警，到现在都还记得那个现场的糟糕程度。唉，你想想，当地群众目睹了怎么承受得了？他被判刑后，无论是死者家属还是周围邻居，好长时间都没有办法平静下来，那时候天天有人上我们派出所来谈心，门口这一片几乎坐满了。"

李振峰问："副所长，你觉得周美河是个什么样的人？他的家庭状况怎样？"

三人在副所长的办公室里坐了下来，

“我是本地人，当兵回来后就在派出所上班，一直负责管户籍，周美河家就住在东条口，家里有一片果园，家庭状况本来还是不错的，每年的收入比上不足比下有余。周美河的父亲周家山和母亲黄爱莲共有3个子女，大女儿周美花7年前嫁去了外地，因为周家名声由于小儿子的关系而变得有些糟糕，在当地实在找不到好人家。再说了，只判了10年，这个小舅子总有出来的一天，到时候谁家不都得提心吊胆过日子啊，毕竟这是杀过人的。

“大儿子周美海是个性格懦弱而又内向的人，没读过几年书，很早就在父母的果园里帮忙，对父母的要求，尤其是父亲周家山的要求从不说个‘不’字，现在父母年纪大了，干不动了，便全都指望着这老大在果园里忙活了。同样，因为老三，周美海现在都30多了，连个对象也没有。”

李振峰轻轻皱眉：“那黄爱莲是不是很疼爱这个小儿子周美河？”

副所长点头：“确实，溺爱到了极点，但是一个月前不知怎么的，黄爱莲在果园里干活时从树上踩空掉了下来，脑袋正好磕在一块青石板上，人是救过来了，却痴痴傻傻的了，现在就知道搬张凳子坐在家门口晒太阳，谁都认不出来了。”

“会不会是因为知道了自己小儿子要提前释放？”李振峰问。

副所长摇摇头：“不清楚，但是监狱一般都会提前一到两个月通知服刑犯减刑的决定的。”

李振峰心中一沉：“那周美河提前出狱的事，最先通知的谁？怎么会有媒体去监狱采访他？”

“最先知道这消息的是我们所里，然后按照程序我们通知了周美河的哥哥周美海。”说到这儿，副所长脸上的神情变得有些复杂起来，“你们也知道周美河案子的敏感度很高，我们本来是想低调处理的，以防万一。结果媒体从周家得到消息后就直接去了监狱，据说在经过周美河允许后就有了那篇采访稿。”

“等等，现在周家是谁管事？”李振峰问。

“周美海。”

李振峰长长地舒了口气，他想要的答案已经找到了：“那周美河的遗物还在你们所里吗？”

“在，都在，尸体在殡仪馆，我们已经通知家属了，暂时不要火化，等我们通知。”

安东说：“那麻烦副所长找人带我们去一趟案发现场吧。”

“没问题。”

警车在镇子中央最热闹的闽北路上一家有点档次的小宾馆前停了下来，宾馆正门右手方向是一家烧烤店，门前地上满是油污，角落里还有没被清理干净的竹签和餐具碎片。

三人陆续下车走进宾馆，迎面便见店老板冲着走在最前面的派出所文书小秦抱怨道：“秦警官，你们派出所到底调查清楚了没，不就是跳楼自杀吗？那小子自己活腻了与我们有什么关系啊，门口那封条不撕我咋做生意？昨晚都吓跑好几个客人了。”

“工作结束了自然会通知你，把804的房间钥匙给我。”小秦把手一伸，接过钥匙转身就带着李振峰和安东走进了电梯。

“这宾馆装修得还挺不错的嘛。”安东问，“平时住客多吗？”

“都是来我们这儿买水果的批发商，有时候还会来一些游客。”

“住一晚价钱贵不贵？”李振峰问。

“400元。”小秦嘿嘿一笑，“反正我们出差住不起这种标准。”

说话间电梯门已经开了，三人陆续来到804门口，小秦揭开封条，然后用钥匙打开了房门。

房间里一副没有打扫过的样子，床铺零乱，茶几上满是东倒西歪的空矿泉水瓶和一些饼干、方便面盒子，逐一看去基本上都空了。此刻虽然开着窗，但是整个房间里还是弥漫着一股难闻的发霉味道。

小秦指了指墙角的行李架：“这里本来有个行李箱，都是周美河的个人衣物，床铺上有一个手机和充电器，手机已经被格式化，上面的记录都没了，枕头下是死者的钱包，里面只有一张50元的纸币和身份证，别的什么都没有。”

“他跳楼的时间？”安东问。

“昨晚23点27分至23点30分之间。”小秦回答。

李振峰呆了呆：“如何确定的时间？是楼下的烧烤摊摊主提供的吗？”

小秦摇摇头：“他们只能提供个大概范围，也就是23点19分左右至23点30分之间，我们具体依据的是死者手机格式化的时间，不过两者之间相差并不大。”

李振峰和安东交换了个眼神，后者赶紧拿着手机退出了房间。

“他在这里住了多久？”李振峰问。

“3天。”

“在此期间有外出过吗？或者有什么异常的举动吗？”李振峰的目光在凌乱不堪的房间里仔细搜寻着。

“几乎没有外出过，这些吃的东西都是服务员给买上来的。”小秦回答。

李振峰伸手一指窗帘："你们进来时，这个窗帘是开着还是关着？"

"关着的，听对面的住户反映，这个房间已经好几天了，窗子一直关着，窗帘都没拉开过。"

李振峰注意到墙上的空调是坏的，桌上摆了一台风扇。他信步踱到窗边，看着窗外车水马龙的街面："最后一个问题，从他入住到他跳楼自杀为止，其间他哥周美海有没有来看过他？"

"有过一次，我们今天上午在殡仪馆的时候询问过周美海，他说是来送衣服的，别的也没说什么，这人本来话就不多。"

"他刚出狱，这里的房间是谁帮他订的？"李振峰问。

"他哥，周美海。"小秦说，"他哥说现在周围没人愿意搭理周美河，躲他就跟躲瘟神一样，连父亲都嫌他丢人，门槛都不让他进。周美海实在看不过去，就帮他弟弟在这里订了个房间，预付了两周的房费。"

迎着窗外刺眼的阳光，李振峰稍加思索后重重地叹了口气，转身对小秦说："这里可以解封了，还有就是麻烦你尽快安排下让我和周美海谈一谈。"

"好的，我这就去安排。"

小秦和安东擦肩而过。安东匆匆来到李振峰身边："李哥，大龙那边的回应是周美河的手机被入侵了，所以才会自动格式化，但是这次入侵很奇怪，不是通过互联网，而是外部硬件，而且这手机才启用没几天时间，是新手机号。"

"没啥奇怪的，他刚出狱，没有自己的手机，家人给他买一个，这很正常，但是他的死也是被人操控的。"李振峰伸手指了指对面的住宅楼，“你瞧对面，现在是夏天，没有多少人是拉着窗帘、关着窗的，所以凶手引导他在这里跳楼，就是想让对面楼里的人或者大楼监控作为潜在的目击证人，来证实他是自己跳楼的，只要是自杀，我们警方就没有介入的可能。

“而且你朝楼下看，那是晚上烧烤摊简易桌椅摆放的位置，地上那层油污应该有很久了吧，店主都懒得清理了，受害者从这里跳下去的话，下面的食客必定会惊慌失措，从而导致现场一片混乱，这既可以扩大这件事的知名度，让更多人来证实他是自杀，又可以帮助凶手从现场轻易脱身。

“总结来说，正因为周美河的身份非常特殊，他的突然死亡很容易就会被我们警方盯上，和报复杀人联系在一起，所以，凶手所要做的就是让更多人知道他是自杀的，与报复杀人无关。”

一听这话，安东的脸色顿时变了，他本能地扒着窗台向下看去：“什么意思，凶手昨天就在现场？”

“有这个可能，我现在怀疑死者的真正跳楼时间是在派出所认定的时间之前，也就是烧烤摊食客和对面大楼居民所反映的时间，你等下去查查对面能看见跳楼这个方向的路面监控。而昨晚手机格式化是在他坠楼后没多久发生的，由凶手远程控制，以毁灭自己暗示他人跳楼自杀的证据。”李振峰回答。

“我记得那个女高中生莫小白的手机也是被格式化过的，他们应该自己会操作吧？”安东问。

“有这个可能，但是莫小白死前的状况和周美河不一样，莫小白是经过深思熟虑的，死前很平静，甚至还换了一套衣服。这个周美河就不同了，三天时间里他就犹如惊弓之鸟一般，有明显的被迫害妄想症的表象。而且你看这个房间，非常零乱，这与莫小白跳楼前的房间陈设有很大不同，这表明周美河已经完全失去了理性思考的本能。我虽然不知道他在这三天时间里具体经历了什么，但是有一点可以肯定，那就是他一直都在试图逃避着什么。”李振峰突然转身看看安东，又看看床头柜，脸上充满了疑惑的神情，“电话呢？这个房间怎么没有座机？”

店老板不知什么时候出现在了房间门口，他一听这话便立刻伸手招呼道：“警官，我知道，我知道，座机是那小子自己不要的，我们服务员跟我反映过这事儿，说他刚上去没多久就把电话机给拆了丢到门口走廊上，我们服务员巡视楼层的时候才知道，当时挺生气的，你说没事儿拆什么电话机啊，对不？”

“那住客说什么了没有？”安东问。

店老板双手一摊，摆出一副无辜的样子：“就说不要了呗，嫌吵。”

李振峰和安东不由得面面相觑。

安东小声嘀咕：“哥，你说周美河在躲避什么呢？”

“有人骚扰他。”

“那他为什么还要带着手机？”安东不解地看着他。

李振峰意味深长地笑了笑：“因为他哥要他带着，而且这是他和他哥之间唯一的联系通道，周美河很信任他哥周美海。安东，看来我们是得和这位哥哥好好谈谈了。”

昨晚酒喝太多，“蜘蛛”早上醒来后就一直感到头疼得厉害。尽管如此，他还是驾车赶回了自己的公司。走进办公室后，他随手带上了门，先给自己倒了半杯酒，然后端着酒杯来到办公桌前拉开抽屉，找出药瓶，颤抖着手把它拧开，倒出药丸，最后就着杯子里的酒一口将药丸全部吞下，他这才真正地松了口气。

酒精能加速药效在体内的挥发溶解，虽然要冒很大的风险，但是“蜘蛛”知道此刻自己最需要的不是身体的安全，而是一个冷静的头脑。

他打开电脑，看到自己的论坛信箱中果然再次出现了对方的留言，还有两段短视频。留言很短，只有6个字——现在相信了吗？而那两段视频，一段是周美河跳楼自杀的监控视频，时间是昨晚23点22分，时长为17秒；另一段是三位警察从车上下来，走进事发宾馆的视频，时间是1小时前，时长为13秒。

“蜘蛛”心中一怔，他屏住呼吸再次播放了第二段视频，走在最后的那个瘦削的体形非常眼熟，再次放大……没错，是李振峰，他果然介入了这个发生在小镇里的案子。直到这个时候，“蜘蛛”的脸上才终于露出了一丝得意的笑容。在外人眼中，李振峰是一个年轻而经验不足的刑警，但是“蜘蛛”却明白，这家伙的形象远比旁人眼中的要复杂得多，李振峰对犯罪的嗅觉与渴望一点儿都不亚于他，唯一的不同不过是两人恰好一正一反、一黑一白而已。

哦，不，还有一点，“蜘蛛”想到这儿，脑海里又出现了那次为了救赵晓楠，李振峰毅然出手时的眼神，“蜘蛛”可是读懂了的，也就是说他们喜欢上了同一个女人。

这显得很有趣，因为一个杀人犯竟然和一个追捕他的警察成了“知音”，那是多么不可思议的事情。

最后，看着视频中李振峰被定格的脸，“蜘蛛”轻轻叹了口气，脸上露出了意味深长的笑容。

傍晚，赵晓楠下班了，她刚走到大院门口，保安便叫住了她：“赵法医，你等等。”

“什么事，王叔？”赵晓楠看着这个头发全白的老人抱着一大束百合花向自己走来，感觉有些不对劲，伸手接过来后便问道，“这是什么意思？谁送的？”

老保安王叔笑眯眯地说道：“花店的小弟说是一位蒋先生送的，感谢你救了他。”

“我？”赵晓楠脸上的表情突然凝固了，她沉着脸快步走到大院外的垃圾桶边上，打开垃圾桶，将花扔了进去，然后头也不回地向公交车站走去。

这一幕把身后的保安王叔给看得目瞪口呆。

在开车去果园的路上，李振峰给郑文龙发了条信息，要他彻查周美海的所有背景资料以及周美海母亲的病历档案，尤其是她最后一次入院的时间和症状，但当他看到传过来的信息后，更加困惑了。他又把周美海母亲的病历档案传给了赵晓楠。很快，看着赵晓楠的回复，李振峰脸上的神情越发凝重了。

车子开了10多分钟便到了果园门口，满树的桃子长势喜人，周美海雇了好几个工人，他自己也在树上忙着摘果子。周美海的父亲周家山因为年纪大了，腿脚有毛病，便在树下帮着装筐，同样忙得脚不沾地，唯独不见周美海母亲的踪影。李振峰问旁边的帮工，说是怕添乱，周美海专门请了个保姆在家照顾母亲黄爱莲。

小秦警官和周美海认识，所以就由他进果园把人叫了出来。来到警车前，身材敦实、皮肤黝黑的周美海见是两个陌生人坐在车上，脸上不由得闪过一丝疑惑的神情，上身的动作也随之变得僵硬了起来："你们是……"

"我们是市公安系统的，想和你谈谈你弟弟的事，跟我们去趟派出所吧。"安东平静地说道。

李振峰注意到周美海整个人突然变得放松了，毕竟弟弟周美河才被放出来没多久就出了这档子事，公安系统的人来调查一下、做个走访也是很正常的。

"好的，我跟你们去就是。"说着，他招呼了下帮工，然后上了车，在安东身边坐了下来。

警车开出城阳镇，来到城阳路派出所。下车后，在小秦的带领下几个人走进了讯问室。

见周美海又变得有些犹豫，李振峰便率先在椅子上坐了下来，打开工作笔记，然后示意周美海也坐下。小秦退了出去，房间里只剩下了李振峰、安东和周美海三个人。

"这里……"周美海坐在椅子上，偷眼环顾了整个房间，紧张地询问道，"你们，找我有什么事吗？"

"没什么别的事，只是想跟你聊聊你弟弟周美河，他一定给你家带来了很多麻烦，对吗？"安东很随意地问道。李振峰站起身在房间里踱步，视线一直从没有离开周美海。

"唉，"周美海一声长叹，"警官，我那弟弟干的事儿也不是人干得出来的，当初能留下一条命还不都是因为没到法定年龄。他被判刑带走后，我们家在城阳镇上可倒了老大的霉了，果园被人泼洒农药，大门被人半夜泼粪，天天被人指着脊梁骨骂，我妹妹没办法只能嫁得远远的，我自己呢，到现在还没结婚，还不都是那家伙给害的。”

“是吗？”安东点点头，口吻中流露出了同情，“但那毕竟是你的亲弟弟，对不对？你这当哥哥的，照顾他也是有责任的，不过要是我的话，如果还有机会，我一定会好好揍他一顿。”

“可不！”周美海沮丧地说道，“我这又要照顾爸妈，又要管果园，请不起工人还得自己上，如果他出狱后愿意来果园工作的话，那还好说，可是他那脾气，唯恐天下不乱。我爸说了，不让他进家门，说自己没这个儿子，丢先人的脸！没办法，我又不能不管，就给他在镇上宾馆订了个房间，想着等我爸气消了，让小弟给赔个礼道个歉，实在不行就跪上几天，回家了好好干活也就算了，谁想到这家伙竟然会想不开走了绝路……这，我都不敢跟我爸妈说实话，毕竟，毕竟是我弟弟，警官，你们说是不是？”说到这儿，周美海的眼角竟然有些湿润了。

李振峰紧锁双眉，一言不发地听着。

“那你是什么时候知道你弟弟出事的？”安东问。

“昨天晚上12点钟左右吧，我正在果园里守着，这段日子因为是果子成熟的时候，小偷小摸的事情特别多，谁摊上谁倒霉。就在那时候我接到宾馆老板打来的电话，说我弟弟跳楼了，我当时就蔫儿了，心想这怎么可能，因为我前天走的时候，他还好好的。”周美海絮絮叨叨地说道，“怎么会突然跳楼……太可怕了。”

紧握在一起的双手，飘忽不定的目光，微微上翘的嘴唇，不断调整方向的双脚，左右摇摆的身体。都齐了，周美海在撒谎！

这时候，李振峰已经来到周美海的身后，他冲着安东点点头，安东意会便合上了笔记本。

“周美海，我们来聊点轻松的，”李振峰微微一笑问道，“你知道什么是家庭吗？”

“家庭？不就是‘家庭’？”周美海有点诧异，因为这个问题实在是太简单了，他的视线跟着李振峰，试探着回答道，“爸爸、妈妈和孩子？”

李振峰点头。“没错，家庭的结构就是一个等边三角形，父亲、母亲和孩子各占一个角。”这时候他走到了周美海的面前，看着他笑眯眯地说道，“不同的家庭关系和互动模式会导致这个三角形出现不同的形状。比方说，如果父亲过于严厉，那么母亲就会拉住孩子往自己怀里拽，从而取得这个看不见的三角形在理论上的平衡。”

“但是，”说到这儿，李振峰突然脸色一沉，目光也变得犀利起来，“这么做的后果却是非常糟糕的，尤其是这个家中的孩子不止一个的时候。”

“你……你这话什么意思？”

“当你母亲只知道宠爱你的弟弟周美河的时候，从那一刻开始，你们这个家庭就已经彻底失衡了。你的弟弟能够得到你梦寐以求的所有东西，但是你却什么都得不到。你只能天天在果园里帮你父亲干活，你是家里的免费劳动力，而你弟弟，却可以为所欲为，甚至当他杀了人，你母亲非但没有责怪他，反而四处求人帮他找好的律师，只要能救他，不惜倾家荡产。”说到这儿，李振峰一声苦笑，“但最后救下你弟弟的，不是你母亲的钱和眼泪，而是你弟弟的年龄。他被判了10年，10年对某些人来说很长，比如你弟弟，但是对你来说却很短，太短了，难道不是吗？

“你弟弟入狱后，你们的家庭结构看上去似乎恢复了平衡，尽管外界对你们家非议重重，毕竟你们家出了个杀人犯，而且他犯下了那么恶劣的罪行，但是你的心里却很高兴，因为只要能够熬过去，你认为自己就能够赢回母亲的爱和父亲对你的看重。”

李振峰重新回到椅子上坐下，依旧看着周美海，而周美海则低着头，一声不吭。

“对了，你的父亲因为他逐渐衰老而你逐渐长大，所以在他的心目中你的地位变得重要了起来，可以说你们家没有你是不行的。你不仅熟知果园的所有操作规程，更是熟练地接过了你父亲手中的农活，在这个家，你终于有了立足之地，而这是建立在你弟弟消失的基础上的。在我们见面之前，不止一个人跟我说你是个性格内向而又懦弱的人，但是在我和你接触后，却发觉你的另一面已经呈现出来了，你是个性格开朗的人，而且你很有野心。

“刚才我怎么说来着，10年，对不对？你弟弟却只在监狱里待了8年，我相信当你从派出所那里得到他将要被提前释放的消息时，你绝望了！”

“‘绝望’？”周美海淡然一笑，目光却看向了天花板，“我怎么可能会‘绝望’？”

“因为从那一刻开始，你才突然意识到其实你的噩梦从来都没有离开过你，你在这个家一直都是被边缘化的，因为你和你妹妹周美花并不是你现在的母亲所生，你现在的父母是半路夫妻，你的亲生母亲欧月华早就已经去世了。”李振峰的目光中闪过一丝同情，“所以，当你无意中把周美河即将出狱的消息告诉你现在的母亲黄爱莲时，我相信她说的话是彻底压垮你内心的最后一根稻草，你心理失衡了。我现在没有直接证据证实黄爱莲那次的意外与你有关，不过我相信在你的内心世界里应该也是受到良心的谴责的，不然的话，你现在不会把你母亲照顾得这么好，对不对？”

周美海张了张嘴，却什么话都说不出来，只能又一次淡然一笑，低下了头，沉默不语。

“你妹妹出嫁了，你虽然不知道她过得是否幸福，但是至少她能逃离这个让你感到窒息的家。”李振峰一声长叹，“当派出所正式通知你周美河回家的日期时，你更是坐卧不宁了，你心里在不断地斗争，你害怕自己会做出可怕的事情来，但是你又不甘心回到过去，所以，你在网上寻找解脱的方法。我查过你手机的上网记录，从你弟弟被释放的前一个月开始，你就几乎每天都在搜索如何杀人才不会被人知晓，以及杀人或者过失杀人会被判多少刑期、会不会被判死刑……怎么样，你能否认这些吗？”

一听这话，周美海突然抬头看向李振峰，脸色苍白得就像见了鬼一样。他结结巴巴地伸手指着李振峰问道：“你，你是怎么知道的？”

“你别问我是怎么知道的。”李振峰冷冷地说道，“有人回应了你的需求，并且告诉你，他能让你弟弟自动从这个世界上消失，对不对？就在3天前的中午对不对？”

李振峰的声音越来越严厉，周美海终于双膝一软，从椅子上滑落了下来。他跪在地上号啕大哭，连连磕头，语无伦次地说道：“对不起，对不起，警官，对不起，是我害了我弟弟，真的是我，我错了，可是我不甘心啊，这么多年，他回来就是冲着果园来的，父亲说那是弟弟的，我受不了了，真的受不了，对不起……”

李振峰悬着的心放了下来：“你弟弟死的时候，我想，你就在楼下吧，对不对？”

周美海抽泣着点头：“他，他跟我说只要看见我弟弟跳楼，就点这个。”说着，他从口袋里摸出手机放在桌上，推到李振峰和安东面前，用手背抹着眼泪说道，“就是最后那个程序。”

“除了这个，他还教你做什么了？”李振峰神情严肃。

“他，他就告诉我点击链接下载这个App，然后就不用管了，接下来照着他的吩咐做就行了。”周美海回答。

“他没问你要钱吗？”安东问。

周美海赶紧摇头：“没有，一分钱都没要，理由就是很同情我。”

“那么订宾馆、要哪个房间这些事情，也是他叫你做的？”李振峰追问道。

“是的，他总是在最后一刻告诉我下一步该怎么做怎么说，他说我的噩梦很快就可以结束了。”

安东一边翻看着周美海的手机，一边小声嘀咕：“只要有这个程序，手机主人就是一只任人宰割的肉鸡。而且所有的一切都是这笨蛋自己操作的，包括最后一刻的格式化手机操作在内。李哥，这家伙的心明摆着比路边的石头还要硬要冷啊！”

李振峰没有回答安东的问题，他难以置信地看着地板上跪着的这个男人：“周美海，我再问你一个问题，你在你弟弟新手机里到底装了什么东西？”

“也是，也是他给我的链接，我弟弟给我打电话说出狱后想要一个新手机，我就买了，然后按照他的要求点了链接。”周美海沮丧地低头回答。

“你知道这么做的后果是什么吗？”李振峰站起身，重重地叹了口气，“你弟弟那么信任你，你却这么恨他，你眼睁睁地看着他跳楼，看着他一个人孤单地死在大街上，你却还不忘记对手机进行格式化操作，你亲手把你弟弟送上了绝路，你能体会到你弟弟死的时候心中的痛苦吗？”

周美海彻底崩溃了，深深的懊悔让他又一次伏地痛哭起来。

“带上他的手机回去交给大龙，我们走吧，后面的交给派出所处理。”说着，李振峰和安东两人便走出了讯问室，门外早就等候的小秦和同事走了进去。

讯问室的门在身后缓缓关上了。

副所长一直站在走廊上，讯问室里的每一句话他都听得清清楚楚，他长叹一声，对李振峰说道：“谢谢你，李队，总算真相大白了。”

李振峰苦笑：“可惜的是法律上对他不会有太大的惩罚，毕竟周美河是自己跳楼自杀的。”

“但是对周美海来讲，这个教训足够大了。”副所长把他们一路送出了派出所，“对了，李队，我还有一个问题，最后一个。”

李振峰微微一笑：“副所，你尽管提。”

“到底是什么原因真正导致了周美河最后的跳楼？他被催眠了吗？”副所长疑惑不解地问道。

李振峰果断地摇头：“在心理学上，催眠虽然是一种很有效的心理疾病的治疗方法，但是进行起来却没有那么容易，因为它对环境、对受众，甚至对操作者自身都有很严格的要求。更何况作为受众，周美河本身就是一个心事重重的人，他虽然被提早释放，但是由于他罪行的特殊性，即使回到社会上，他还是会提心吊胆的，因为我们人类的记忆可不是河里鱼的记忆，即使人们记不住，互联网也不会忘记。

“而且在狱中的8年，管教干部对这种未成年犯人的思想方面的教育是很严格的，不管最终成效如何，周美河还是受到了一定的影响的，从而产生了自卑和自责的心理。打个比方吧，回到社会上的周美河就像一个踩着钢丝过悬崖的人，他不得不提心吊胆，所以特别渴望家人的接纳，尤其是他哥哥周美海的接纳。在狱中可就不一样，因为那堵高墙是他心里最好的屏障。”

副所长摇摇头：“那他既然害怕回到社会上做个普通人，为什么还要想尽办法出来？”

“很简单，比起社会上的另眼看待，或许高墙内的日子更不好过吧。”安东回答。

副所长心领神会地点点头：“周美河出来后，即使他父亲一时之间无法接受他，但是假以时日不就可以了吗？新的生活就在自己眼前，可他为什么会选择自杀？”

李振峰的目光变得有些黯淡：“因为有人刻意放大了他内心深处的恐惧。”

“恐惧？”

“对，被抛弃的恐惧。周美河因为从小受到母亲黄爱莲的溺爱，所以在情感问题方面的处理会显得相对薄弱一点，与人相处很难做到共情，生理年龄与心理年龄严重不符，正因为如此，他才会犯下猥亵和杀人的罪行。狱中的8年让周美河成长了许多，但是他的内心深处却依旧对家人充满渴望与信任，在他看来，自己的哥哥和父亲母亲是他在这个世界上唯一的避风港。

“但是他做梦都没有想到自己不只是被父亲扫地出门，唯一的哥哥更是时时刻刻不想见到他。心理学上有一个概念叫‘心理暗示’，如果在平时，一个人的情绪没有空窗期的时候，这种心理暗示成功的概率并不大，但是周美河一个人在宾馆的时候却也是他内心深处最无助的时候，于是，这部手机和无数次可怕的言语暴力与死亡引导让本就对情感问题的处理是个门外汉的他彻底陷入绝望，从而走上一条死路。”

副所长突然意识到了什么，他惊愕地看着李振峰。李振峰点点头，一脸无奈：“是的，这个人就是我们要找的凶手，而这个周美海，只不过是被他利用的一颗棋子罢了。”

“李队，不用见面就可以杀人，这家伙也太可怕了。”副所长感慨地说道。

“是的，利用别人内心深处的绝望，将其无限放大。而他的双手，一滴血都不用沾上。”李振峰若有所思地说道，“如果这个世界上真的有魔鬼的话，我想，大概就长这样吧！”

已经是夕阳西下，在回安平市区的路上，换了安东开车，车速明显比来时要慢了许多。

“李哥，我今天真是替你捏了把汗。”安东小声嘀咕。

李振峰扑哧一声笑了出来：“兄弟，有啥好担心的？周美海不全都交代了吗？”

“咱们没有任何证据，能不能让对方交代还真是有很大的悬念呢。”安东左手扶着方向盘，右手比画着说道，“你想啊，要是周美海死不认账，你又能拿他怎么样？自杀是板上钉钉的事，他最多落个道德谴责罢了。”

“我必须让周美海交代，因为当我亲眼看到宾馆楼下的自杀现场时，我就觉得周围环境非常眼熟，和前面除了莫小白母亲以外的四起自杀案性质完全一样，这是他的惯用手法，都是在公共场合，影响都很大。”李振峰脸上的笑容消失了，“怎么说呢，你的担心也不无道理，如果证据一时理不出头绪，你却又有合理的怀疑，我的建议是你可以从临床心理学方面着手，这就是审讯的策略。以前在学校的时候，黄教授总是跟我们唠叨他的三大定律：第一，化解对抗关系，形成理性互动，建立建设性审讯关系；第二，扩大应对视角，强化心理突破，不仅促使悔罪，更防止重新犯罪；第三，营造供述条件，促使认罪供述，引导人性回归并正视法律后果。放在周美河自杀案里，突破口就是家庭和亲情。”

“那你是怎么开始怀疑周美海的？”安东问。

“认同感。周美海生活在一个以父亲权威为主导的环境中，在旁人眼中看似内向懦弱。作为家中的长子，从内心的角度来讲他是非常渴望成为父亲的接班人的，这是一种男性的本能，也是一种天生的荣誉感，所以他一直都在父亲身边任劳任怨地表现自己，放弃自我的追求，期待得到父亲对他的认同感。这些或许都只是源于父亲的一句随意的承诺，也或许只是一种自我责任感的突然出现吧。总之，这是他非常在意的东西。结果呢，弟弟很快就要回来了，会夺走他现在好不容易才拥有的一切，在这样的矛盾中，周美海却仍然能为弟弟订房间、买手机，我觉得这些太有戏剧性了。”

“怎么说？”

“他在演戏呗！”

安东听了，恍然大悟。

两人正说着话，李振峰的手机突然响了，他看了眼来电号码，神情顿时显得有些紧张——是赵晓楠打来的电话。

“知道我家的地址吗？到我家来一趟吧，越快越好。”

赵晓楠的声音听上去有些沙哑和疲惫，李振峰不由得呆住了，听着电话那头长长的断线声，他半天都没回过神来。

“怎么了，李哥，出什么事了？”说话间，安东已经把警车开进了安平路308号大院。

李振峰把手朝前一指：“你在前面把我放下来就可以了，记得把那两部手机立刻拿去交给郑文龙处理，跟头儿说我要出去一下，有急事。”

“你不回车库开你自己的车吗？”安东把车停下后，问，“这两天好像没见你开车。”

李振峰下车，头也不回地冲他摆了摆手：“我的车坏了，坐公交。”

“现在可是下班高峰期——”

最后李振峰是骑了一辆共享单车走的。刚骑上坡的时候，他无意中一抬头，看到对面驶来的公交车上有个靠窗坐着的人很眼熟，不过一时没想起来是谁。

直到骑出去老远，李振峰才忽然反应过来，使劲儿一拍脑门：“于老板！”

他骑得更快了。

第四章　有故事的人

我随时随地都可以陪伴在你身边。

李振峰没有去过赵晓楠的家，只是知道地址。

而做刑警的，不熟悉安平城里的大街小巷可不行。在肾上腺素的帮助下，穿街过巷7公里对李振峰来说很轻松。他一阵风似的骑车进了小区大门，面对保安投来的惊讶的目光，他把车轮拐出了一个完美的弧度，避开了保安伸过来想抓住车把的双手。

身后立刻传来对方跳着脚的叫喊："共享单车不准骑进小区！"

话音未落，李振峰早就骑没影儿了。

左拐右拐，最终在楼栋下用脚减速，刹车，接着锁车，流畅的动作一气呵成。他转身向楼栋快步走去，赵晓楠住在402。李振峰一步跨两个台阶，不到一分钟就跑上了4楼。当终于站在402的门口时，气喘吁吁的他却犹豫了，右手举起又放下，再举起，悬在半空不知道该做什么才好。

一阵锁头撞击的声音响过，房门应声打开，赵晓楠出现在他面前。她光着脚，身穿一件黑色紧身运动短袖和一条黑色瑜伽裤，头发绑在脑后，更多了几分女人味，和在单位里的她完全不一样。

"李队，你怎么来这么快？"

李振峰尴尬地清了清嗓子："我……"

"赶紧进来吧。"她往后退了一步，把李振峰让了进来，顺手锁好门，又依次加了三道锁。

跟着赵晓楠来到客厅后，李振峰愣住了——卧室的门虚掩着，整个客厅除了地上的垫子外，一件家具都没有。他回头看看赵晓楠，她也没有要解释的意思。李振峰顺势在地板上盘腿坐了下来，冲她微微一笑："赵法医，我能帮你什么？"

"你等我一下。"她转身进了里面的小房间，很快便拿了一本相册出来，稍加迟疑后递给了李振峰，"你看看吧，有没有什么地方不对劲。"

李振峰看着手中这本厚厚的相册，随后用征询的目光看向赵晓楠："真的可以吗？"

"你看吧，反正已经不是什么秘密了。"赵晓楠显得有些沮丧，她也靠墙盘腿坐了下来，左手腕上那串用来掩饰伤疤的小叶紫檀木手串显得格外醒目。

"这本相册里的照片记录了我从小到大的每个重要时刻，我父母喜欢给我拍照，尤其是我父亲，他去世后这本相册就从未给外人看过。"赵晓楠小声说道，"但是一个多月前的一天，我知道有人进来了，他看过相册，那时候我不在家。

"我本来是想跟你们刑警队说的，但是总觉得这是一件小事，算不上什么重要案件，我以后小心一点儿就行了。于是我就买了三把锁，原来的门锁也换成指纹的了。"

李振峰没说话，他的目光停留在一张相片上，整本相册的排列都非常有序，唯独这张显得有些突兀，甚至拍照的角度选择得也是怪怪的。

赵晓楠继续说："安静了一个多月，我本以为这件事情就这么过去了，也或许对方对我的警察身份多少有些忌惮吧，但是没想到又有怪事发生了，只是我不知道这些事情之间是不是有联系，或者说是不是同一个人干的。"

"这张相片的拍摄应该没有经过你的同意吧？"李振峰指着那张相片问。

"是的，"赵晓楠点点头，"他拿走了我初中时父亲给我照的那张，然后换了这张。"

知道赵晓楠的父亲已经过世，所以李振峰轻声说道："我很抱歉。"

赵晓楠却只是耸耸肩，脸上没有任何表情："车祸。人总有一死，早晚的事罢了，别太在意。"

"被拿走的那张相片应该是你父亲给你照的最后一张吧？"

"是的，最后一张，我父亲去世后我有很长一段时间都没有再照过相片，直到高中毕业时的集体照，如果再有，也是后面大学里同学给照的，性质完全不一样了。"

正如赵晓楠所说，前半本相册充满了爱与欢乐，但是从那一张诡异的相片开始，后半本相册中无论哪张相片里都再也看不到赵晓楠脸上的笑容了。李振峰意识到这张被偷的相片对于赵晓楠来讲具有很重要的意义，是她人生的分水岭，也是她父亲留给她的最后纪念。而挑中并拿走照片的人就是在用他的行为来告诉再次打开这本相册的人，包括赵晓楠在内——自己即将成为她生命中最重要的男人。留下的这张相片所要传达的信息就是——我随时随地都可以陪伴在你身边。

“那你发现相片被人换了的时间能具体到什么时候呢？”李振峰问。

赵晓楠双手抱着膝盖，皱眉想了想：“上次出事以后，也就是你救我那次，我第二天从单位回来后就发现了，具体哪一天他进入的我家我就不知道了，事后我就加固了门锁。”

“你有怀疑对象吗？”

赵晓楠摇摇头。

李振峰便换了个问题：“除了这个，你这几个月的生活中还发现过什么特别的情况吗？”

“有，今天下午就有，我下班回家，走到单位门口的时候保安给了我一束花，说是蒋先生送的，这已经不是他第一次送我花了。我都退回过好几次了，他还送，我就直接把花塞进垃圾桶了。”

“你是说那个开心理诊所的？”李振峰有些意外，同时提醒自己回单位后一定要第一时间把车后备厢里那束干花扔了。

“是的，叫蒋万安，万安心理咨询诊所的老板。”她想了想，说道，“他请我喝过一次茶，就在小区外的那家茶馆。”

终于和“蜘蛛”那段视频中的场景对上了，李振峰顿时感觉自己的脑子在嗡嗡作响：“什么时候？”

“一个多月前。”

“那他后来再和你联系过吗？”

“就今天，又送了一束百合花给我。”赵晓楠皱眉回答，“说他回来了。”

“送花很正常啊，表达感情。”李振峰有些口不应心。

赵晓楠果断地摇头：“送花只是一方面，这毕竟是明着来，虽然让人觉得有些没礼貌。偷换相片我也没办法确定是谁干的。但是除此之外还没完，我还怀疑有人在跟踪窥视我，而且可能与换相片的人有关。我今天回到小区后，去门口物业中心交下半年的物业管理费，无意中听物业保安说经常看到有无人机在我们小区里飞，停了一个多月又开始了。”

“现在玩无人机的人挺多的，你怎么会把这和自己的遭遇联系在一起？”李振峰有些好奇，他知道赵晓楠率直的秉性。

“第一，你看这张相片，明显是偷拍的我，视角、构图都很奇怪，极有可能是用无人机拍摄的；第二，保安队长跟我说无人机出现的大概位置就在我住的这栋楼前面，而且只在这个区域飞。连他们都觉得奇怪，因为这周边的景色只是一般。”

“天天都会出现吗？”

赵晓楠摇摇头：“这倒是没有，听他们说一周总会出现个三四次。他们本来也和你一样认为是小区里的人在玩。”

“我知道民用无人机续航时间一般在30分钟到40分钟，遥控距离半径从4公里到10公里不等，因为是使用手机信号传输，所以要找的话会有很大难度。”李振峰皱眉说道，“那简直是大海捞针，所以从无人机着手找人很难，除非在现场用干扰枪把它打下来。”

赵晓楠的目光中透露着些许失落。

现在可以确定“蜘蛛”有一架无人机，但是民用无人机并不是什么贵重的商品，以一部上档次的手机的价格就可以买一台。

李振峰看了看赵晓楠：“你和这个蒋万安是怎么认识的？”

“那天我下班，他在公交车上晕倒了，癫痫发作，我当时正好在他身边，就在车上对他进行了紧急处理，因为他一直都没醒过来，而我又快下车了，我不放心他，就把他带到这里的社区医院挂了急诊进行后续的治疗。”赵晓楠回答，“我之所以担心，是因为他的癫痫不是一般的癫痫，是小时候由外伤造成的，我很担心他脑部血管中已经形成了肿瘤，所以就送他去做了个脑部扫描，结果证实了我的推断，他的脑部有肿瘤，而且位置很糟糕，已经无法手术了，看护得好的话，估计还有个一两年的生命吧。我本来想告诉他，但是后来想想或许他早就已经知道了，毕竟病史也属于个人隐私。总之，我们就是这么认识的，后来我走了，社区医院的护士可能以为他是我的朋友，就无意中说漏了嘴，说我住在这附近，在安平路308号上班。”

“你还记得他是在哪里上的车吗？”李振峰心中隐隐感到不安。

“当然记得，他那天和我一起上的公交车，车厢有点挤，他就在我后面的位置。”赵晓楠从李振峰的目光中似乎明白了什么，“难道说我和他第一次相遇就是他安排的？”

“我现在没办法确定。也可能是你太焦虑了，赵法医。”李振峰把相册还给了赵晓楠，接着站起身，“我明天会直接找他谈谈，然后告诉你我的看法，也有可能是你工作压力太大没休息好，所以多虑了。希望这三件事就真的只是三件事。”

听了这话，赵晓楠点点头。

走到门口的时候，李振峰转身看着她：“你一个人住？”

赵晓楠回答：“是的，我习惯了。”

“照顾好自己，有需要随时给我打电话，24小时！”李振峰又指了指那三道崭新的门锁，认真叮嘱，“晚上不要开门，注意安全！

睡觉要锁好阳台门，拉好窗帘，如果再看到无人机在窗台外面的话，第一时间通知我。”

一股暖意涌上心头，赵晓楠轻声说道：“我明白，谢谢你。”

离开赵晓楠家后，李振峰摸黑下了楼，停放共享单车的位置上空空荡荡的，他知道车子被保安扛走了。他只能仰天长叹一声，摇摇头自认倒霉，然后顺着小区通道向外走去，顺便整理一下自己繁乱的思绪。

一个多月前安平大学城谋杀案审查终结后的第三天正好是周末，李振峰如约去了老师黄锦城教授家吃晚饭。出于对自己病人的尊重与承诺，饭后，黄教授并没有告诉李振峰，当初赵晓楠父亲赵军和法医身上到底发生了什么，只是一再强调从小生活在父亲身边的赵晓楠在短时间内独自经历了那么多事情，心灵上的创伤不是一年两年就能被平复的。她需要的是宣泄痛苦而不是坚强，因为每个人的心理承受能力都是有限度的，越是极致就越会反弹。但是举目无亲的她却拒绝了去福利院，坚持自己生活，甚至是自己一个人办完了父亲的丧事，一个成年人都尚且无法独立面对这些打击，而她当年还只是一个未成年的孩子。

最后，在黄教授家的阳台上，老人语重心长地对李振峰说道：“在赵晓楠身上看不到一个正常孩子遇事所应该流露出来的各种情绪，她能最终突破重重考验成为一个优秀的基层女法医，令人敬佩，但是我只能说她同时给自己的压力也会很大，她的这种处事方式跟她父亲一模一样。我想，她这么做必定是有一种特别的信念在支撑着她不垮下去。”

“教授，你到底担心什么？”李振峰忧心忡忡地看着老师。

黄锦城教授不安地点点头：“我给你打个比方吧，她就好像是一只橡胶水袋，你可以不停地朝里面装水，但是当水袋所能承受的水量达到极限的时候，水袋就会四分五裂，而这个水就是她给自己的压力。”

想到这儿，李振峰停下脚步，转身朝小区内看去，万家灯火，已经分辨不清到底哪个是赵晓楠家的了，他的心中突然有了一种浓浓的失落感。

这时候，两米远的门口保安室里传来了电视台发布台风警报的消息，耳畔的风声也越来越大，空气中已经可以隐约闻到雨水的腥味。李振峰加快脚步走向路口，招手拦了辆出租车后赶回单位去了。

安平历年夏天都不缺台风，今晚也注定不会平静。

下雨了，天气预报说台风会在凌晨2点的时候登陆，虽然不是正面袭击安平市，但是外围风力已经大到足够拦腰吹断30米外的那棵胳膊粗的小树了。

“蜘蛛”静静地坐在自己的车里——新买的牧马人。他喜欢这种厚重的车型已经很久了，不张扬却又很结实。他想起那个在樱花小筑被他杀了的新能源公司老板也有一辆牧马人，型号和这个一模一样，真是巧了，只是可惜这家伙是个短命鬼。

“蜘蛛”知道自己也活不长，但是他无所谓，因为短命的另一个好处就是可以用剩下的时间为所欲为，做任何自己想做的事。

下午的时候，周美河跳楼自杀的消息就已经传遍了所有的社交媒体，同时警方也公布了介入调查的决定。随着周美海被警方带走的消息又一次在社交媒体上刷屏，“蜘蛛”知道，那根巨大的通往猎物的蜘蛛丝终于发出了致命的颤动，他该出手了。

他先是回复了一封信给对方邮箱，这种最古老的点对点电子邮件通信方式看似已经过时，却是最安全的。在邮件中，“蜘蛛”诚恳地向对方道歉，表示现在自己对他已经心服口服。这封信的字里行间无不透露出发件人对收件人的膜拜，深谙对方心理的“蜘蛛”知道，对方一定会毫无戒备地点开这封信看，同时，也必定会嘲笑“蜘蛛”的愚蠢与无知。在对方看来，没有人能做到随心所欲取人性命，他一个普通人竟然做到了，所以，这就是奇迹。

“蜘蛛”却知道：人一旦得意忘形，那就离死期不远了。

“蜘蛛”发出的这封信是带有能够骗过杀毒软件的超级木马程序的，只要收件人点开邮件并且阅读超过一定的时间，那么，这个木马程序就会自启并及时锁定对方电脑的所在位置。

“蜘蛛”所要做的，就是坐在他那辆新买的牧马人中，轻轻松松地接收木马传回的定位坐标。如同大自然中的蜘蛛，只要蜘蛛丝传来轻微的震动，蜘蛛就会知道猎物在哪儿，然后迅速出击，哪怕再大的雨，都阻挡不住蜘蛛捕猎的脚步。

车载音响里播放着福山雅治的歌，“蜘蛛”拿过矿泉水打开喝了两口，又放了回去。看着车外的风雨不断敲打着车窗，车内却仿佛是另外一个世界，他的心里感到惬意极了，一点都不为即将要去做的事情感到任何担忧。

他喜欢等待，因为等待就意味着离收网不远了。

终于，屏幕上的红点又一次亮了起来，和上次的坐标定位完全一致，这表示对方又一次开始使用电脑了。黑色棒球帽下，“蜘蛛”的嘴角露出了一丝诡异的笑容。这时候，车窗外的风声和雨声越来越大，他轻轻地放下手刹，松开刹车，黑色牧马人无声地滑出车道，向马路对面开去。

对面是安平市内最大的小区通天苑，总共住着3000多户居民，以回迁户为主。对于“蜘蛛”来说，面积大也有大的好处，这样物业安保就会变成一道摆设，尤其是在这么一个风雨大作的夜晚。

小区内30多幢楼房以一种20世纪常见的格局呈伞形分布，中间是小区花园广场，车子很顺利地就开进了小区大门，最后在5号楼前停了下来。5号楼高18层，“蜘蛛”探头朝上看去，红点所显示的9层有一户的房间里果真还亮着台灯。而红点在屏幕上所显示的位置就是5号楼9层902，房间户型是两室两厅的布局。

“蜘蛛”不慌不忙地拿起放在副驾驶座上的无人机，改装后的无人机用厚厚的防雨塑料布遮盖着，中间只露出一个小镜头供遥控拍摄使用。他手执遥控器，左手打开车窗，然后把无人机放了上去，轻微的嗡嗡声立刻就被风雨吞没了。

看着无人机绕着几个房间转了两圈所传回的高清画面，“蜘蛛”嘀咕了句：“果真是个孩子啊，怎么会这么歹毒！”

他收好无人机，重新放回副驾驶座上。在来之前，“蜘蛛”就已经仔细研究过小区的监控设备安装图，所以他完全不担心自己的身影会被监控设备捕捉到。

牧马人的车厢内空间足够宽敞，他迅速穿上了一件贴身的黑色雨衣，这件雨衣很大，但是重量却只有43克，非常轻便，而且防水性能是最好的。运动相机就固定在他的雨衣领口下。手套也是必不可少的，防滑而且不会留下指纹的那种。最后，他拿出一双鞋套穿上，绑紧，又从踏脚板上拿起了那把锋利的猎刀。

走进大楼，他没有选择乘坐电梯，而是通过右边的防火门顺着楼梯走上了9层，这点活动量对“蜘蛛”来说不算什么。来到9层后，他直接走向了902室。

这栋楼一梯两户，因为是回迁区，所以每家每户都是由开发商统一安装的那种最便宜的钥匙锁，门上甚至还有猫眼。这些门锁要想不用钥匙打开是没有任何难度的。“蜘蛛”用一根特制的小撬棍打开902房门的时候没有发出一丁点声响。

房间里黑漆漆的，在短暂地适应了房间里的光线后，他便反手关上了门。

进门就是玄关，右手方向依次是卫生间、厨房和一个被打通的大客厅，客厅连接阳台，左手方向是两个卧室。此刻，大卧室已经没有灯光透出，隔着门缝传来阵阵成年人的呼噜声，右边的卧室房门下方却透出了台灯的微弱灯光，隐约还能听到键盘敲击声。

“蜘蛛”的眼神特别好，在黑暗中辨别方向从来没有错过，这都得益于他小时候经常被关在壁橱里，有时候太亮的光线反而会让他的眼睛觉得难受。

他的目光落在了门边的那张靠背椅上，便伸手拿了过来卡在大卧室的门把手上，然后轻轻拧开小卧室的门把手，推开门，犹如幽灵一般滑了进去。房门在他身后被轻轻关上了。

当那倒霉的男孩意识到房间里进了不速之客的时候，一切都已经来不及了，在他开口呼救之前，“蜘蛛”已经扑了上去，犹如老鹰捕食一般左手勒住他上身，张开的手掌结结实实地捂住了他的嘴。男孩太瘦小了，虽然已经年满18岁，也到了发育的年龄，但是和“蜘蛛”比起来，他整个人弱小得不堪一击。

“蜘蛛”是泰拳高手，在短时间内制服一个人对他来说非常容易。他一边控制着男孩，一边认真地读着电脑屏幕上的文字，嘴里不断发出“啧啧”的声音。看完后，他哑声说道：“你没想到吧，我居然会来得这么快。你确实是个天才，你杀周美河双手都不用沾上鲜血，我真佩服！我估计你连他长什么样都不知道吧？”

此话一出，男孩的脸上顿时露出了惊恐的神情，同时还带着一点疑惑。他一边挣扎，一边从喉咙里发出“呜呜”的声响，似乎是在求饶。

“蜘蛛”丝毫不在意男孩的回应，因为他今天就是来杀他的，所以不会让他有开口说话的机会。

面前的屏幕是当下最流行的5K带鱼屏，电脑处理器也是最新的水冷式，“蜘蛛”一边看一边轻轻摇头：“你的父母知道你在用这些干什么吗？真是瞎了眼了。”

见男孩依旧挣扎着，“蜘蛛”就像抓小鸡崽儿一样把他整个人提了起来拖到窗口。“蜘蛛”猛地推开窗，强烈的风雨瞬间扑面而来。因为惊恐，男孩的喉咙里发出了嘶吼，眼泪也流了出来。

运动相机开始进行摄录。

“蜘蛛”凑在他耳边哑声说道：“你给我好好记住，你可以杀人，只要你遵循游戏规则，愿意付出生命的代价，但是你不能玩弄别人的人性，所以你不配活在这个世界上。”

话音未落，可怜的男孩还没来得及弄明白到底发生了什么事，便感觉自己的脖子一凉，剧痛袭来的同时，他的身体犹如断线的风筝一般跃出窗外直直地坠落，从颈动脉喷出的血瞬间被迎面而来的暴雨冲刷得干干净净。最终，男孩腰部撞击在楼下通往车库的护栏扶手上，显然他是活不成了。

房间里恢复了平静，除了电脑处理器发出的“嗡嗡”声，一切都好像没发生过。“蜘蛛”让窗户就这么开着，任由雨水随着风吹进屋内。他顺着原路退出了902室，连那张椅子他都没有放回原处。这个局，“蜘蛛”是为李振峰留下的，下一步就看他是否能顺利解开了。

关好门，听着门锁发出一声轻微的“咔嗒”声，“蜘蛛”关闭摄录机，朝防火楼梯口走去。顺着楼梯下楼的时候他脚步飞快，以至到达一楼时，时间才过去了不到5分钟。“蜘蛛”没有去看左手边那具倒在大雨中的尸体，他已经不感兴趣了。他走到自己的牧马人旁打开车门，脱去雨衣丢进车后座下的垃圾袋里，然后把车开出了小区。

狂风暴雨中，牧马人看似笨重的车体运行起来却稳如泰山。“蜘蛛”一边开车，一边启动了木马自毁程序，车载电脑屏幕上显示902室内那台电脑中的数据正在被迅速清除，不到10分钟，电脑存储器就被清理得干干净净，就好像从未被使用过。

保护自己是所有生物的本能，“蜘蛛”彻底扯断了那根他布下的长长的“蜘蛛丝”。接下来就看那个小警察的了。

一阵闪电划过夜空，车内的“蜘蛛”脸上露出了邪魅的笑容。

雨后天晴，早上7点刚过，一阵拖轮的声音响起，由远至近，小木桥巷27号院落的门被打开，穿着一身紫红色套装的郑红梅拖着个小行李箱出现在门口，她转身正要锁门，身后传来了李大强的声音。

“早上好啊，郑大姐，我找你有点事。”

郑红梅一哆嗦，右手的钥匙串掉落到地上，回过神后她弯腰一把捡起钥匙，气急败坏地转身冲李大强说道：“你有病啊，大清早的在这儿吓唬人，信不信我打电话报警！”

李大强打了个哈欠，伸手揉了揉红肿的眼睛：“大姐，火气别这么大，大家都不年轻了，我虽然长你几岁，但是脑子还不糊涂，原则上的事情还是知道的不比你少的。”

“你找我干吗？”郑红梅皱眉看着他，“有话快说，我还要去赶火车。”

“来得及，你放心吧，来的时候我已经查过了，去你女儿家的火车中午12点才发车，现在到中午还有4个多钟头，足够我们聊聊的了。”李大强笑眯眯地说道，“走吧，这在大街上站着也不好说话呀。”

郑红梅狠狠瞪了他一眼，转身推开了小院的铁门，拖着行李箱又走了回去。她知道今天要是不理李大强的话，他买张票跟着自己走都有可能，反正他已经不是警察了，所以真要走程序的话公安局也管不了他。

走进堂屋坐下后，郑红梅没好气地看着他：“我说李警官啊，你都已经不是警察了，上了年纪，一身的病不好好养着，死盯着过去的事情干吗？我哥都死了这么多年了，难不成你还能叫他活过来？”

“我可没那本事。”李大强从随身带着的帆布袋里取出老花镜戴上，一边翻笔记本，一边随口问道，“你这里的房子现在户主是谁？”

“当然是我，已经过户了。”

“家里没有别的继承人了吧？”李大强抬头看着她。

郑红梅一脸的诧异，却还是回答：“那是当然，和我同辈的除我之外都没了。”

“下一个问题，”李大强一边在笔记本上记录，一边问道，“你哥郑福伟在出事前有没有在你面前提到过要和黄木清结婚？”

郑红梅果断地摇头：“记不得了，都过去18年了。”

李大强的目光异常犀利：“真的不记得了吗？要不，你再好好想想？我问了好几个当时的知情者，他们可都记得很清楚呢，他们说你哥哥郑福伟当时已经准备和黄木清结婚了。”

“谁说的？”郑红梅脸色一沉，冷冷地说道，“我哥才不会和那小狐狸精在一块儿呢，更不用说结婚了，那小狐狸精根本就是想要我哥的房子！”

此话一出，房间里的空气顿时变得异样起来。

李大强抬头看着郑红梅，欲言又止。

“你想说什么？”郑红梅有点不耐烦地问。

李大强长长地舒了口气：“你恨她，到现在你还在恨她。”

“她？”

“黄木清，那个差点儿成为你嫂子的人。”李大强若有所思地看着郑红梅。

郑红梅一咬牙索性承认了下来：“我当然恨她了，李警官，不只是我，还有很多人恨她。如果不是因为她，我哥才不会这么倒霉被你们冤枉，他现在肯定早就已经子孙满堂了，你说是不是？都是她害的。但是我恨她与我哥的事是两码事，你明白吗？我哥没有杀人，这彻头彻尾就是一起冤案！”

“你怎么就这么确定你哥是被冤枉的？”李大强突然哑声问道。

郑红梅坚定地回答：“我哥是个好人，他不可能杀人。”

李大强脸色一沉：“如果你哥真的是被冤枉了，那他当年为什么不说出真相？他到底有什么难言之隐，你这个当妹妹的难道心里就一点儿数都没有？”

“我，我不明白你的意思。”

李大强摘下了眼镜，收好：“这么跟你说吧，那天晚上审讯的时候我也在场，所有证据都指向郑福伟，但是他始终都不承认，直到后来，当我们问起那张电话磁卡以及他拨出的那个电话时，他沉默了，没多久便主动交代了所有的案情。现在看来，你哥当初的举动确实存疑。”

“他说什么了？”郑红梅声音微微有些颤抖。

“你哥哥当时的原话是——唉，算了，我都招了吧，人是我杀的，你们想知道什么就尽管问吧。”李大强若有所思地说道，“我们在工作中虽然也遇到过那种替别人扛下所有罪行的蠢货，但是这一次，郑福伟不只是说出了杀人抛尸的全部过程，还讲出了我们警方从未对外公布过的案情要点，而这个，如果不是凶手的话，又怎么可能会知道？”

郑红梅被李大强的一番话说得哑口无言：“那你为什么还要来找我？”

“因为我知道，当年案子中的凶手不止一个！”李大强冰冷的目光犹如锥子一般深深地扎进了郑红梅的心脏。

三小时前。

李振峰的手机在不停地响着。

“咚咚，咚咚咚……”敲门声震天响，最后索性“咣当”一声，门被用力推开，小邓踉跄地冲了进来。

李振峰猛地从宿舍的铺位上坐了起来，睡眼惺忪地扯着嗓子吼了一句：“什么事？”

现在是凌晨4点18分，一天中最凉快的时候，因为台风登陆，空气中甚至还带着一丝凉意。

小邓直嚷嚷：“李队，快点，快点，出发了，我们在车上等你。”

就这几个字让李振峰顿时睡意全无，他一翻身跳下床，在原地又蹦又跳地穿上裤子，然后抓过证件、手机和钥匙跑出了值班室。

外面的雨依然很大，小邓已经把警车开到了大楼前，坐在驾驶座上的安东见李振峰跑过来赶紧打开副驾驶座的车门，招呼他赶紧上车，李振峰一猫腰钻进去随手拉上车门。警笛长鸣，警车开出了公安局大院。

“什么案子？”李振峰问。

“坠楼案。”安东回答。

李振峰心中一动：“难道又是自杀？”

安东皱眉说道：“现场有点惨，李哥。”

后排的小邓点点头：“如果确定是自杀案的话，辖区一般就自己处理了，但是最近不是老出这种幺蛾子嘛，弄得基层也没了主意，一看又是坠楼自杀，就立刻当命案上报给局里了。头儿说归你管，我打你电话不接，安哥说十有八九你累惨了在宿舍睡觉呢。”

李振峰有些尴尬，昨天傍晚那趟14公里的骑行，运动量太大了，回来后倒头就睡。他清了清嗓子：“对不起，兄弟，我睡过头了。”

安东瞥了他一眼，嘿嘿笑了笑：“李哥，没啥，本来不打算叫你的，后来琢磨着你肯定也想去看看，就把你叫醒了。”

“小邓，说说情况。”李振峰费力地把衬衣一角塞进牛仔裤，然后在胸口挂好工作证件——多少也得注意点个人形象。

小邓向前凑了凑，大声说道：“情报中心接警台记录的报案时间是今天凌晨3点03分，案发地是位于溪南区的通天苑5号楼下停车库坡道上，死者是5号楼902的安平职业学院一年级走读生赵一鸣，报案人是他的母亲柴娟。具体经过是凌晨2点40分左右，报案人起床上厕所，发现打不开卧室的门，随后叫醒丈夫赵宝强，两人费时一刻钟左右才把门锁打开。报案人上过厕所后才发觉儿子房间一点动静都没有，房门是关着的，便上前查看究竟，当时她的想法是儿子老半夜三更打游戏，虽然是暑假，可还是想提醒他早点休息。结果一开门，发现儿子不在房间，窗户却开着，风雨打湿了窗台，她当时没有意识到发生了什么，就赶紧去关窗。出于本能，她向楼底下看了一眼，结果正好一个闪电，她看见了底楼大雨中好像趴着个人，便招呼丈夫下去看看，夫妻俩到了楼下才发现死者正是他们的儿子——即将上大专二年级的赵一鸣。”

“卧室的门为什么打不开？”李振峰问。

“球形门锁，”小邓翻看着派出所传来的现场相片，“被一把靠背椅给卡住了。后来是孩子父亲用脚把卧室门踹开的，本来以为是孩子的恶作剧，唉。”

“他家孩子经常搞恶作剧吗？”

小邓摇摇头：“目前还没这方面的消息反馈。”

“记录一下，等下做走访的时候记得问问周围的邻居，看对死者的评价怎么样。”

“没问题。”小邓在手机上做着记录。

“李哥，你有啥想法不？”安东问。

“不好说，”李振峰皱眉看着车前方，“大专一年级的男孩已经满了18周岁，按理说也就过了生理性叛逆期。男孩子嘛，晚上熬夜玩个游戏也是很正常的，荷尔蒙分泌过多，每天都精力旺盛，但这打游戏打了一半去跳楼……难道说受刺激了？”

“这……先期到现场的派出所同志汇报说，电脑里的东西都被清空了。”小邓尴尬地笑了笑，“我自己也玩游戏，李哥，我还真没见过打游戏打输了就跳楼的，更没见过跳楼前把电脑里的东西都清空的。”

“为啥这么说？”安东不解地问。

“你无法理解很正常，这是典型的‘幸存者偏差’，虽然是军事术语，但是在心理学方面也被经常用到。你会想当然地认为一个打算自杀的人在实施自杀计划前会清空自己的电脑，因为他不想在这个世界上留下任何属于他的痕迹，这种情况在现实生活中确实是存在的。但是，如果死者是一个狂热的游戏迷的话，他也许会因为游戏失败而当即做出一些难以理解的举动，比方说搞破坏或者大吼大叫，这都是一种正常的情绪发泄，只要能控制住就行了，九成左右的人都会做到，但是你叫他清除自己下载的这个游戏，包括自己在游戏中所取得的成绩，那就有些不太可能了，因为这是一种荣誉，你会亲自毁了属于自己的荣誉吗？在你眼中，这是游戏，但是在这些狂热的游戏迷的眼中，这就是一场存在于虚拟世界中的‘战争’，所以‘荣誉’是绝对不能与‘个体’一起被毁灭的。”李振峰若有所思地说道。

“你说得没错，李队，”小邓指着自己的手机页面说道，“这家伙用的电脑可是高档货啊，光这显示屏就好几万元，处理器还是水冷的新品，行家啊。”

李振峰小声嘀咕：“瞧瞧。”

警车开过通天苑前的岳家桥时，李振峰突然问道：“谁去接赵法医的？”

“马月早就去了，现在应该已经到了吧。”安东回答。

警车前方雨势逐渐变弱，通天苑的高大住宅楼群在微弱的晨光中若隐若现。

早上6点，李大强伸手关了台灯，他揉了揉发涩的眼睛，毕竟一晚上没睡。耳畔传来老伴陈芳茹的一两声咳嗽。李大强整理好桌上的文件和记录本，然后站起身去卫生间洗漱。这时候，窗外已经是晨光满天，下了一晚上的雨不知何时已经停了。

洗漱完毕后，李大强拿好公文包、老花镜，还有公交卡、钥匙、手机准备出门。

“你去哪儿？”陈芳茹问，脸上神情不是很好。

“我出去下，找人谈谈，早饭不用给我留了。”李大强微微一笑，然后转身出了门。

此时，早上9点。

郑红梅打了辆出租车走了。

站在人来人往的马路上，李大强的心中突然有了一种怅然若失的感觉。

作为一个有将近40年警龄的老刑警，他见过这个世界上最黑暗的心和最可怕的人，也明白时间拖得越久，案子真相大白的机会就越小，更别提在所有证据都已经消失，并且案件的最大知情者已经伏法的前提下了。

当年第一个对这案子提出异议的赵军和法医一再对他说案发现场可能还有第二个人存在，理由就是在尸体的右侧脸上发现了一道疑似用手指甲留下的皮肤破损伤口，但是尸体是在水中被发现的，除了那道破损伤口外，死者的脸上和头上还有被水下石头刮擦的痕迹，当时的技术手段也无法确定被河水浸泡过的皮肤破损伤口真正的形成时间，所以就找不到最直接的证据来佐证自己的猜想。

18年前的刑侦技术手段还没有现在这么发达，结果就是很多个谜团堆在一起，却找不到答案。而无论怎么审问郑福伟，最初他什么都不说，直到看见那张电话磁卡才放弃所有的抗拒情绪，承认自己强奸了受害者黄木清，最后黄木清要报警，他就捡起石头砸死了她，然后把她的尸体丢进了河里。至于说衣服，都被他在回家的途中扔进路边的垃圾桶了，后来就被当天的垃圾车清走了。因为已经事隔整整一个星期，而当时安平市的垃圾都是通过焚烧处理的，自然就再也找不到了。

李大强怎么也不会想到这么多年后的一天，赵军和的女儿赵晓楠会突然找到自己，开口就是："叔，'6·17'那个案子，你欠我爸一个真相。"接着，便递给了他一份论文，论文中所引用的数据正是赵晓楠用痕检办公室刚买的那台仪器做出来的，结合18年前的尸检相片，赵晓楠很轻易地就证明了死者黄木清脸上的伤痕是指甲留下的，而且造成伤痕的时间就在她死前24小时内。

"郑福伟没有留指甲，叔，"赵晓楠的目光深不见底，"所以我爸当年做出的结论是正确的，当晚案发现场还有第二个人，只是可惜伤口上的DNA证据已经被污染，即使提取也没有价值了。所以，叔，下面的事就交给你了。什么时候查出真相，什么时候去告诉我爸一声，让他安心。"

李大强的声音微微发颤："你爸的坟在哪儿？我找了很久都没找到，问过同事，都说不知道葬在哪儿了。"

赵晓楠轻轻一笑："叔，我爸没有墓地，我把他的骨灰都撒在海里了。麻烦你了，叔，请务必替我爸完成这个心愿。"

恍惚之间，赵晓楠的背影变成了当年的赵军和，李大强没有勇气去进一步询问赵晓楠父亲去世的真相。他不是个强者，不配。

一辆洒水车开过李大强身边的时候，刺耳的音乐声把他从回忆中惊醒，他下意识地摸出工作笔记，看着上面自己写下的最后一个地址，嘴里念叨了一遍，然后又把笔记本塞了回去，这才走向马路对面的公交站台。

至少还没有绝望，那就继续努力吧。

台风过后的天空碧蓝而又清澈，海鸥飞过，发出一声长鸣。

在李大强身后不远处的电线杆旁，“蜘蛛”嘴里啃着粢饭团、喝着豆浆，悠闲地目送公交车载着李大强缓缓离去。

他含糊不清地嘀咕了句：“小李警官，游戏开始了哦！”随即伸了伸懒腰，向自己的牧马人走去。

第五章 谁是『蜘蛛』

没错，自己是挺像李振峰的，

但是一黑一白，两个人中只能有一个活着，

这就是游戏规则。

尸体已经被运走了，因为昨晚的雨实在太大，地面被洗刷得干干净净，早晨闷热的空气中甚至都闻不到一丝残留的血腥味。

就好像什么都没有发生过，除了墙角那只死者的拖鞋——因为坠落时与地面的撞击，拖鞋被弹到了一边的花丛中，另一只孤零零地躺在路中央，鞋底朝上，显然也是被甩脱的。

李振峰用手一指："为什么里外都有标记？"

一旁的派出所副所长点头："尸体下坠时，死者的腰部正好砸在了扶手栏杆上，断成了两截，哦，不，确切来说应该是三段，因为头颅也掉了，和上半身一起掉在栏杆左边的马路上，而下半身在外面，不过现在地面上基本都看不到了，昨天的雨实在太大。"

"三段？"李振峰和安东面面相觑，"去年康泰大厦的那起坠楼案，死者的尸体也断成了两截，可据我所知头颅是不会那么容易掉落的，难道说在坠地的同时身体还砸在了别的什么东西上？"

话音未落，安东身上的警用步话机里传出了赵晓楠的声音："不，我看过死者头颅离断处的伤口痕迹，不是正常的撞击所造成的，他的脖子上有很深的刀伤。"

李振峰一把抓过步话机：“刀伤？你能确定？”

“是的，他从9层窗口坠落时被抹了脖子，凶器是一种匕首类的刀具，目前还无法确定，我问过小九了，没有在现场找到特征相符的刀具，他现在去了三楼小平台，如果那里再没有的话就是被凶手带离了现场。”

“那现在能判定是自杀还是他杀吗？”李振峰神情严肃地问道。

等了好长一段时间后，赵晓楠果断的声音又一次响了起来：“小九那边回复说没有任何发现，所以可以排除是自杀。”

听到这个结果，派出所副所长长舒了口气：“我这就回去写报告。”说完转身就走了。

小邓匆匆走了过来，压低嗓门说道：“李哥，安哥，这位死者可不是什么省油的灯，还‘坏透了’。这话是我身后2点钟方向那位大叔说的，他家住7层，家里有个女儿，13岁。”

看着小邓意味深长的表情，李振峰和安东瞬间明白了。安东伸手拍了拍小邓的肩膀：“你再多问问，尤其是老人，喜欢和人唠嗑，回头局里开案情分析会时我们再详细说，我和安东现在上去看看案发现场，跟死者家属直接聊聊。”

小邓心领神会地走了。

李振峰和安东两人并肩走进了5号楼，正好电梯停在1层，便直接走进电梯按下了9层的按钮，电梯门缓缓关上。

“小邓这孩子面相憨厚，都这么大的人了偏偏长了个娃娃脸，嘴巴又甜，每次辖区走访的时候都特别讨大爷大妈们的喜欢，”安东说着，忍不住笑了笑，“掏心窝子的话都愿意跟他说，一个人能顶十个人。我都跟他说了，好好干，等这案子结了，就推荐他去报考警官大学脱产研究生，咱单位每年不都有名额嘛。”

“那你呢，什么打算？”李振峰瞥了他一眼，“咱那马头儿可找我谈过了，问你啥时候能单挑，准备把你调分局去呢，分局刑侦那块儿缺人手。”

安东的脸立刻拉长了，苦巴巴地瞅着李振峰：“哥，谁都知道分局那边没意思透了，辖区都是一帮大爷大妈，咱安平市要干刑侦就得来市局，再说了，我这悟性又不高，就这么去了不是给你丢人吗？”

李振峰瞪了安东一眼：“你这小子，去了分局你至少是个队长啊，比我级别都高。”

安东却把脑袋一晃，脸上一副无所谓的神情：“那又能怎么样，干咱这一行可不是为了什么名利，咱要追求的是崇高的理想。我的理想是做个像你太爷爷那样的‘安平第一神探’，群众只要一提起，就竖大拇指直夸的那种，那才带劲儿！”

说话间电梯已经到了9层，电梯门打开后，右手第一家便是902室，还没进门呢，一个女人扯着嗓子号哭的声音便灌满了两人的耳朵。李振峰皱了皱眉，问在门口负责治安的派出所警员：“咋又闹上了，刚才楼下都听到好儿回了，情绪这么失控，为什么不送去医院呢？”

警员叹了口气：“谁说不送？今天凌晨我们到这儿的时候就想直接送她去的，那时候她的精神状况已经不对了，但她死活都不愿意去不说，还谁靠近她就跟谁急，手里拎着把菜刀架脖子上。我们副所长看了也没办法，说心里话，这刚没了孩子的娘确实是可怜。”

“孩子父母都在里面？”安东问。

“是的，别的亲戚都被劝走了，孩子父亲答应等我们撤了后会陪他妻子去医院，唉，受的刺激太大了。”

结束谈话后，两人走进了902室。

小九在玄关处蹲在地上整理工具箱，见李振峰和安东进来了，便往旁边挪了挪，让出了一条通道，然后站起身说道：“我查过这家的所有门锁，确定没有被暴力损坏的痕迹，而且家里所有的关键方位都没有发现陌生人的指纹，除了一组奇怪的足印依次出现在玄关—客厅—案发小卧室，再按照原路退出902室。可以确定这组足印是昨晚留下的，与家里这三个人都没有任何关系。”

“为什么说它是‘奇怪的足印’？”李振峰问。

小九拿起胸前的相机，翻到那几张足印的相片，然后说道：“就是这种，根本看不出鞋底的印花纹路，无法判断是穿了哪一种鞋子，只能推断这是一种鞋套，鞋码就没办法在短时间内确认了。”

“昨晚下那么大的雨，难道是雨鞋套？”安东嘀咕。

小九沮丧地点点头：“有这个可能，但是这种雨鞋套在网上随处可见，也没有一个具体的生产标准，更何况这种足印也没有什么显著特征，我拿回去给我师父看看，看他有什么想法吧。”

顿了顿，他又说道：“不过，李哥，这组足印去过小卧室，去过窗台附近，然后才折回去的，而且在这组足印旁边，从电脑桌到出事的窗台这不到3米的距离内，我发现了死者的拖鞋印，特征是不连贯、很杂乱，而且有个现象很有意思，”说着，他从相机中找到案发现场的足印相片，“你们注意看，这组电脑桌下的波纹形足印是拖鞋留下的，接着有1米左右的距离是缺失的，然后又突然出现，这时候足印就变得异常杂乱，最后消失在窗口。这段距离内，波纹型足印旁始终都伴随着那组陌生人留下的奇怪足印，而最后从窗口再退出902室的这组足印旁就再也看不到那组波纹型42码的足印了。”

李振峰压低嗓门说道：“我懂了，只有一个可能才会造成这样的现象，就是受害者被人从椅子上提了起来，然后隔了1米左右的距离被拖拽到窗口，最后直接被推下楼。”

小九点点头，脸上的神情却依然凝重：“死者身高170厘米，要想提起来可不是那么容易的事。”

这时候，马月和赵晓楠相继走了出来，赵晓楠的脸色有些难看，马月皱着眉，两人冲李振峰他们点了点头，然后一言不发地走出了902室。

随后小九也撤了。

李振峰示意安东找死者父母先谈，然后自己去了小卧室案发现场。他从兜里摸出乳胶手套戴上，顺手带上了房门，屋外的吵闹声和说话声瞬间被隔开了，周遭也安静了下来。

这是一间典型的男孩的卧室，10平方米的空间内除了睡觉的床铺和靠窗的电脑桌之外，墙壁被各种各样的热血漫画周边、漫威英雄海报贴得满满当当，就连书柜也给人一种说不出的压抑和暴躁的感觉。

李振峰来到书柜边，一本本书看过去，突然，他一抬头，视线停在了一个不起眼的角落，那里胡乱放着一本编程方面的书，和周围的学习类图书不同的是，别的书都干净得就像新书一样，里面看不到一个字的标注，唯独这本厚厚的、犹如砖块一般的编程书显得格外破旧，不仅封面掉了一半，而且扉页上面也沾满了各种污渍，书内还有随处可见的红蓝水笔做的工整标注。李振峰微微皱眉，显然，书的主人在不断地翻看这本书。他把书交到左手，右手则从兜里摸出手机拨通了郑文龙的电话：

“大龙，是我，李振峰，问下你知道《Java权威指南》这本书吗？”

“你想看？”

“我问你，这本书适合什么样的人看？”

“反正不适合你看，你就是个菜鸟，建议你读《Java入门》就可以，这书对你来说太深奥了。”

“什么样的人才会读这样的书？”

“编程高手。”

挂断电话后，李振峰看着手中的书，略微沉思了一会儿后准备把书带走，忽然，他发现自己手指触摸的地方有些异样的感觉，难道说书的封套里有东西？他小心翼翼地打开封套，确实，书的封套夹层里有一张相片，他把相片抽出来仔细一看，不免有些惊诧——相片略微发黄，是4年前的7月份照的班级集体毕业照，而让李振峰感觉不寒而栗的是，其中三位学生和两位老师的脸部被人用刀划得乱七八糟，所以这是一张残缺的相片。根据最上面的人名和相对应的位置来看，死者赵一鸣就站在第二排左边第一个：矮小的个子，穿着白色红边的校服，脸上没有任何表情，眼神中却隐约透露出一丝恨意。

李振峰把相片随意夹在书中，又来到电脑桌边，在椅子上坐了下来。这显然不是一把普通的电脑椅，无论是线条还是材质都是上档次的，李振峰也是喜欢打游戏的人，曾经也想买一把这样的椅子，但这个想法最终被价格打败了。

最新款的高清带鱼屏，正如小邓所说，价位是不会低于一万元的。鼠标、键盘都是上档次的货色，光是那键盘，起价就超过一台笔记本的价格了。再看处理器，最新款的R9-3900X，RGB一体式水冷，这样的配置至少要两万元。

这样的电脑配置，对于一个大一学生来说很难实现，况且他的家庭也并没有那么富裕。再结合手边的这本书和那张相片，李振峰的心里打起了鼓。他仔细看了看桌面，非常干净，除了那半杯已经冷了的咖啡，别的地方几乎一尘不染，这里与整个房间的对比就和书柜中的那本书一样，是如此的格格不入。

这台电脑的所有边角几乎都被擦拭得纤尘不染。

李振峰看着灰色的电脑屏幕，又拨通了郑文龙的电话："大龙，马上开车到通天苑小区5号楼902案发现场来，带上你的设备，我这儿有点东西要你看看。"

与此同时，下午1点，骄阳似火。

从安平发往江州的大巴车在经过将近3个钟头的颠簸后，终于到达江州市客运总站。

李大强伸手摸了摸饥肠辘辘的肚子，这才记起自己从早上离开家到现在还没有吃东西。下车后，他便径直走向马路对面的一个牛肉汤店。

牛肉汤是江州市的特色小吃，以前出差的时候，李大强就来过江州好几次，知道这种街头小店经济又实惠。

马路上车来车往嘈杂不堪，坐在门边的塑料凳子上趁着店家上菜的工夫，李大强又开始在脑子里紧张地思考起来。自己笔记本上记录的金爱珍儿子叫方永成，今年正好30岁，父亲叫方文涛，在方永成10岁那年因公去世了，后来方永成就一直跟着母亲过。遗憾的是方永成没有考上心仪的大学，便用父亲当年留下的抚恤金来江州开了一家竹艺加工厂，起步的那两年方永成还有些困难，后来做顺了也就越做越大，他在江州还算得上是数一数二的人物。

只是当地小木桥派出所的人说他很少回安平看他的母亲金爱珍，哪怕过年也是。

难道说是因为母亲再婚了？李大强总觉得事情没有那么简单，所以他昨晚为了筹划如何与金爱珍儿子见一面而彻夜难眠，或许见了面，一些疑团就能顺利解开了。

牛肉粉丝和两个黄桥烧饼被端了上来，食欲大振的李大强瞬间就把疑问抛在了脑后，开始大快朵颐起来。正吃着，一个年轻人的声音在耳畔响起："大爷，这店里没座位了，我能和你拼个桌吗？"

"当然可以，当然可以。"李大强笑了，赶紧把桌上的东西朝边上挪了挪，又把公文包放在了自己的大腿上。年轻人这才坐下："谢谢大爷，大爷不是本地人吧？"

"好眼力，我是安平的，好几年没来江州了，这次退休了就出来逛逛。"看对方说话礼貌，衣着干净得体，脸上戴着一副无框眼镜，嘴角又总是挂着礼貌的笑容，李大强的心里顿时放下了警惕，"小伙子看你也不是本地人啊，德州的？"

"蜘蛛"腼腆地笑了笑，点点头："大爷好厉害，这么轻易就听出我的口音了。我来江州找朋友玩，第一次来，路不是很熟，还得开导航。对了，大爷，你一个人来的吧，这么热的天坐公交多不方便，别中暑了，我有车，你去哪儿等下我送你，反正江州也就两个区，应该算得上顺路吧。”

李大强上下打量了一番“蜘蛛”，笑眯眯地问道：“小伙子贵姓？”

“我姓蒋，我开了家心理咨询诊所，就在安平。”“蜘蛛”微微一笑，“我反正有的是时间，大爷，你别急，我吃完就送你去。”

“好嘞，好嘞，真是太谢谢你了，不过小蒋啊，永成竹艺厂，我查过地图了，离这儿有将近30公里，真的可以吗？”第一次被别人主动提出帮助，李大强下意识地说话有些小心翼翼。

“蜘蛛”笑了，他终于明白了眼前这小老头儿在高温天里还四处转悠的真正目的：“大爷你放心，绝对没问题。”

通天苑5号楼902室，房间里的气氛显得有些怪异。

趁着郑文龙在隔壁查看电脑，李振峰走进了死者父母的房间，一眼就看见了灰头土脸的安东，而死者的母亲柴娟终于安静下来，倒在床上睡着了，派出所女警守在旁边。死者父亲赵宝强则蹲在一旁的地板上，垂着头，看不清楚脸上的表情。

听到有人进门，赵宝强抬头，下巴满是胡子楂的模样让他显得愈发憔悴。他冲着李振峰张了张嘴，最终却只是长长地叹了口气，便又垂下了头。

安东赶紧跟着李振峰走出房间，来到客厅外的阳台处：“哥，都弄清楚了，这家大事小情都是孩子母亲拿主意，她从小就溺爱死者，孩子父亲是典型的‘妻管严’。死者从上学开始就闯祸不断，却从未得到过教训，因为每次闯祸后父母都会帮他收拾残局。”

李振峰想了想，便把自己刚才揣在口袋里的那个塑料证据袋拿出来交给安东："找人马上落实一下这张相片中几个被划去脸部的人的情况，名字在上面可以对应找到。"

安东扫了一眼塑料袋里的相片："你在哪里找到的？"

"他书柜上一本书的封面夹层里，"想了想，李振峰又补充了句，"我想这应该是他唯一看的一本书了，因为都快翻烂了。"

"什么书？这么认真？"

"编程方面的。"见安东脸上露出讶异的神情，李振峰便点头补充了句，"死者可能是个编程高手，我刚才把大龙找来了，一会儿看他的结果再说。"

"他父母说了孩子这几天的具体情况了吗？"李振峰问。

安东冷冷地笑了笑："标准答案——一切正常，就是喜欢晚上打游戏，有时候玩通宵。"

"死者的零用钱都是母亲给的吗？"

"没错，"安东点头苦笑，"一个月打底3000元，上不封顶，孩子父亲说的。都快赶上咱们的工资了。"

"他房间那套电脑设备都是奔着5万块的标配去的，"李振峰叹了口气，"跟咱不是一个级别。"

小卧室的门猛地被拉开了，大龙探出头招呼道："李哥，你们快来。"

看着电脑屏幕上不断滚动的数据，李振峰皱眉问："大龙，我们看不懂。"

"哦，我来解释下，"郑文龙忙回到那张舒服至极的电脑椅上坐了下来，脸上忍不住露出了享受的表情，"这椅子……回头我也申请一张。”

“没门儿，一张椅子上千，咱局里那点儿家底儿不够。”安东上前凑了凑，“龙哥，赶紧说吧，你发现了啥？”

一提起这个，郑文龙便来了兴致：“我恢复了他所有被格式化的数据，这台电脑的储存太好了，毕竟是最新的处理器，为了防止电脑内部资料文件丢失，它自动在厂家的云端有个客户备用盘，也就是说客户无论在这台电脑上操作过什么，云盘里都会自动备份一份，防止电脑发生故障，资料丢失。一旦电脑发生故障，客户就可以通过专门渠道从云盘里取出他的原始操作数据和备份资料。你们现在注意看屏幕，这上面的几个网络电话号码，熟悉吗？”

李振峰渐渐地眯起了双眼，嘴角露出了微笑。

“等等，你是怎么拿到这些数据的？”安东问。

“我上次去参加了展览馆那边的电脑新产品推介会，恰好有他们销售经理的联系方式，找到云盘客服沟通是很容易的事，经过一番交涉，就给我恢复所有数据了。”郑文龙嘿嘿一笑，“我必须承认这孩子有天赋，只要好好学一定是个IT人才，只是可惜没走正道。”

“这电脑里能查到数据的有几个？”李振峰问。

“刨去莫小白母亲的自杀，剩下的全有，而在这之前还有三起需要核实。”郑文龙回答。

李振峰看了眼安东，安东随即把那张相片递给郑文龙，指着上面对应的几个名字：“查查看，这里面有五个人。”

郑文龙立刻意识到了事情的严重性，伸手拿过一旁地上放着的公文包，打开后拿出自己的电脑，连接上市局专用查询网络，没多久便抬头说道："三个已经申报死亡，其中一个是病故，两个是自杀，剩下两个还活着。"

"哪两个？"

郑文龙伸手指了指："喏，一个是大学生，叫陈运来，一个是英语老师，叫丁秋怡，这两个还活着，就在安平市区住，地址和联系方式我已经发到你们手机上了。"

"多谢，大龙！我这就安排人去走访。"李振峰兴冲冲地和安东一起走出了902室，临走时叮嘱派出所警员安置好死者父母。

回安平市区的路上，车后座的小邓问道："李哥，会不会真的是这个家伙干的？"

安东看了他一眼："你说的是那几起自杀案？"

小邓点点头。

"那还用问，当然是他了。"安东回答，"几个网络电话号码记录全有，不是他是谁？"

"那照这样说的话是可以理解，但是他的死明显不是自杀，又是谁杀了他呢？还对他的杀人手法如此熟悉？"小邓皱眉追问道。

李振峰猛地抬头，神色严峻，目光犀利地看着车前方："我现在非常想知道的是，第一，为什么要把他的脖子抹了？第二，杀他的动机是什么？"

安平市公安局解剖室里，面对急匆匆冲进房间又赶紧尴尬地退出去的李振峰，赵晓楠轻轻叹了口气，放下手术剪，对马月点点头："接下来你来。"

"没问题。"马月瞥了一眼门的方向，抿嘴一笑，随即伸手拿起托盘里的缝合针，便低头开始专注地进行最后的尸体缝合。

赵晓楠摘掉手套，踩着卫生垃圾桶的踏板把它丢了进去，接着又摘下口罩，这才缓步走出解剖室。她双手插在工作服兜里，看着李振峰一言不发。

“别这么瞅着我，赵法医，我知道我来迟了，在听走访回来的人汇报消息。”李振峰嬉皮笑脸地冲着赵晓楠作揖，“下不为例，下不为例。”

“其实也没什么，知道你们刑侦比我们技侦忙，反正我们每做一步都会有相机记录，就是马月累一点罢了。”赵晓楠绕着李振峰走了半圈，这才开口说道，“好了，你有话就直接问吧。”

“里面的尸体是不是赵一鸣的？”李振峰伸手一指。

赵晓楠点点头：“没错，因为断成了三截，所以缝合是个大工程。”

“他脖子上的刀口，我们比画了半天，如果不是死者自己割的，那就是有人把他按在窗框上，然后这么——”李振峰做了个手势，用征询的目光看着赵晓楠。

“没错，我们在8层的窗台缝隙里发现了血迹，经检验确实属于死者赵一鸣。因为是动脉血，除去坠落时喷洒在空中的，身体刚开始还没离开窗台的时候必定会有溅落痕迹。当然了，雨水冲刷掉相当大一部分。”赵晓楠回答。

“赵法医，我一直都弄不明白凶手为什么把人推下楼，还要同时抹了他的脖子？”李振峰想了想，说道，“其间是不是出了什么意外？”

“不，没出意外，凶手就是想这么做。”赵晓楠略微沉思了一会儿说道，“你见过杀鸡吗？”

“我当然见过，我妈就为了省2块钱，经常在家自己杀。”

“杀鸡时第一刀就是割脖子，你知道为什么吗？”赵晓楠凑近盯着李振峰看，脸上表情有些复杂。

“杀……杀鸡呗。”背后一阵凉风吹过，李振峰本就浑身是汗，这下立刻打了个哆嗦。

“那是动脉血管，放血，加速死亡，这是其一；其二，就是不让它叫出来，因为喉管被割断了。”赵晓楠若有所思地看着李振峰的眼睛，缓缓说道，“你明白了吗？不让他叫出声来。你会不会感觉这样沉着冷静而又可怕的手法非常熟悉？”

李振峰脸色一变，脑海中顿时出现了樱花小筑别墅杀人现场的那一幕：“别墅杀人案……‘蜘蛛’？”

“我不知道是不是‘蜘蛛’干的，因为小九那边还在试图对凶器在尸体上的痕迹做复原，结果不出来谁都无法下定论。但是我现在可以告诉你的是这个凶手不仅沉着冷静，还有周密计划，而且对人体的结构有过研究，因为他能确保自己只一刀便能让对方最大程度被他制服，他不一定是医生，却有一定的人体结构知识，他的双手非常有力，以至在死者的双臂上造成了很深的压痕。”说着，她冲李振峰点头示意，“过来。”

“干吗？”

话音未落，赵晓楠突然转到他身后，猛地伸出双臂环抱住李振峰，接着左手捂住他的嘴，右手用手肘困住他的双臂，身体完全接触的刹那却又立即松开并退后了一步：“就是刚才这个动作，是瞬间完成的，而且非常有力，因为我在死者的嘴巴附近一圈发现了手掌的痕迹，一般人在戴了手套以后是很难留下这么深的痕迹的，我怀疑这个凶手应该练过搏击术，肢体力量展现极为充沛，并且攻击力非常强，一下就把受害者制服了……李队，你怎么了？是不是感觉哪里有些不舒服？”赵晓楠察觉到了李振峰脸部表情的异样，便关切地问道。

“我……我没事，你接着说。”李振峰神情严肃，右手却顺势伸进裤兜狠狠掐了一把自己大腿上的肉。

“我还想说的是这次发生在通天苑小区的命案，还有一个应该值得我们注意的地方，就是受害者的坠楼，我更倾向于是一种惩罚，因为受害者脖子上的伤口和别墅杀人案中男死者脖子上的伤口几乎是差不多的程度，毫不夸张地说他可能还没到地面，就已经死了。人在失血过多状态下加上恐惧很容易引起心脏猝死。”赵晓楠看着他。

“昨天晚上的雨非常大，所以家家户户的窗户都是关着的，但是尽管如此，如果有人在自家窗口附近拼命尖叫的话，也还是能够被听到的，这样就无形中增加了凶手逃跑的难度，”说到这儿，李振峰不由得摇摇头，一脸无奈的神情，“这么夸张的手法，如果我不是亲眼见到‘小丑’已经死了，那我第一个怀疑的就是他了。”

“我要去队里开会了，”李振峰想了想，说，“答应我最近这段日子你一定要小心，注意安全，有异常情况随时联系我。”

赵晓楠知道他是为那天晚上的事，心里忽然有些感动，她点点头：“我明白，谢谢！”随即转身回了解剖室。

江州盛产竹子，江州永成竹艺加工厂几乎占据了江州建胜开发区内的大半个工业园区。

但是在方永成的脸上却根本看不出一丝一毫成功的傲气，相反，他双眉紧锁，心事重重，以至“蜘蛛”一眼就领悟到了方永成对李大强此番到访的敌意与警惕。

而对于一个商人来说，这样的表现是不应该有的。

在出发去竹艺加工厂的路上，李大强当着“蜘蛛”的面拨通了方永成的电话，他并没有表明自己是退休警察，相反却谎称自己是社区的，做人口普查，有关他亲生父亲的一些事想找他落实一下。起先对方找借口回避见面，但是架不住李大强上了岁数这个事实，三伏天大老远地赶过来要是出了什么事也是个大麻烦，所以很快便改了口。

挂完电话，“蜘蛛”忍不住问李大强：“大爷，你怎么不担心我是图财害命的？”

李大强看了他一眼，笑眯眯地说道：“年轻人，你身上光是这件T恤衫都抵得上我老头子身上所有的家当了，更不用说你的裤子和鞋子，包括这辆‘北京吉普’在内，你会打劫我这个兜里只有300块钱的穷老头儿吗？”

“北京吉普？”回过神来的“蜘蛛”哈哈大笑了起来，“大爷你退休前肯定是当警察的，好眼力！”

李大强长叹一声：“我就是给社区帮忙的老头儿，哪是什么警察哟！”

笑声过后，“蜘蛛”脸上的神情变得严肃起来：“大爷，待会儿我陪你进去吧，省得人家欺负你。”

方永成还真的把“蜘蛛”当成了李大强叫来壮胆的帮手，所以对他也是没好脸色。三人走进总经理办公室后，方永成把门一关，直截了当地问：“你们来找我干什么？直接问那老太婆不就行了？真是劳民伤财。”

李大强微微皱眉：“年轻人，不该这么说自己母亲吧？”

“她配吗？算了，算了，不提她了。”方永成一脸的不屑，“我那死鬼老爸的事，是不是有什么受害者抚恤金补助？所以你们才这么热的天跑这儿来找我？”

一听这话，“蜘蛛”差点没笑出声来，都成家立业的人了，内心深处却依旧这么不成熟，这不只是一个缺乏父爱的孩子，更是一个缺乏母爱的孩子，而且在他身上可以很轻易地找到他母亲强势的影子。

李大强沉着脸问道：“‘受害者’？你父亲当初不是在单位上班的时候因公去世的吗？怎么又成了受害者？”

方永成脸色一变：“那今天你们到这儿来到底为了什么？”

“为了你18年前去世的表姨妈，黄木清。案发那年你10岁，正上小学3年级，那时候的你已经有记忆了。”李大强的目光尖锐得就像一把锥子，直接插进了方永成的心脏。

方永成惊呆了：“你们，你们不是社区的？你们是警察？”

李大强摇摇头，随即拿出了退休证：“我曾经是警察，你表姨妈黄木清的案子，我参与过办理。现在有了新的证据能证实你母亲金爱珍牵涉其中，所以，作为……返聘人员，我被安排过来对你做下走访，如果你不配合的话，那下次就是直接传你去局……”

方永成赶紧摆手：“别，别，老大爷，那地方去了会招霉运，会破财的，你还是在这里问吧，反正我迟早是要说出来的，都说出来以后也就能轻轻松松过日子了。”

“那好吧。”李大强从帆布袋里取出一台同样上了年纪的袖珍采访机，上面还印着“运动会留念”的字样，只不过字迹因为不断摩擦已经变得有些斑驳，在一番调试后，他按下录音键，在报出时间、地点以及在场的人员名字后，便冲着方永成点点头：“方老板，你说吧。”

“我表姨妈黄木清是被我妈金爱珍和另外一个年轻女人，好像叫什么红梅的给杀了，至于说那个被判了死刑的倒霉蛋，他当时也在场，但是他傻，谁都知道不是主犯不会被判死刑，他却说是他杀的，反正他自己寻死别人也救不了他。”方永成慢条斯理地说道。

李大强眯着眼看着他：“那这些情况你当时为什么不找警察说？为什么要一直拖到现在？”

“我说大爷，你说得倒是轻松，”方永成斜睨了他一眼，“我爸死了，家里就我老妈一个人，我那时候才10岁出头，我还得靠她养着，对不对？况且，一个10岁的孩子说的话和一个40岁的男人说的话，你们信谁的？”

答案显而易见。

此时，一旁的“蜘蛛”突然插嘴问道：“那你为什么现在才说？是不是有什么经济上的利益？”

方永成先是一愣，随后嘿嘿笑了笑：“不错，我的生意扩张太快了，现在资金链快断了，所以我跟我妈说了，想把她那房子拿去银行抵押，贷点款周转一下，结果你猜？”

李大强和“蜘蛛”面面相觑，结果肯定是否定的，两人不由得长长叹了口气。

“没错，没错，就是这种感觉，”方永成环顾了下整个办公室，目光最后落在满墙的奖状、锦旗上，冷笑道，“不过我早就知道会有现在这一天的，我已经准备宣布破产了。”

“那你当年出来创业的钱都是你母亲金爱珍给的吗？”李大强问。

方永成点点头：“没错，一次性给的。那年我爸死后，因为事故责任认定需要一定时间，抚恤金迟迟下不来，我妈学校里的同事就组织起来给我们家进行了募捐，因为农村的爷爷奶奶没有别的孩子了，需要我们赡养，光靠我妈一个人不行。总共募捐了大概有20万块钱吧，在我爷爷奶奶身上花了点，我爸后事花了点，最后剩下15万我妈存了起来。这些我都是知道的，所以后来我初中毕业准备自己创业的时候问我妈要走了这笔钱。”说到这儿，他的眼神中满是讥讽，“我妈是一毛不拔的铁公鸡，本来还不给，逼得我把当初我看到的事情都说了，她才很不乐意地丢了一张卡给我，然后叫我滚。你们没想到吧，母亲居然叫自己儿子滚！”

听到这儿，“蜘蛛”的目光中闪过一丝阴霾。

“我来到江州，这里啥都贵，就原料便宜，所以我就开始搞竹子加工，这好不容易弄出点名堂了，结果那老娘们儿，哦，也就是我妈，突然开着一辆车来了，还带着个长得贼眉鼠眼的年轻人，我还以为那是她的帮工呢，后来才知道那是她再婚老公带过来的‘拖油瓶’！”方永成一连摇头发出好几声啧啧，“我以为出啥大事了呢，那老……我老妈居然再婚了，但她来我厂子可不是来请我喝酒的，她是来拉一车新的竹艺家具回去的。好几万块钱的货呢，一分钱都没给，还说什么我这个环保，超级有格调，说会回去帮我推荐给她的那些小姐妹，结果呢，骗鬼哟。”

李大强简直不敢相信自己的耳朵：“等等，你妈家里的家具就是这么来的？不是你送的？”

“那是当然了，她会舍得花钱在我身上吗？不可能。她只会想尽办法从我身上‘薅’，搜刮，还美其名曰——你长大了，该孝敬我了。”

此刻，“蜘蛛”的脸色变得越发难看了，他一声不吭，目光注视着自己面前的茶杯。

李大强又问：“刚才你提到说那套房子，什么房子，是你妈现在住的这套吗？”

方永成摇摇头：“是我表姨妈家那套，因为没有人了，她就自己去过了户，占为己有了。当初她就是为了这套房子经常和我爸吵架。对了，我妈还和我表姨妈打过好几回架呢。”

“那套房子现在怎么处理了？”

问题问到了点子上，方永成咬着牙一字一句地说道：“给了那‘拖油瓶’当婚房了，还过了户。那死老太婆还叫我死了这条心，说当初那15万块钱就已经把我和她之间彻底了断了。”

“蜘蛛”幽幽地问道：“她为什么这么恨你？”

“在我爸去世之前，我妈就和她的现老公搞在一起了。我爸是开火车的，经常出车，只要我爸一走，他就半夜三更溜进我家。而这一切我都看在眼里。”方永成愤愤然地说道，“我不知道我爸到底是怎么死的，我只能说事故责任认定书一直到3年后才下来，没猫腻的话能拖这么久吗？我没有证据指证我妈，我都说了，到了别人能相信我说的话的时候，我就会把这个事捅到媒体上去，让这对狗男女睡觉都睡不安生。”说到这儿，他突然停了下来，利索地脱去了自己的衬衣，露出后背，“你们看看吧，前年夏天发生的事，这一刀差点要了我的命，医生说离第四节脊柱就差两指宽，还好我命大。”

李大强摘下老花镜，难以置信地问道：“你为什么不报警？”

方永成苦笑：“我有案底，年轻时打架斗殴，派出所都进去过好几回了。”

“那你又是怎么知道这事是你妈和继父在背后搞的鬼？”李大强问。

“因为那人说了一句——只有死人才能彻底闭嘴。”方永成把衣服穿上，坐回了自己的老板椅，“后来我就请了两个保镖。本以为事情顺风顺水就这么过下去算了，结果今年江北发大水，把我的仓库给淹了，2000多万元的货，人家可都是付了钱的，在我这儿暂存，准备一个月后用集装箱装着送欧洲去。现在呢，泡烂了，都没了，我本来想着用我妈那套房子救个急，贷点款让厂子喘口气，加班加点赶一下工期，减少点损失，要知道我表姨妈那套房子在安平的黄金地段，又是省级重点小学的学区房，市值方面我打听过了，已经到了900万元，可……房子已经给那‘拖油瓶’了，我算是彻底死心了。”

“蜘蛛”眼睛一亮：“为什么？你还可以从头再来啊？”

方永成摇摇头，嘴角露出一丝无奈的笑容：“我欠的账下辈子都还不起了，兄弟，我累了。”

听了这话，“蜘蛛”的目光又一次黯淡了下去。他自言自语道：“这种母亲就不配活在这个世界上，她应该去死。”

方永成不解地看了他一眼，刚想开口，却被他脸上冰冷的表情给吓住了。

这时候一旁的李大强问：“那你跟我们说说你10岁的时候到底看见了什么。”

片刻沉默过后，方永成问：“大爷，光凭我这个证词，你们是无法对金爱珍定罪的，你还是想知道吗？”

李大强点点头：“我欠死者一个交代，也欠我老朋友一个交代。”

盯着李大强看了好一会儿后，方永成点点头：“好，那我就告诉你。我小学是在我妈工作的安平一小就读的，那个女人的儿子也是，就是住在小木桥巷27号那女的，姓郑，那杀人犯的妹妹。她儿子比我小4岁，我叫他小强，他大名叫郑文强，我妈趁我爸不在家的时候去过他家几回。我有一次放学后家里没东西吃，因为太饿了，就去小木桥巷找我妈，我才知道她们关着房间门在谈事情，小强和我一样没饭吃，我就和小强在外面玩。小强很笨，经常受人欺负，我看不过去就帮他打架，那时候我读五年级，他才读一年级，我本以为和他可以成为好朋友，可是呢，我总觉得他哪里出了问题……对了，脑子，脑子出了问题，他有些傻。他妈说小强在小时候发过烧，救治不及时把脑袋烧坏了。

“后来，小强就把我当成了主心骨，经常像个跟屁虫一样跟着我。跟他说话吧，总觉得他少根筋，不理他吧，又觉得他可怜。我表姨妈被害的那天晚上我都上床睡觉了，但是我妈一直都没有回来，那几天她都是那样，总是去小强家找他妈说话，丢给我一块钱让我自己买晚饭吃，很晚才回来。

“那天我突然想起小强的作业本还在我这儿，不瞒你说，很多作业都是我帮他做的，没办法，他妈天天检查作业，没做完就挨揍，那可是往死里打啊。我当时想着借口去找我妈，顺便把作业本偷偷给那小笨蛋送过去，我没找到手电，就摸黑出了门。

“我表姨妈家就住在我们家前面不到100米的地方。表姨妈对我非常好，有啥好吃的都会给我留，有时候发了工资还偷偷给我零用钱，你知道的，我妈抠门得要命。

“那天晚上，具体几点我不知道，我看见表姨妈的自行车停在家门外，没锁，而屋里开着灯。那时候的保安没有现在这么负责，总会想着找地方去偷懒，我生怕有人偷自行车，就在一旁给我表姨妈看着。那时候是6月里，夏天，一点不冷，就是招蚊子。

“我就这么等啊，等啊，后来门开了，她家住一楼你们是知道的，我因为怕表姨妈说我大晚上不回家，就躲到了一旁，结果，我看见了我妈，她和那个女人，就是小强他妈，一起抬着个麻袋往外走，出来就直奔自行车去了，把麻袋往车后座上一放，然后一个人在前面推，一个人在后面扶着。”

“什么东西？你还记得吗？能不能描述下？”李大强严肃地问道。

“看不清，我那时候个子挺矮小的，比28大永久自行车高不了多少。我当时说不清楚是怎么想的，只是潜意识里觉得出大事了，我就偷偷地跟在后面。本以为她们会往小木桥巷去，谁想他们出了岔道口后就直接往右拐了，那里走不了多远就是一条河，河水很急，几乎每年夏天都有人落水出事。

“那时候我其实挺害怕的，尤其是听到小强妈妈说头发被揪掉了不知道还能不能长出来，联想起以前看见我妈和表姨妈打架，我心里就更感觉不对劲了。”

李大强问：“你那时候懂得什么叫死亡吗？”

方永成苦笑：“我爸刚死了半年的事儿，我在火葬场陪了我爸3天，你说我知不知道？

“后来，我看到前面有人等她们，我就没有再跟下去，一方面路灯下面太亮，我怕出事，另一方面，我心里实在害怕，腿都软了，所以我转身就跑了。”

“跑？”

方永成冲着李大强挤出了一丝笑容：“直接跑回家去了，没再敢去小木桥巷。”

“那后来呢？郑文强去哪儿了？”李大强一边在工作笔记本上写着什么，一边随口问道，“这事儿发生后你们有再见过面吗？”

方永成摇摇头：“第二天我病了，发烧，我妈去上班的时候，我看到警车开进我们小区了，后来听人在墙根儿底下议论，说表姨妈在昨晚下班后被人扒光了丢河里了，听说是被那个了，很惨的，杀她的人也被抓住了，就是那个一直追她的老男人大叔。我第三天去学校上课的时候找不到小强，他们班的同学说小强被他妈送到外地精神病院去了，精神分裂，治不好的那种。之后我就再也没有见过他。”说着，他走到后面的保险箱旁，转动门锁，打开，弯腰翻找了一会儿后拿出个牛皮纸公文袋，走过来递给李大强，“打开看看吧。”

李大强解开公文袋上的纸绳环扣，把里面的东西倒在茶几上：一个发黄的数学作业本，上面歪歪扭扭地写着郑文强的名字，一张五寸的相片，边缘已经磨损了，相片中是两个10岁左右的小男孩。

“这张相片是表姨妈帮我们照的，一个月后她就死了，被人丢在了河里。”方永成长长地叹了口气，再次抬起头时，双眼中已经隐约有了泪光，“我表姨妈是个好人，唉，可惜的是好人不长命！”

“那你后来找过郑文强吗？”李大强问。

“我当然找了，走遍了省里的精神病院，但是都没有他的影子，我想，他可能也死了吧，我刚才那句话怎么说来着——好人不长命！”说到这儿，方永成干巴巴地笑了两声。

牧马人朝着江州汽车站的方向开去。

“蜘蛛”一声不吭，双眼呆呆地看着车辆前方的路面，明显心事重重。

李大强看了他一眼，心里便知道了八九分：“年轻人，别太在意，今天发生的事你当故事听听就行了，不要往心里去。”

“蜘蛛”嘴角露出了笑容：“大爷，我没事。”

“对了，年轻人，我记得你跟我说过你是开心理咨询诊所的，对吗？”李大强认真地看着他，“那你也是心理学专业毕业的，对吗？”

“没错，大爷，我有心理医生行医执照，需要我帮你什么忙吗？”“蜘蛛”下意识地放下了握着方向盘的右手，“大爷，你尽管说，别客气。”

“是这样，我儿子呢，也是读心理学的，但是他今天没陪我来，他工作很忙，你今天既然抽空陪我了，也是从头到尾听完的，所以我就想听听你对这件事的看法，可以吗？”

“蜘蛛”笑了：“当然可以啦，大爷，你这样我都有些不好意思了。”

在得到肯定的答复后，李大强拿出老花镜戴上，认认真真地看了看工作笔记，然后说道：“第一个问题，你觉得他在撒谎吗？”

“没有，他说的都是实话。”“蜘蛛”果断地回答。

“好，那第二个问题，人的记忆是会随着时间的流逝而逐渐缺失的，但是这个方永成怎么会对18年前发生的事情记得这么清楚？”

“大爷，我说通俗一点吧，人的记忆是分为主动记忆和被动记忆的，两者很少会同时存在，一般来说主动记忆在短期内会记得比较清楚，被动记忆则反其道而行之，有时候甚至不经提醒你都不知道记住了某样东西或者某件事。这两种都是生活中极为普通的记忆方式。18年过后还能记得其中的20%就已经不错了。

“但是有一种记忆，介于两者之间，你能像记住昨天刚发生的事情一样把它记得刻骨铭心，尽管你内心深处巴不得忘记，但是你的主观意识不允许你忘记，这就是方老板今天所说的那段记忆。这段记忆的重要性对他来说是不言而喻的，其中不只是因为他的表姨妈，更主要的是，这段记忆是和可怕的死亡连接在一起的，我们每个人对死亡都怀着敬畏之心，所以这18年来，我相信他三天两头都会被动地仔细回忆一遍当时发生的每件事和听过的每句话，你说，他这辈子还会忘记吗？”

李大强茫然地摇摇头。

10多分钟后，牧马人开进了汽车站，“蜘蛛”从仪表盘上拿了一张自己的名片递给李大强，笑眯眯地说道：“大爷，以后有什么想聊聊的，随时找我。”

“你……和你聊天要钱的吧？”

“蜘蛛”笑了：“大爷，我每个月都有固定的做公益的时间，20

个小时，你只要来之前给我打一个电话就行，地址上面也有，免费，我不收你钱。”

李大强愣住了，片刻后他感慨地笑了笑：“年轻人，我不占你便宜，不过说真的，你和我儿子阿峰还挺像的，有机会让你们见见面，真的很像。”

“蜘蛛”不置可否，只是始终保持着微笑，直至李大强的背影消失在人群中，他脸上的笑容才瞬间凝固。没错，自己是挺像李振峰的，但是一黑一白，两个人中只能有一个活着，这就是游戏规则。“蜘蛛”的脸上露出了一丝诡异的笑容。

他把牧马人开出了车站下客区，然后拐上了江安高速，当车速升至160迈时，“蜘蛛”随手打开了车载音响，任由埃米纳姆沙哑、低沉而又充满愤怒的歌声充斥整个车厢。

车窗前方，海鸥鸣叫，夕阳洒满如血一般的天空。

第六章 做人要善良

互联网是有记忆的，它比我们人脑更容易记住东西，你所有的数据都很有可能会被窃取。

下午，案情分析会，会议室里坐满了人，李振峰最后一个匆匆走进房间。他拿着几张刚打印出来的相片直接来到白板前，左边白板贴上了6张相片，下面依次对应写上名字——莫小白、房爱玲、焦一、童小强、周美河、赵一鸣。中间白板上贴了一张被放大的毕业照和一张赵一鸣的相片，右边白板上用笔写下了“蜘蛛”两个字，打了一个大大的问号。

然后，李振峰转身对在座的同事说：“结合案发现场的调查结果，莫小白的母亲不作为本案直接被害人列入调查，所以这个系列案件直接死亡人数从最初的7个人调整为现在的6个人。

“这是死者赵一鸣，19岁，安平职业技术学院大一学生，计算机软件工程专业，家住本市通天苑小区5号楼902室，母亲柴娟在社区医院收款处工作，父亲赵宝强开了一家卖汽车配件的公司，家里只有赵一鸣一个孩子，所以比较宠爱，尤其是母亲柴娟，对赵一鸣更是到了溺爱的程度。赵一鸣在初中的时候两次因为盗窃被送进派出所，最后他的父母找到当事人选择了私了，再加上尚未成年，所以赵一鸣没有被判刑。

“赵一鸣正式接触电脑是在初中二年级的寒假期间。根据赵一鸣父亲赵宝强讲述，给孩子配置电脑是想让他收收心，不要再出去打架生事。刚开始几年，一切都还正常，赵一鸣最多就是用电脑打打游戏，也不怎么沉迷其中，后来赵一鸣逐渐喜欢上了编程。

“赵一鸣是个智商和情商都非常高的人，可惜的是没有用在正道上。我们走访过他的几位班主任，都说可惜了，这孩子从小没被父母教育好，所以在学校里经常以欺负别的同学为乐，比方说恶作剧，或者把同学困在厕所隔间里，又或者扎别人自行车的轮胎。最初那段时间，老师教育过他好几次，后来，老师发觉赵一鸣的行为变得越发不可收拾，甚至到了让人愤怒的地步。小学五年级的时候，有一次学校食堂发生了一件事情，一位与他同班的男同学在吃饭的时候突然呼吸困难，幸好校医很早就知道这个学生有坚果过敏史，所以一见这情况立刻就进行了相应的救治，避免了死亡的发生。

“校方因为这件事赔了很多钱。事后校方觉得蹊跷，因为赵一鸣当时所在班级里的每个同学都知道这位男同学有坚果过敏史，绝对不能吃花生之类的东西。直到查了监控，几个在场的老师简直都不敢相信自己的眼睛，监控显示赵一鸣当时偷偷地用他沾满了花生酱的勺子换下了那位同学吃饭的勺子。这位出事的同学在医院里醒来后也回忆说自己有几口饭的味道不对，像花生的味道，但意识到时已经来不及了，这与医生从剩饭中查到的结果完全一致。于是校方就找了赵一鸣和他的母亲柴娟，结果赵一鸣给出的理由是想亲眼看看过敏是不是真的会死人。后来，赵一鸣便转学了。

“到了初中，赵一鸣的行为似乎因为电脑而变得收敛了许多，他的乐趣也从恶作剧转向了窥探他人的隐私，并且以此要挟对方获取钱财。当然了，这些行为他的父母并不知情。他的加害对象就是自己班级的同学。那时候，正是社交通信工具非常流行的时候，而盗号对于一个懂编程的人来说是很容易的。他屡屡得手，但是在初三的时候却出事了，他的行为被班里的数学课代表陈柳宇发现并报告给了老师。经过他父母的再三请求，学校才没有报警，只是给了处分。而按照规定，这种未成年人的在校处分，保留年限是一年，所以这张处分到期后就自动失效了。但是赵一鸣对曾经公开指责过他的三位同学和两位老师的恨意从未消除，他用刀将毕业照上这五个人的脸都画花了，而我们最新的走访调查证实，这五个人中目前只有两位还活着，另外三位，一位正常死亡，两位自杀了。其中一位是当初第一个揭发他的数学课代表陈柳宇，2018年高考前突然跳楼自杀，据说是因为早恋，被女方家长告到了学校，老师勒令他写检讨书，他一气之下就自杀了。送葬的那一天，很多初中同学都去了，甚至还包括赵一鸣。

“我们对死者赵一鸣名下的所有社交账号都进行了锁定并且查找相关敏感词，这一查果真有所发现，尤其是近一年内，他的活动更加频繁，这是其中最典型的几段，你们看一下，我都打印出来了。赵一鸣的网名经常变更，这上面网名叫‘东方樱’的是莫小白，‘鬼语者’是焦一。赵一鸣对每一个受害者所说的话都是有一定话术套路的，”说着，李振峰便把几张A4打印纸传了过去，“这家伙每次都是定向攻击，只要你曾经惹怒过他，或者他恰好通过关键词在互联网上锁定了你的隐私，那么他都会想尽办法在网上把你挖出来，然后必要时把隐私公之于众或者对你进行敲诈勒索。互联网是有记忆的，它比我们人脑更容易记住东西，你所有的数据都很有可能会被窃取。死者赵一鸣就是这么干的，他以窃取他人的隐私为乐。”

最后，李振峰长长地舒了口气：“经过我们再三核实，莫小白有一次下晚自习回家，在路上被歹徒猥亵、抢劫并拍下了相片，结果这相片被传到了网上，无意中被赵一鸣发现。他做了一些调查，锁定了相片拍摄地点和时间，接着就找到了莫小白，在网上加了她的社交账号，威胁她拿钱换相片，否则的话就把她的相片和她曾被侵犯的事贴到学校大门口去。莫小白在支付了1000块钱后实在没钱了，就选择了跳楼自杀。你们看记录最后那一句——你去死吧，没人可怜你。这些记录我们都已经恢复了。现在正在全力抓捕曾经侵犯过莫小白的犯罪嫌疑人。

“至于房爱玲，这女生因为学习压力重，就在网上吐槽，无意中被赵一鸣发现，但他没有找到房爱玲的隐私，他不愿意就此放弃，于是干脆用言语引诱她结束生命、寻找解脱。结果这个处于严重叛逆期的孩子就这样轻易地结束了自己的生命。那个叫焦一的大学生，则是因为没钱帮父亲买药了，就去偷了一个路人的钱包，单纯的孩子出于害怕不敢自首，他一直在网上倾诉，毫无意外地遇到了赵一鸣，把柄落到了对方手里，最后也就只能一死了之。至于说童小强，一个聪明的学生，已经被安平大学预录取了，但是他有抑郁症，这是长期的学习压力导致的，他在生活中找不到人倾诉，便把注意力转移到了网络上，我们在他手机中发现了82篇个人日志，通篇都是在抱怨、哭泣，而这些负面情绪在生活中被他掩饰得很好。最终，他在赵一鸣的诱导之下走上了绝路。”

一旁的林局听得呆了："李队，这个赵一鸣好像有严重的心理问题。"

"是的，反社会型人格障碍，"李振峰点点头，"如果再要分类型的话，那就是恶毒型。这种人根本就没有自我内疚的能力，冷酷无情、冲动、不负责任、容易撒谎，漠视自己给别人带来的痛苦。而造成这一切的，就是赵一鸣的母亲柴娟的溺爱和他父亲赵宝强毫无原则的纵容。他们如果能正视自己孩子身上所表现出的每一个问题的话，就不会造成如今严重的后果。"

马国柱看到李振峰在周美河旁边画了一条线，便问道："那周美河是怎么回事？"

"周美河也是跳楼自杀，这点是肯定的，但是这一切操作同样是受到了赵一鸣的蛊惑，他没有利用周美河，相反却利用了周美河的哥哥周美海内心深处的人性弱点。周美海害怕失去自己好不容易到手的东西，所以他想除掉弟弟却又害怕杀人，而这时候赵一鸣出现了，帮助他获得了他想要的结果。我在另外一份案卷报告中都写明了，周美海的案件需要另外处理，所以这里我就没有提到周美海的名字。我原先以为这又是赵一鸣的一次带有炫耀性的、高调的杀人行为，因为周美河是个杀人犯，刚被释放，但是在赵一鸣的电脑中我们发现了周美河的相关资料以及周美海与周美河联系的通信记录，而这些资料的搜集、存储，都发生在周美海和赵一鸣联系之前，所以说这个案件不排除是赵一鸣主动找的周美海。后来在论坛上我发现了很有意思的一段对话，当然了，这多亏了网监大队的'五大高手'帮忙，你们可以在打印纸的最后一页看见这段对话。这是一段邀约，也可以说是个杀人令。虽然我们还无法确定发出这个邀约的人到底是谁，但是可以肯定的是这人完美地利用了赵一鸣的无知和高傲，对方一眼就看出了赵一鸣的弱点。事实证明，赵一鸣又一次成功地手不沾血地杀了人，同时也在不知情的情况下签署了自己的死亡令。所以，周美河死后没多久，赵一鸣就死了。

“当时在阳城路派出所调查周美河自杀案的时候，我还没意识到在赵一鸣的身后还会有人，而这个人不只操纵了赵一鸣，还利用赵一鸣的弱点找到了他的家，并杀了他，同时留下了他的‘名片’。”

“名片？”马国柱问。

李振峰点点头：“就是他的作案手法。第一，傲慢，体现在他把赵一鸣丢出窗外的同时割断了他的颈动脉，让他无法发出求救声；第二，现场的足印，我们后来在技侦部门的帮助下对比了樱花小筑案件现场的足印，有一个血足印呈现出来的特殊花纹痕迹与我们在通天苑现场所发现的完全相符，所以是同一个人作案的可能性比较大；第三，高调的讽刺，但是他却能及时抽身事外。这点与‘蜘蛛’的行事风格是相同的。

“只是目前‘蜘蛛’到底是如何找到赵一鸣并且成功将他杀害的，网安的工程师正在帮我们寻找路径挖掘真相，我们现在需要的就只是时间了。”

李振峰的目光中充满了期待。

下午5点，案情分析会终于结束了，李振峰叫住了正要走出会议室的马国柱：“头儿，等等，我想和你谈谈。”

“现在？”马国柱指了指街对面，“去不？”

李振峰一咧嘴，露出了雪白的牙齿：“还是在这儿吧，这事儿，越少人知道越好。”

马国柱听了，脸色一怔。这时候，整个楼层除了值班人员就只剩下他俩，大家都去吃晚饭了。

靠着窗台，李振峰伸手接过了马国柱递过来的烟，却只是在手中把玩，并没有要抽的意思：“头儿，我想我可能知道‘蜘蛛’是谁了，但是我还没有证据钉死他，也不能轻易动他，因为即使跟他摊牌，没抓个现行的话，他也能做到全身而退，这家伙思维太缜密，一点证据都没有给我留下。”

马国柱有点意外：“阿峰，难道还有比你更厉害的人？”

“头儿，我怀疑你在嘲讽我。”李振峰露出了苦笑，“我算什么？很多时候都只是凑巧罢了。但是这家伙不一样，而且这回他再次出现，有可能是冲着赵晓楠法医去的。”

“他是谁？”马国柱皱眉问道，“为什么会认识赵法医？”

“一个多月前，我们追踪了两位无差别杀手‘小丑’与‘蜘蛛’，经调查，他们在网上相识后产生了一种微妙的联系，前者借别人的手杀了自己，而后者在上传了一段奇怪的视频后就消失了，同时注销了自己‘蜘蛛’的账号。我那时候还不确定他是谁，况且‘蜘蛛’同‘小丑’的作案风格不一样，‘小丑’渴求曝光度，但是‘蜘蛛’却喜欢躲在阴影里对自己的猎物下手，就像樱花小筑那个案子，他至少等了有一个月，并且在确保万无一失后才下的手，一击命中，全身而退。

“我在‘蜘蛛’最后上传的那段视频里无意中看到了赵法医的影像，虽然从那视频的角度可以看出是偷拍的，但是可以肯定赵法医是认识他的。我经过打听知道有个人在追求赵法医，那人是个心理医生，自己开了家心理咨询诊所，姓蒋，叫蒋万安。我查过他的个人资料，没有案底，父母早亡，社交清白，从底层做起的，颇有经商头脑，情商很高，经营的诊所可以说是日入斗金，是圈内颇有名气的青年才俊。”

“等等，这些都是赵法医的私事吧？”马国柱眯起了双眼，“合适吗？”

“赵法医昨天找我的时候提到过不断被人骚扰的情况，对方就是这个心理医生。我只是不方便给她挑明我的怀疑，因为我还没有直接的证据来指证他，也没有证据显示这个视频就是蒋万安偷拍的。所以我不能打草惊蛇，我所能做的，就只是提醒赵法医注意人身安全，还好她能听进去并照着做了。”李振峰抬头看着马国柱，“头儿，赵法医还跟我提到过那天请她吃饭的就是蒋医生，但是，‘蜘蛛’上传的这段视频，最多只能证明‘蜘蛛’或许认识蒋医生，关系不错，也或许两人就是同一人，仅此而已。我也无法确定‘蜘蛛’上传这段视频的真正用意所在。赵法医除了提到被人骚扰，还跟我说有人趁她不在，私自闯入了她的家。”

“那丢什么东西了没？”马国柱倒吸了一口凉气。

李振峰摇摇头：“就一张相片，就是赵法医去世的父亲最后给她拍的一张相片。”说到这儿，他脸上神情凝重，“头儿，我可以肯定那个闯入赵法医家的人就是‘蜘蛛’，而且‘蜘蛛’确实是迷上了赵法医，因为赵法医回忆说曾经在公交车上救过蒋医生。‘蜘蛛’患有严重的自恋型人格障碍，这种人的内心深处是非常脆弱的。他的童年一定缺乏关爱，导致他内心处于半封闭状态，而赵法医只是流露出了一丁点的关心，就无意中激发了他内心深处压抑太久的感情。”

“那这事儿不跟赵法医说合适吗？她的态度是什么？”马国柱有点担心了。

李振峰笑了笑：“头儿，别怕，赵法医可不是什么‘情种’，要她动感情喜欢上一个人的话，有点困难。”

“你怎么知道得这么清楚？”马国柱被李振峰的笑意感染了，脸上也不自觉地露出了笑容。

“说来话长，以后案子破了，我再跟你详细说吧。总之呢，她虽然无法确定闯入自己家的人就是蒋医生，但是她可是把那心理医生送的花直接丢进垃圾桶的。”

马国柱听了，忍不住笑：“这确实有点……太干脆利落了。”

“我反正已经提醒她了，要时刻注意自己的人身安全。”李振峰想了想，又说道，“迄今为止，‘蜘蛛’总共作案三起，而每一起案子中，他都没有留下证据，直到最近通天苑那起，我们才稍微有了些眉目。所以，我有个想法。”

看着李振峰向自己投来的征询的目光，马国柱点点头：“你需要多少人，尽管说。”

李振峰摇摇头：“就我和安东两个人，不用多，因为这次我们所要面对的人不同以往，什么时候需要特警支援，我会随时找你。”

“那你，下一步打算怎么做？”

“我会找他当面谈谈。”李振峰的目光中充满了无畏。

“好吧，安东那小子的身手是所有人当中最好的，有他跟着你抓‘蜘蛛’我放心。”马国柱突然一拍脑袋瓜，“哎呀，看我都忘了，这么重要的事，你等我，别走，我有东西要给你。”

很快，马国柱拎着个超市纸质食品袋从自己的办公室走了出来，递给李振峰：“今天中午我正好从外面回来，有个老头儿，瘦得跟猴儿一样，扎了个长马尾，穿着也挺怪的，他在知道我是谁后，就丢了这么个纸包让我转交给李振峰警官，说什么关系到你们的家族之类。嘿嘿，就跟电视剧里的桥段似的，挺有意思。”

“谢了，头儿。”李振峰臊得满脸通红，赶紧抱着纸包回了自己的办公室。

在工作台边坐下后，他刚想打开纸包，手却停在了半空中，他犹豫了，心想：这100多年都等了，也不在乎这一两天。便顺手拉开抽屉，把纸袋子朝里一丢，重新锁上抽屉。

李振峰知道自己㞞了，他还没有做好充分的心理准备去面对。

李振峰探身从地板上的纸箱里摸出一碗泡面，刚要打开，座机响了，来电是门卫老王，告诉他李大强在门口等他。

李振峰愣了好久才回过神来，然后挂断电话，出了门。

上一回李大强在安平市公安局出现的时候，父子俩差点吵了起来，这一次见面难免有一些尴尬。

老头儿背着手在大院里溜达，时不时抬头看看那棵银杏树，目光复杂。听到身后的脚步声由远至近，他猛地回过头来，没好气地说：“你多久没回家了？”

“我，我工作忙。”

“案子破了后回去看看你妈，她年纪大了，老念叨你。我呢，就算了。”李大强的话语中带着一丝落寞。

“爸，你不能这么说……”

李大强摆摆手，示意他不要说下去了："我今天来找你是有事拜托你，一个案子，18年前的，可能你也听说了，就是当年'6·17'大案，郑福伟的案子，我该做的都已经做了，下面就看你们的了，结案的那天你也不用通知我，我会看报纸的。"说着，他把手中的帆布袋递给儿子李振峰。

"爸，这里面装的是什么？"李振峰掂量了一下，感觉还挺沉的。

"你回去看了就知道了。"李大强打量了一下儿子，轻轻叹口气，又从裤兜里摸出300块钱，不容分说就塞到了李振峰手里，"拿去，想吃啥就买，看你瘦得跟个猴儿似的。"

做完这些事后，李大强这才心满意足地点点头转身走了。

看着暮色中父亲逐渐远去的背影，李振峰鼻子一酸，眼泪差点掉了下来，他赶紧仰头，调整了一下情绪后，快步走回了办公楼。

安东已经从马国柱那里知道了新的任务，此刻正坐在李振峰办公桌前等他："李哥，这是什么？"

"18年前的'6·17'案你还记得吗？这个案子当时在安平城里挺轰动的。"李振峰一边说一边把帆布袋里的东西逐一取了出来，放在办公桌上。

袋子里分别是两本工作笔记，两卷微型磁带，一个微型采访机，两张年代久远有些发黄的相片。一张相片背面写着"案发现场"四个字，正面是一条河的河道拐弯处，那里杂草丛生；另一张相片上是一位年轻女子，年纪在20岁上下，鹅蛋脸，长得眉清目秀，相片背面写着三个字——受害者。

"这就是'6·17'大案中的死者黄木清，19岁，安平毛纺三厂一车间女工，死亡时间为2002年6月17日23点30分下中班后至凌晨2点之间，尸体是在回家必经的一条河里被人发现的，死因是严重的颅脑损伤合并失血性休克，因为发现尸体的地方是在河中，经过水流的冲刷，尸体浑身上下只有一个胸罩挂在胳膊上，没有血迹残留，而别的衣服都找不到了，案件性质也就由此被定性为临时起意的强奸杀人。当时结合目击者的证明以及犯罪嫌疑人郑福伟的供述，郑福伟被认定为死者生前见过的最后一个人，嫌疑非常大，再加上他比死者大了整整20岁，又一直在追求死者，自然就成了警方追踪的嫌疑对象。”

李振峰一边说着，一边伸手在帆布口袋里摸，生怕遗漏下什么。突然，他的指尖触摸到了一小截硬纸片，感觉是一张名片，便把它摸了出来。李振峰本能地低头扫了一眼，这一看，他不由得瞬间感到头皮发麻，名片上写着——万安心理咨询诊所，蒋万安。

“李哥，怎么了？出什么事了？”安东不解地问道，“你在看什么？”

李振峰把手中的名片递给了他，沉着脸一声不吭。

与此同时，德云新村。

“蜘蛛”把车停在了人民西路上的夜市停车场，夜市开始的时间是晚上6点整，因为是免费停车场，不到半小时，四周就陆续停满了各式各样的车。“蜘蛛”观察过，这个停车场的监控探头是朝外的，也就是说，他可以随心所欲地在茫茫车海中隐藏自己的行踪。

从停车场到德云新村小区后面的巷子里，直线距离是1.2公里左右，走起来却要拐好几个弯。他仔细研究过这条巷子，因为拆迁，原来的住户都已经搬走了，所以无论是白天还是晚上，这里始终都是城市中心的一片荒地。

这道围墙是唯一没有被纳入“老新村改造计划”的地方，用的还是20世纪最普遍的青砖式结构，挑高2.3米左右，墙头看似用水泥固定了一些玻璃碴子，但是懂行的人都知道这些是防君子不防小人的。

“蜘蛛”收回了无人机，把它小心翼翼地锁在副驾驶座下方的柜子里，然后伸手拿过那顶洗得发白的黑色棒球帽戴上，又从后排座椅下方的储物箱里抽出那个黑色的孝心帆布双肩背包背上，锁好车门，匆匆消失在拥挤的人流中。

漆黑的夜空中一轮圆月静静地挂着，周围看不见一丝云彩。

凌晨2点刚过，她被一阵诡异的“咕咕”声惊醒，猛地睁开双眼，刺鼻的血腥味混杂着一股淡淡的腥臭味扑鼻而来。

耳畔又一阵“咕咕”声，像极了一个人刷牙时含着水在仰天漱口，却又像是在垂死挣扎。黑暗中，一只手伸向了她，紧紧地抓住了她的胳膊，“咕咕”声再次响起，血腥味越来越浓。

恐惧瞬间席卷了她的全身。

借着窗外的月光，她看清楚了，那正是与自己同床共枕的丈夫，不过此刻，他已经动不了了，全身在微微抽搐，而喉咙中的“咕咕”声也越来越微弱，唯独那只紧紧抓着她的右手，像钳子一般根本就没有松开的迹象。

她拼命地想扒开那只可怕的手，身体却因为害怕而变得瘫软，她感觉到自己的手上沾满了黏糊糊的东西。她浑身发抖，刚想张开嘴尖叫，一只手从身后探出，牢牢地捂住了她的嘴，皮质手套特有的樟脑丸的味道熏得她想吐。

原来她身边站着个人，只不过那人一直站在阴影里，窗外的月光照不到他，所以不会那么容易被人发现；又或者，他本就来自黑暗，与黑暗一体。

一阵剧痛袭来。

他出手了，左手捂住她嘴巴的同时，一把锋利的猎刀准确无误地插进了她的咽喉，然后缓缓地旋转了90度。她的喉管被彻底割断了，要不了多久，喷涌而出的血液便会填满她的肺部，她会被自己的血活活憋死，就像身边躺着的男人那样，身体逐渐冰凉。

她用惊恐的目光无助地看向做下这一切的人，她已经很努力了，却还是看不清他的脸。她听到自己的喉咙里同样发出了诡异的“咕咕”声，那是垂死前徒劳的哀鸣。

她想知道为什么……

终于，他低下头凑向她的耳边，沙哑的声音中带着一丝冷漠：“为你18年前做下的孽，下次投胎，记得做人要善良！”

她浑身一震，似乎明白了什么，却只是张了张嘴，四肢抽搐了一会儿后，便再也不动了。随着身体渐渐变得冰凉，她圆睁的双眼中瞳孔也开始缓慢散开。

“蜘蛛”迅速脱去雨衣，把它裹成一团塞进帆布包里，然后把包背在身后，关闭胸前的微型运动摄像机，悄无声息地按照原路退出了房间。

屋外一片死一般的寂静。

那道围墙是拦不住“蜘蛛”的，他双手抓住凸起的青石砖，双腿蹬地用力跃上墙头，这是标准的攀岩动作，远处的一只野猫呆呆地看着他。

“蜘蛛”冲着野猫咧嘴一笑，随即便蹿下墙头。墙外是杂乱的草丛和乱石堆，他摘下鞋套塞进背包，顺着巷子向外悠闲地走去。

还有一个人，他同样也不会放过。

回到车旁，迎面走来一对情侣，脚步踉跄，嘴里胡乱唱着歌。擦肩而过的时候，“蜘蛛”脸上露出了羡慕的神情。他钻进车里，把手中的三角小背包丢到车座上，然后开着牧马人离开了停车场。

有些幸福，这辈子注定离自己太远。

凌晨2点34分，安平路308号五楼情报数据处理中心的报警电话骤然响起。

“安平市公安局报警台。”

“我要报警。”

“哪里出事？”

“德云新村3号楼101室有人被杀。”

“现场情况现在怎么样？”

话音未落，电话已经挂断。值班员反查过去时，发现是一个随机生成的虚拟号码，无法被接通，而且查不到对方的登记资料。

“会不会是个恶作剧？”值班员用征询的目光看向值班主管。

“还是通知刑侦先去看看吧，感觉有点蹊跷。”值班主管拿起了电话。

他的担忧不是凭空冒出来的，因为他接过上千次命案报警电话，包括恶作剧电话，很少见到这种冷静而又沉着的报警人。

凌晨3点，李振峰和安东在办公室里被刺耳的电话铃声惊醒。

德云新村发生凶杀案，死者为一对年过五旬的教师夫妇。

几分钟后，警车呼啸着开出安平路308号大院，听到电台中传来的案发地址和死者姓名后，李振峰不由得惊呆了："这怎么可能？"

因为就在昨天晚上，他刚刚看完父亲李大强给他的所有资料，对金爱珍这个名字是非常熟悉的。

"通知法医到现场了吗？"

"已经去了。"

挂断电话后，李振峰问："我们还有多久到？"

"不到5分钟。"

李振峰给小邓打了电话，要求他马上带人把郑红梅传唤到公安局。

"哥，为什么要抓郑红梅？"安东有些担忧，"难道说她是下一个？"

"不好说，保护性传唤吧，我本来还不想这么快动她。不过，我的直觉告诉我是'蜘蛛'干的，但是动机方面让人难以理解。"

车窗外，凌晨的安平市区街面上飘浮着薄雾，一时之间竟然分不清这是梦里还是冰冷的现实世界。

下车的时候，李振峰接到了郑文龙发来的消息，他的脸色顿时沉了下来，他向安东嘀咕道："刚才大龙通知我，声纹分析确认就是'蜘蛛'打的报警电话。"

安东抬头看了他一眼，目光中满是疑惑：“他杀金爱珍夫妇干什么？这完全不是他的作案风格啊。”

“应该有突发情况打断了他的计划，”李振峰想了想，说道，“你马上派人24小时保护赵法医，但是……但是不要让她知道。”

尽管安东心里充满了疑惑，但他还是点点头：“没问题，我这就安排。”

快要走进案发现场时，李振峰一眼就看到了门边站着的那位满脸煞白的年轻人，他身体摇摇晃晃，嘴巴咧着，一副想哭却又不敢哭的样子。

“他是谁？”李振峰伸手一指。

在年轻人身边站着的警员赶紧回答：“他是死者的儿子秦小敏，就住在前面那栋101室，我们刚把他叫过来问情况。”

李振峰转头看向他：“你知道这里面被杀的是谁吗？”

“我，我知道，我听说了，警官，是，是我爸秦刚和金爱珍，我后妈。”秦小敏满头大汗，紧张的双手直搓裤管，目光不敢直视李振峰。

李振峰下意识地眯起了双眼，因为眼前这一幕实在是太熟悉了，他头也不回地继续问身旁站着的警员：“你们是在什么地方发现他的？”

“他家。”

“他还没休息，是吗？”

“没错，应该是刚回家。”

李振峰的目光又落在了秦小敏不断颤抖的双手上。李振峰围着秦小敏转了一圈，声音突然一变，冷冷地说道：“马上带去你们派出所做尿检，我怀疑他复吸了。”

一听这话，秦小敏顿时像泄了气的皮球一样瘫软在地上。

“难怪了，我就觉得这小子不对劲，刚才讲话前言不搭后语的，见了你们才清醒过来。”警员气呼呼地带走了秦小敏。

“哥，你是怎么看出来的？”安东忍不住笑了起来，“你又没在禁毒大队待过。”

李振峰摇摇头：“很简单的心理推理，自己的父母去世了，脸上一点悲恸的情绪都没有，甚至没有一滴眼泪，表情僵硬，躲着我们警察，生怕我们在他身上瞧出什么名堂来，结论不是负案在身，就是复吸闹的鬼。尤其是他那个双手反复摩擦裤管的动作，他本想借此让自己迅速镇定下来，结果呢？越是紧张，十指越是痉挛，答案就显而易见啦。”他边说边伸手接过技侦大队的同事递给他的鞋套和头套，小心翼翼地穿上后，和安东一前一后走进了案发现场。

这是一套实际居住面积大约有80平方米的两室一厅的房子，因为位于一楼，房间里充满了潮湿的味道。进门是客厅，摆放着一套完整的竹工艺家具，两个藏青色粗麻布蒲团放在竹沙发上，映衬着茶几上同款颜色的垫布，显得家里的主人非常有品位。

客厅里收拾得整整齐齐，除了地上几处证据指示牌标记出足印进出的位置外，真的看不出这是一处双尸案的现场。

小九从左面卧室走了出来，他一看到李振峰和安东，便点点头：“足印完全相符，是他干的。”

“三处都一样吗？”李振峰加重了语气。

“纹路都一样，推算出的身高、体型以及走路的姿势也一样，是同一个人。”小九果断地说道，“我上次回去后和老师说了，经过辨认是飞鹰牌雨鞋套，这种鞋套在网上是能够买到的，销量也很大，一个月有好几万单吧。但是根据大数据分析，买这种鞋套的人大部分都有野外生活的经历，因为这种鞋套适合在野外生存时使用，价格贵是一方面，另一方面是质量非常好，穿起来舒适度也高，消费者年龄段在25到35岁，以男性为主。”

“那照这么看来，凶手肯定是一个对自己的穿着打扮非常在意的人，因为既然这种鞋套辨识度这么高，那么就不存在搅和现场足印的动机，剩下一个原因就是为了保护自己的鞋子，难道说他有洁癖？”李振峰小声嘀咕。

“这我倒是不清楚，”小九想了想，说道，“不过在上次通天苑案发现场那颗头颅上的牙齿表面提取物中，我们分析出了微量的羊皮手套护理油的成分。那天虽然下着大雨，但是头颅坠落的位置上面正好有个顶棚遮着，而且口腔没有被雨水冲刷到，不然的话我们还真提取不到这种残留物质的具体成分。当时我还纳闷呢，怎么会出现护理油脂，现在看来这家伙确实挺讲究的。”

“难道说这起双尸命案中，在死者的嘴里也发现了同样的物质？”李振峰问。

小九伸出一根手指头：“就女主人的嘴里有，我刚才抱着试试看的心态去试了一下，目前可以确定是油脂，具体成分还要回去用仪器分析，不过也是八九不离十了。”

“足印方面呢？”

“只有一个人进出的足印，这个案子是一个人干的。我赌今晚的夜宵，绝对是这家伙，跑不了！”小九弯腰招呼同伴开始收拾工具箱。

右面小卧室里是空的，也没有人进入过的痕迹，地面上没有足印标记。左面大卧室里却是一片狼藉。卧室中央一张大床靠墙摆放，两具尸体头东脚西横卧，男死者俯卧，女死者呈现出仰卧状，男死者身上血迹偏多，女死者的血迹集中在上半身和颈部附近。从大床墙上的那张夫妻合照来看，死者正是这房屋的主人秦刚和金爱珍夫妇。

赵晓楠从女死者身旁站起身，对李振峰说道："他先在床的那边用最快的速度制服了男死者，然后才对女死者下的手，目前来看他们的死因都是颈部切割伤，男死者之所以出血量较多，原因是他的颈动脉被割断了，死亡在几分钟内迅速发生，而女死者是被割断了喉管和静脉血管，死因初步判定为机械性窒息。"

"被自己的血给活活呛死了？"李振峰问。

赵晓楠看了他一眼："可以这么说。别的，我只能尸检结束后再告诉你。"

李振峰点点头，他环顾了一下整间卧室，小声说道："我爸之前来过这儿，和女主人交谈过。"

赵晓楠微微一怔，若有所思地看着李振峰。

走出案发现场后，安东迎了上来，伸手指了指不远处的那堵围墙："李哥，发现他出去的路了，这小子是不是练过啊？"

两人来到围墙下，李振峰抬头看了看，又看看安东："你能爬上去不？"

"不可能，对于普通人来说根本就没有可以借力的位置。"安东摇头。

李振峰掏出随身带着的微型手电在墙上找了一圈，最终目光停留在一个凸起物上："那边可以。"

"你行？"安东有些惊讶，"你啥时候练过攀岩了？"

"我睡觉都没工夫，哪有什么闲心去练攀岩……"李振峰若有所思地点点头，"赵法医跟我说过凶手的上肢和手掌部位都非常有力气，而且动作流畅，不拖泥带水，她推测凶手专门练习过。这么说，我们还要加上一条才行。走，去墙外看看，警犬到了吗？"

安东看了看手机页面的消息栏，咧嘴一笑："已经到了，现在正在车上待命，很棒的两条可卡。"

现场收队回到安平路308号的时候已经是上午8点30分，早会是开不了了，李振峰和安东抓紧时间去一楼公共浴室冲了个澡清醒一下头脑，然后去马国柱的办公室，经过法医处时，没见到赵晓楠，说是去痕检办公室找小九了，但马月也没让他们白跑一趟，给他们递上了油脂成分化验报告，上面的结果当然是与之前的判断一致的。

回到二楼，一进办公室的门，马国柱立刻站了起来，关切地问道："案子怎么样？"

"还行，头儿，是'蜘蛛'的'大手笔'。"李振峰回答，"只是警犬最后没跟到，这家伙狡猾得跟狐狸一样。"

"很正常，那动机现在有方向了吗？"

"还没有。"李振峰皱眉，"我爸之前找金爱珍谈过。"

"你说的是我师父李大强？"马国柱感到意外。

"没错，我爸为了当年的'6·17'案特地去找的她，这两名死者中的金爱珍就是当年案件中被害者黄木清的表姐，两家所在的位置相隔不到100米。”说到这儿，他不禁一声长叹，“就我爸那脾气，头儿你又不是不知道，我怎么劝他都不会有任何效果的，他昨天晚上从江州回来后就直接来找我，然后给了我他手头关于这个案件的所有调查资料。”

马国柱尴尬地点点头，苦笑道：“师父的办案风格我是最清楚的了，老头儿倔得很。不过我是听他说过当年的案子好像有个尾巴，他为此还和赵法医三天两头地吵架。”

“头儿，你说的是赵晓楠的父亲赵军和法医吧？”李振峰哑声说道。

“是的，”马国柱叹了口气，“赵军和法医也是个不认输的主儿，眼里容不得半点沙子，但是那时候已经快到上头规定的案件截止时间了，郑福伟又全都承认了下来，和现场证据也能匹配得上，所以这案子就结了案。”

“赵法医是不是说还有凶手没抓住？”

马国柱一愣，随即点点头：“我听师父不止一次说起过，赵法医去世前一直念叨的就是这个案子，说现场的证据证实凶手是两个以上，其中包括郑福伟，但郑福伟却一口咬定只有自己一个人。我们刑警办案都有这么个毛病，要是案件有瑕疵，还真是会在心里纠缠自己一辈子。”

“我能体会，头儿，赵法医判断得没错，当时现场除了郑福伟，应该还有两个人，不过现在其中一个死了，另一个就在讯问室，今天早上刚带过来，郑福伟的妹妹郑红梅，保护性传唤。”李振峰轻声说道，“我现在还无法确定‘蜘蛛’插手这件事的原因，但是我知道这肯定和‘蜘蛛’自身有着密切的关系。”

“你怎么会有这个想法？”马国柱问。

“因为偏向于强迫症型的自恋型人格障碍从不会为别人做事，他的世界里只有他自己。我现在很好奇‘蜘蛛’到底是什么来历。之前总是找不到机会和他当面谈谈，现在看来有了。头儿，你就放心吧，我有进一步的消息随时向你汇报。”李振峰说。

“注意安全！”马国柱看看李振峰，又看看他身边的安东，神情严肃地强调了一句，“你们两个，明白吗？”

“明白！”

走出马国柱的办公室，李振峰对安东说：“把我办公桌上那两盘磁带和采访机一起给大龙送去，告诉他，我们需要确定磁带里的三个声音中有没有‘蜘蛛’的声音。”

安东点头匆匆走了。

李振峰突然一转身，看见身后站着的赵晓楠，不免有些紧张，他支支吾吾地说道：“你，你怎么，怎……”

“我没什么事，正好经过这里，就想跟你说声谢谢。”说着，她便转身离开了。

“等等，”李振峰追了上去，“你谢我什么？”

“刚才你们在办公室里说的话我都听到了，”赵晓楠脸上难得地露出了复杂的笑容，“谢谢你们愿意帮我父亲了却一桩心事。”

18年了，也应该有个结局了。

第七章　生死一念

难道生与死之间的分界线真的那么薄吗？

办案区里静悄悄的，棕色的木地板上倒映着窗外银杏树枝的影子，一阵风吹过，树影轻轻晃动。

讯问室里，郑红梅还没有完全从金爱珍被害的消息中走出来。今天凌晨警察找到她的时候，她是抗拒的，不断嚷嚷着自己没有违法，为什么要跟警察走，但是当小邓在她面前缓缓说出金爱珍的名字时，郑红梅不由得呆住了。

因为这个秘密已经被藏了18年，就连她自己都快忘记了。那年黄木清事件结束后，郑红梅为了避嫌就再也没有联系过金爱珍，大家相安无事地过了这么久，却还是无法逃脱当年的噩梦。走出家门的那一刻，郑红梅的意志已经开始崩塌了。

当李振峰走进讯问室的时候，郑红梅一下呆住了，右手下意识地指着李振峰："你，你是那个李警官的什么人？"

"我是他儿子，我叫李振峰，安平市公安局刑侦支队一分队的副队长，专门负责重大刑事命案的侦破。"李振峰看着郑红梅，意味深长地笑了笑，"放心吧，我完全够格，而且你这个案子目前由我负责。"

郑红梅的眼中渐渐地充满了绝望，她突然回过神来，双手紧紧地抓着凳子的扶手，上身向前倾："金爱珍的死和我没关系，我们已经很多年都没有来往了，你们抓我干什么？没理由的嘛。"

李振峰与安东互相看了一眼，安东耸耸肩，知道郑红梅开始避重就轻地转移话题。

"郑红梅，你没有被批捕，你是自由的，现在就可以走。"安东慢条斯理地说道。

"真的？"郑红梅眼中的惊喜瞬间被疑虑替代了，"你们在骗我。"

"警察从不骗人，这是我们的纪律。"李振峰说。他看着郑红梅重新缩回了凳子上，知道缺口已经打开了，便笑眯眯地说道，"金爱珍和秦刚夫妇俩被人杀害的案子确实与你无关，但是……"

"但是什么？"郑红梅有点紧张，说话间不免有了埋怨的语气，"你说话不要说一半好不好？"

李振峰伸手指了指门口："如果你离开安平市公安局，我们就不能保证你不会成为第二个'金爱珍'。因为犯罪嫌疑人目前仍然处于潜逃状态。"

安东在一旁适时地添了把"火"："是啊，是啊，那现场确实有点惨，我还真没见过这么残忍的现场呢，这个凶手真是一点人性都没有，真不知道他下一个目标会是谁。"

一听这话，郑红梅本能地哆嗦了一下："我不走了，我不走了，警官，我需要你们保护我的人身安全，这是你们警察应该做的事。"

"你的安全？你一直都很安全呀。"李振峰双手抱着肩膀，靠在椅背上笑了笑，"你女儿家离这里有100公里，你还担心什么呢？"

“不安全，一点都不安全，这年头个人隐私早就被卖光了，我还能藏什么哦。警官，我反正是不出去了，‘保护性传唤’那就接着‘保护’吧。拜托你们赶紧抓住那个混蛋。”说话间，郑红梅又往凳子后面缩了缩，犹如受惊的野兔，恨不得把自己整个人都塞进凳子里才算了事。

见状，李振峰凑在安东耳边低语：“她在这儿待着的时候是不是看见什么东西了？怎么怕成这样，你忽悠两句就立刻㞞了？”

“经侦那边开着电视机呢，正好播这个新闻，顺风就刮到她耳朵里去了呗。”安东脸上露出无奈的神情。

“那也行，正好给咱机会直接问个清楚。”李振峰点点头，清了清嗓子，“郑红梅，既然你放弃离开，愿意接受我们警方的‘保护性传唤’，等下可没机会后悔了，知道吗？好，下面请回答我几个问题，是有关当年黄木清被害案的。”

郑红梅脸上的表情瞬间凝固了。

“黄？”

“对，黄木清，被害时19岁，差点儿当了你嫂子的那位。”安东一边敲击键盘做笔录，一边随口说道，“你应该不会这么快就忘记吧？”

“我当然不会忘记了，她那个小贱货……”话音未落，郑红梅便看见了李振峰犀利的目光，她赶紧换了个口气，“她，她曾经和我哥谈过一阵子朋友，仅此而已，后来没谈成，这人名声不好。”

“你怎么知道她名声不好？”李振峰问。

“都这么说，她平时打扮得妖里妖气的，我哥完全是被她迷昏了头。”郑红梅咬着下嘴唇说。

“是吗？”李振峰笑了，“别以为过了18年，我们就没有办法找到目击证人了。”说着，他冲安东小声说：“放一下。”

安东点击了一下电脑中那段经郑文龙处理过的音频，很快，扬声器中传出了下面的对话：

“那天晚上，具体几点我不知道……我看见了我妈，她和那个女人，就是小强他妈，一起抬着个麻袋往外走，出来就直奔自行车去了，把麻袋往车后座上一放，然后一个人在前面推，一个人在后面扶着。”

“什么东西？你还记得吗？能不能描述下？”

“看不清……我当时说不清楚是怎么想的，只是潜意识里觉得出大事了，我就偷偷地跟在后面。本以为她们会往小木桥巷去，谁想她们出了岔道口后就直接往右拐了，那里走不了多远就是一条河，河水很急……那时候我其实挺害怕的，尤其是听到小强妈妈说头发被揪掉了不知道还能不能长出来，联想起以前看见我妈和表姨妈打架，我心里就更感觉不对劲了。”

至此，录音戛然而止。

“你儿子叫郑文强，是你离婚后随你改的姓，”李振峰边说边站起身，缓步踱到郑红梅身边，接着说道，“你儿子的小名叫小强，他因为智力迟钝，身边几乎没有朋友，而这段音频资料中的讲述者是你儿子在安平一小就读时的唯一朋友，他姓方，叫方永成，他的母亲就是金爱珍，也是你的好闺蜜。

“当时黄木清的尸体虽然是在河中被人发现的，但真正的第一案发现场并不是在河边，而是在黄木清的家中，合伙杀害黄木清的，就是你和金爱珍。”李振峰转到郑红梅的面前，他的声音也变得严厉起来，“那个电话，确实是你哥哥郑福伟打的，因为他担心你，结果接电话的是你儿子郑文强，对不对？他这时候才知道你们果真实施了那个可怕的杀人计划。”

“不！——”郑红梅突然一拍椅子扶手，目光中满是怒火，“我为什么要杀了黄木清？那小丫头和我有什么关系？你别血口喷人！你没证据！”

房间里顿时陷入死一般的寂静，坐在电脑后面的安东停下敲击键盘的动作，厉声呵斥：“安静点！”

“你要证据是不是？”李振峰的嘴角露出一丝得意的微笑，“那我就满足你，先告诉你证据。”

他走到桌子边，用座机拨通了法医处的电话，接电话的是赵晓楠。李振峰按下了免提键：

“赵法医，我是李振峰，有件事想向您请教下。”

“没问题，请说。”

“一个人的头发如果被外力拽掉一小块的话，那个地方还能再长出头发吗？”

“不可能，毛囊已经彻底坏死，除非植发。”

“那植的发和原有头发会在视觉上有明显的区别吗？”

“普通人看上去可能没有区别，但是我们专业人员一眼就能看出来。”

李振峰笑了。

“谢谢你，赵法医，再见。”

挂断电话后，李振峰的脸上依旧挂着笑容，但是他说话的语气却变得冰冷了起来：“郑红梅，需要我把赵法医请来亲自给你查验吗？而且我提醒你，现在的刑侦技术手段可不是18年前的了，黄木清的尸体虽然已经被火化，但是我们警方可一直没有放弃对这个案件的调查，别以为你哥郑福伟替你们顶了罪，你就可以心安理得地过完一辈子，只要是你做的，哪怕过30年，我们依然会将你绳之以法。”

此时的郑红梅脸色早已经一片煞白，她哆嗦着哑声说道：“可是，我的杀人动机是什么？没有杀人动机你就是血口喷人。”

知道这已经是郑红梅的最后一根救命稻草，李振峰的目光中闪过一丝悲哀，他摇摇头叹了口气：“好吧，我来帮你回忆下，小木桥巷27号，占地面积190平方米，上下两层，地处安平市中心繁华地带，又是安平市最好的小学安平一小的学区房，按照2002年的房价，如果以货币计算，拆迁补贴可以拿到700万元左右。回迁的话，按照两套同等位置的回迁房计算，除了拿到200万元左右的货币补贴，还可以拿到差不多位置的两套房，因为你们当时的户口簿上就是两个成年人，你哥哥郑福伟和你。”

郑红梅一声不吭，脸色铁青，双手紧紧地抓着椅子扶手。

“我们派人去区房管局做了调查走访，翻查了当年的档案，得知你是在第一次结婚时迁出小木桥巷的，你为了不赡养父母，自愿放弃对父母名下该处房产的继承，当时的见证协议上是这么写的，需要我念给你听吗？”

“别说了，我知道，我哥给了我25万元作为补偿。”郑红梅闭上了双眼，脸上的表情变得异样而又扭曲，“那是他所有的家当。”

“你知道就好。但是在你儿子郑文强6岁的时候，你和你的第一任丈夫离婚了，你就回到了小木桥巷27号，因为你无处可去，儿子小强又要上学，你哥郑福伟便把你的户口迁回了原址，收留了你们母子，对不对？”李振峰双手抱着肩膀，若有所思地看着郑红梅，“你本来以为日子就这么过了，因为你哥郑福伟已经年过40，像他那样的个性和贫穷的家底，一辈子打光棍都是有可能的，你或许还会对你哥说想把你儿子小强过继给他，对不对？

“你这么做真的就是为了亲情吗？不，我想你真正的目的是这套房子吧，对不对？放到现在的话，这套房子也有上千万元了，所以你认为自己这么做是值得的。再加上那时候的小强对你来说已经是个累赘，他迟钝的智力让你愤怒不已，你是个极好面子的人，所以你对他非打即骂，但是你哥很喜欢小强，因为喜欢小强，他对你更是百依百顺，而这，恰恰就是害了他的原因。

“你哥虽然年纪大了，但是内心还是渴望爱情的。他经人介绍认识了在毛纺三厂工作的黄木清，并且很快就萌生了想和她结婚的念头，而这，对你来说不亚于灭顶之灾。因为当时房产的所有者是你的哥哥郑福伟，你是房产唯一的继承人，前提条件是你哥不结婚。但是如果黄木清成了你的嫂子，那你什么都得不到，因为当初那份分家协议中已经写明，你哥给了你25万元，而你自愿放弃了对父母名下房产的继承权。”李振峰的目光中满是鄙夷，“在金钱面前，你不惜把你哥拖下水。

“你知道吗？那天晚上郑福伟和黄木清一起回家，他们在路上谈了很久，我想，你哥本来是打算提醒黄木清的，叫她小心你们。你哥因为车子坏在半道，所以就让黄木清先回家了。他心神不宁，所以才在半路上给你打了个电话，但是电话是你儿子郑文强接的，他说你出去了，那时候，你哥意识到出事了。

“你曾经告诉过你哥你们的计划，所以，他焦急地向黄木清家走去，想制止这件事，但是已经来不及了。很快，你们三人便在路上相遇，而麻袋中装着的就是黄木清的尸体。那时候，你哥干了这辈子最蠢的一件事——帮你们处理尸体。”

最后，李振峰一声长叹：“你哥被警方锁定后，本来是不想承认这件事的，因为他确实没有直接杀人，但是后来当那张磁卡出现时，他知道再不认下，你就会被牵扯进来，而他已经犯罪了，如果你再出事的话，那么小强就会被送进福利院。所以，你哥顶下了所有的罪名。怎么样，还要我继续说下去吗？”

此时的郑红梅早已经泪流满面泣不成声：“是的，是的，我也没想到我哥会这么做，他后来被处决前都拒绝见我，这么多年来我一直想不通，我不知道他在里面到底说了什么，但是我没有勇气投案自首，我害怕，我真的好害怕……”

安东凑到李振峰耳边小声说：“当年郑福伟被处决前拒绝见家属，原来是因为这个？”

李振峰点点头，轻轻叹了口气：“郑福伟分明就是不想再让自己的妹妹感受到他内心的痛苦，他宁愿一个人担下所有的罪行。我其实挺可怜这个男人的。”

“郑红梅，你先别哭，还有件事，”李振峰的目光就像一把锋利的锥子，“你把郑文强送哪儿去了？”

“他，他失足掉河里淹死了。”郑红梅眼神一阵慌乱，“真的，淹死了。”

震惊之余，李振峰的脸色瞬间铁青。他一拍桌子怒喝道：“为什么不通知警察？为什么对别人撒谎说送精神病院了？”

“我……我……”郑红梅哑口无言，精神瞬间崩溃。

“尸体埋在哪儿了？还在你们小木桥巷27号，对不对？”李振峰竭力克制住自己内心的愤怒，“案发的第二天你就把他杀了，他再怎么智力迟钝，毕竟还是你的亲生儿子，你怎么下得去手？”

“对不起，对不起……”郑红梅满脸泪痕，“我错了，我不是故意杀他的，我失手了……”

李振峰猛地站起身，大步离开了讯问室。站在走廊上，他双手扶着窗台，连连喘息着，试图平复自己即将失控的情绪。

对金钱的贪婪真的能彻底泯灭一个人的人性。李振峰对这个证据极度缺乏的案子做了最坏的打算，但是他怎么也没有想到，让他感到无法忍受的不是破不了案，而是面对一个丑陋而又贪婪的灵魂。

他拿起手机拨通了小九的电话：“你马上带人去小木桥巷27号，寻找一具被掩埋了18年的尸骨。”

“18年？你确定还在？”

“在。”李振峰果断地说道，“因为一个母亲再怎么狠毒，那毕竟是自己的孩子，埋在自己最熟悉的地方是她唯一的选择。”

“好吧，我们马上就去。”

李振峰之所以能做出这么大胆的推测，是基于郑红梅一个看似很平常的举动：虽然她对儿子郑文强充满了嫌弃，但是李振峰相信最初郑红梅还是很爱这个孩子的，不然的话也不会在离婚后主动带他离开并回到娘家，而不是把儿子留给前夫。所以，年幼的郑文强如果真的死了，那么母亲郑红梅绝对不会让他离她太远。她一次又一次地回到已经人去楼空的小木桥巷27号，很有可能就是去看她的儿子。

咸咸的海风吹进走廊，看着天边渐渐洒满晚霞，李振峰若有所思。不管怎么说，她应该还是爱这个孩子的吧，虎毒不食子，当年应该真的是失手了。

两个小时后，李振峰正在食堂吃晚饭，手机响了起来，是小九从现场打来的，通知他尸骨已经找到了，就在院里的一棵枇杷树下，并且头骨上可见明显的钝器多次重力敲打的痕迹。

愣了许久，李振峰发出了一声绝望的叹息。

晚上9点才结束所有工作，赵晓楠把写好的卷宗摘记塞进一旁的文件夹里，伸手关闭了电脑，最后关台灯的时候，她的目光落在了自己的铭牌旁挂着的那两朵小玉兰花上。因为空气干燥，玉兰花的花瓣已经变成了深棕色，花朵中的水分也已经完全蒸发，拿在手里完全感受不到它的重量，可即使是干花，赵晓楠依旧能隐约闻到一股淡淡的记忆深处的香味。

走出办公楼的时候，外面已然是星空满天，大院里静悄悄的。赵晓楠缓步走下青石台阶，突然，她无意中看到有人坐在银杏树下的花坛旁发呆，便停下了脚步："谁，谁在那儿？"

"是我，李振峰。"

回答完了，他却一动不动，没有要站起来的意思。赵晓楠略微迟疑一会儿后，便上前在他身边坐下。一股酒味扑面而来。

"李队，你喝酒了？"

李振峰扬了扬手里的啤酒罐，微微一笑，眼神有些迷离："第一，现在是下班时间；第二，今晚我不值班；第三，我是成年人。

结论就是——赵大法医，我能喝酒。”

虽然是在路灯下，但是夜风摇晃着树叶在李振峰脸上留下了斑驳的阴影，赵晓楠根本看不清楚他此刻脸上的表情。

“你有心事？”赵晓楠问。

李振峰摇摇头：“我的心事已经放下一半了。”他突然扭头看向身边坐着的赵晓楠，“案子已经了结了，你可以放心了。”

“我下午才做完金爱珍和秦刚两人的尸检报告，小九他们办公室还在对足印做进一步分析，怎么这么快？”赵晓楠有些意外。

“不，我说的是18年前的案子，‘6·17’大案，你父亲没有错，错的是我爸，他没有听你父亲的劝告，结果让这个案子拖了整整18年才真正结案，还搭上了一条无辜的生命，我心里难受。”李振峰喃喃地说道，声音中充满了苦涩。

一听这话，赵晓楠声音微微有些颤抖：“那案子……真的结了？”

“对，你爸是对的，当时参与这个案件的凶手总共有3个人，分别是郑福伟、郑红梅与金爱珍。他们中的一个在18年前顶下了所有人的罪行，后被处决了，一个刚被杀害，而剩下的那个，因为恐惧而交代了这件案子所有的真相。”李振峰喃喃地说道，“而且当年因为这起案件而死去的人不止黄木清一个。”

“你说的是小九下午运回来的那具男性儿童骸骨？马月去了现场，她回来后跟我说了，是被人用钝器砸死的，开放性颅脑损伤，受伤后活不了多久，最多也就一个小时吧。”

“那是郑红梅的儿子郑文强的骸骨。”说到这儿，李振峰嘴角露出了一丝苦笑，“有些时候我太容易用最单纯的社会价值观去推测对方的心理，就像骸骨这件事，我还一厢情愿地认为是母亲失手所致，毕竟是自己的亲生孩子。结果呢，不仅死于他杀，还是被人活活打死的。赵法医，人的心，真是看不透，你说是不是？”他下意识地晃了晃手中的啤酒罐，然后仰头一饮而尽。

“李队，你不能这样想，太悲观了。”赵晓楠有些担忧。

“对了，你不是想知道那件案子的真相吗？我现在就告诉你，”李振峰顺手从一旁的超市购物袋里又拿出一罐啤酒，微微一笑后打开喝了一口，“你放心吧赵法医，我不会喝醉的，只是心情不好罢了。我是心理学专业的，知道怎么控制自己的情绪。

“18年前，安平市的小木桥巷与德云新村所属地块同处于安平市市中心最繁华的地方，小木桥巷的居民住的多是自建房屋，自有宅基地，德云新村是公改房，虽然居住条件差一点，但因为是安平一小的学区房，所以房价很高。”

又是两口下去，手中的啤酒罐已经空了一半，李振峰接着说道：“18年前的那起案子看似是一起强奸杀人案，其实是一起由家庭财产纠纷引起的杀人案，所以杀人动机，不是因情，而是因财。”

“财？房子？”赵晓楠似乎明白了什么。

李振峰点点头：“小木桥巷27号在2002年的时候拆迁货币补偿就已经到了700万元上下，而德云新村黄木清父母名下的房子有90平方米，每平方米在1万元左右，也是不小的数目，更别提增值空间了。

“金爱珍是黄木清的表姐，黄木清父母很早就因病失去了劳动能力，当时的黄木清还没有独立经济能力，她还在上学，所以他们一家全靠在安平一小工作的金爱珍资助和照顾。当时黄木清父母许下承诺说等他们过世，这套在德云新村的房子就遗赠给金爱珍，因为唯一的女儿黄木清，毕竟是要嫁人并离开这个家的。当时金爱珍欣然同意，但是一个偶然的机会她却得知房屋早就已经被直接过户给了黄木清，这套金爱珍朝思暮想的房子与她一点关系都没有了，而这个事情发生的时间几乎与老夫妻做出承诺的时间一致，金爱珍顿时感觉自己被老夫妻耍了，她把一切都归咎于性格爽快泼辣的黄木清，确信是她捣的鬼。她为此经常和黄木清争执，尤其是黄的父母回老家生活之后。但是金爱珍每次吵架都输，因此她心中充满了愤怨。

“黄木清中专毕业后就到了第三毛纺厂上班，这时候黄木清父母因为身体的原因，已经回到城郊农村老房子里去住了，城里的房子就只剩下黄木清一个人住。为了房子的事，黄木清和金爱珍几乎天天起冲突。金爱珍被逼急了，便追着黄木清要钱，黄木清当然不会给。

“偏偏在这个节骨眼儿上传出了黄木清谈恋爱的消息，对方虽然比黄木清大了将近20岁，但是人老实本分，最重要的是他名下有一套小木桥巷27号的房子，只要能拆迁，就是一笔不小的收入，这一辈子就不用愁了。

“这个人就是郑福伟。郑福伟是个老实本分的男人，因为是家里的长子，所以，顺理成章地承担起了赡养父母的责任，妹妹郑红梅却因为出嫁而不愿意照顾父母。在父亲的强烈要求下，社区为他们分了家，出嫁的郑红梅拿到了哥哥给的25万元补偿款，这几乎是郑福伟所有的家当。郑红梅允诺的条件是不为父母养老送终，同时放弃对小木桥巷27号的继承权。

“还好郑家二老都有退休工资，所以除了生病时需要照顾一下，生活上能够自给自足。他们心疼老实敦厚的儿子郑福伟，便主动把房子过户给了他。5年后，老夫妻相继安然离世，去世前一再嘱咐郑福伟要照顾好自己唯一的妹妹郑红梅。而这个时候的郑福伟却因为伺候父母和尽心工作，耽误了自己的人生大事。当时的他一定觉得自己就这么单身过下去也挺好的。

“但是事情的发展往往不是以个人的意志为转移的，他认识了黄木清。心理学上说，一个性格内向温和的男性其实在内心深处是非常渴望一个性格外向爽直的年轻女性来做自己的终身伴侣的，因为有一些自己不知道该如何说的话，对方都会帮他说出来，这，或许就叫‘互补’吧。

“可惜的是，他们两人的关系遭到双方家人的反对。因为黄木清一旦和郑福伟结婚，那么郑红梅和金爱珍的如意小算盘就再也打不响了。所以，她们联合起来制造各种舆论，尤其是金爱珍，不遗余力地做黄木清父母的思想工作，打算另外帮黄木清寻找外地的人家嫁了，越远越好，这样房子还有可能回到她的手里。一时之间不明真相的黄木清还真的就和郑福伟提了分手，但是两人之间始终都是若即若离的。我想肯定有那么一两次吧，他们的关系趋于缓和，这可急坏了郑红梅与金爱珍。郑红梅是个没有主心骨的人，她什么都听金爱珍的，她们策划要找机会好好教训黄木清一次，必要时给她放放血毁个容什么的，让她记住教训，乖乖地嫁到外地去算了。郑红梅平时就不会对郑福伟隐瞒什么，所以她便顺嘴把这个计划告诉了自己的哥哥郑福伟。”

“天哪！”听到这儿，赵晓楠不由得倒吸一口冷气，“郑福伟爱受害者黄木清吗？”

李振峰点点头：“当然爱，但他是个从小生活在夹缝中的男人，性格懦弱，没有主见，其实在他的内心深处还是以家庭为主的，必要时他能够为了家庭放弃一切，这是我们古代氏族社会体系的一种古老传承，就是长子负有保护全家利益和安危的职责，这体现在他为了照顾父母，拿出了所有的积蓄，直至父母去世才想起要找个人过后半辈子。这时候他遇到了黄木清，可见他对黄木清的感情是非常真挚的，但是面对自己妹妹的诉求，他却又一次放弃了自己的幸福。所以，我觉得他作为儿子，孝顺，作为哥哥，体贴照顾妹妹，但是作为男人，我瞧不起他，因为他不会说‘不’，这样的后果往往就是致命的。

“黄木清和他相比，却是一个敢爱敢恨的女人，这体现在她生命最后的时刻。在自己家里，面对表姐金爱珍和郑红梅的威逼，她做出了反抗，和她们厮打了起来，最终不敌，被失去理智的金爱珍和郑红梅用石头活活砸死。

“案发那天晚上，因为妹妹郑红梅没心没肺的几句话，郑福伟心里惴惴不安，下中班途中经过三毛纺的时候他就刻意等黄木清，跟她说了这个事。两人一起骑车回家，本就对黄木清有爱意的郑福伟渐渐鼓起了勇气，他准备回家对妹妹摊牌，结果在路上，黄木清的车坏了，他就帮她修，修好后自己的车也出了问题，为了不耽误黄木清回家休息，郑福伟便执意让她先回家，自己在马路边修车。修了一会儿后，估摸着黄木清该到家了，便在路边的公用电话亭里给她打了个电话想问问情况，但电话没人接。郑福伟意识到不对劲，便又给自己家打电话，接电话的是他的侄子郑文强，小强说母亲不在家，和一个阿姨出去了，走的时候拿了个麻袋。郑福伟意识到出事了，他的车还没修好，便干脆丢到一边，自己向德云新村的方向跑去，但是一切已经来不及了。半道上，他看见了推着自行车向自己走来的两个人，那就是金爱珍与郑红梅，她们是来河边抛尸的。后面的发展就是我们案卷中所记录的了，”李振峰喝完了手中的啤酒，一声长叹，“郑福伟帮她们处理了尸体，黄木清的车也是他丢弃的，车上有他的指纹不奇怪，因为他修车了。他本来是不打算承认的，但是后来看我们警方盯上了那张电话磁卡，盯着他问那个电话的事，他生怕牵出妹妹郑红梅，所以，他这辈子最后一次保全了自己的家族，顶下了所有罪过，甚至连执行死刑当天，他都放弃了和家属见面的机会，只希望尽早解脱，我想他应该也是怕和妹妹单独相处时，会说漏嘴吧。总之，整整18年，这个案子总算结束了。”

耳畔传来蛐蛐儿的叫声，许久，赵晓楠问：“这个案子本来就没有什么足够有力的证据，你是怎么做到让郑红梅全都说了的？毕竟都过去那么多年了。”

李振峰“扑哧”一笑，摇摇头：“其实也没什么，我只是看准了她的弱点而已。她胆小怕事又贪得无厌，这次金爱珍和她丈夫秦刚一起被人杀害的现场经过死者家属确认，什么东西都没丢，而且凶手下手极其狠毒，属于典型的过度杀戮，所以杀人动机完全可以推断为带有报复性质的犯罪，你说是不是？”

赵晓楠哑声说道：“我父亲之所以会说现场不止一个凶手，那是因为死者黄木清身高162厘米，凶手郑福伟身高在182厘米左右，无论选择哪个角度进行击打，都打不出她颅骨上那种角度的伤口，而且颅盖骨的骨裂叠加至少有七八层之多，造成这一切的凶手明显已经情绪失控，如果真是郑福伟所做，这种体格的男人，七八下打下去，死者的半边颅骨必定粉碎性骨折了。所以我父亲再三表示现场必定有第三者存在，可惜的是没有人听他的话，他就是带着这个遗憾走的，到死都在念叨这个事。”

李振峰心中一热，突然说道：“对不起。”

“你为什么要说对不起？这事与你没有关系，与你父亲也没有关系。谁都会犯错误，谁也都已经尽忠职守于这份职业，我们只要尽力了，即使再有遗憾，也不用过于苛责自己。毕竟事情已经过去了，案子也终于了结了。”赵晓楠仰头看向星空，“正如你所说，我们搞技侦的，都很在意自己手中的证据，因为证据就是真相。我们只相信真相。”

李振峰听了，若有所思地点点头。

“那你觉得会是谁杀了金爱珍？真的只是替黄木清复仇吗？”赵晓楠皱眉，“那也没必要杀了秦刚。”

树影绰绰，李振峰一声叹息：“不，凶手不是为了黄木清，凶手杀人只是为了他自己。”

赵晓楠走后，李振峰把所有的空啤酒罐都拢到一起塞进原先的购物袋里，然后掏出手机拨了一个号码，电话那边很快就传来了一个非常甜美的女声。

——您好，万安心理咨询，请问有什么可以帮到您？

——我要预约一个明天上午的心理咨询，我姓李。

——请问李先生您有熟悉的心理医师吗？

——就找你们老板吧，蒋万安。

一阵细微的键盘敲击，年轻女人的声音又一次响了起来：

——李先生，明天蒋医生的号200块钱一个小时，您看合适吗？

李振峰下意识地咽了口唾沫。

——没问题，帮我预约明早9点的。

——好的，李先生，您的手机号是189*******2，给您约了明天上午9点蒋医生的号，请您明天准时来诊所，谢谢。

挂断电话后，李振峰暗暗骂了句："抢钱啊！"

这笔费用是绝对不可能报销的，李振峰感觉有些沮丧。他站起身，拿着装满空易拉罐的购物袋，走上了通往底楼大厅的青石台阶，想去一楼值班宿舍休息，走了一半，拖沓的脚步突然停止了，他略加思索后便转身向二楼办公室的方向匆匆而去，边走边大声叫安东的名字。

这一夜，或许是因为酒精，又或许是放下了一半的心事，许久未曾喝过酒的李振峰躺在值班室那张狭窄的小床上，没有再像以往那样翻来覆去毫无睡意，而是挨着枕头后很快就睡着了。

窗外，夜风阵阵，潮水拍打着黑漆漆的海堤，远处的海面上隐约传来阵阵雷鸣。

一大早，还没出门，"蜘蛛"便接到了调度秘书发来的工作提醒，通知他有人预约了早上9点的心理咨询，请他务必提前10分钟左右到达办公室等候。

"蜘蛛"双眉一挑，要知道他作为万安心理咨询的老板，已经有大半年的时间没有人找他咨询了。原因很简单，他请的医生比他自己还出名。而客户都是冲着医生的名气来的。

“蜘蛛”把手机往客厅饭桌上一放，然后打开家用小药柜，依次找出今天要吃的药，总共有7种。他把它们仔细分成两堆，因为一天需要服用二次，他记得车里的备用药箱里已经没有药了。

上周“蜘蛛”去医院复诊，医生盯着他的脑部螺旋CT片看了半天，最后说如果他再拒绝做手术的话，很有可能随时会因为大量脑出血而丢掉性命。“蜘蛛”听了，还是想都没想就一口回绝了，只是要求医生继续开了3个月的药。临走时他冲着医生笑了笑：“希望这些药吃完后，你还能见到我。不过见不到也没关系，知道我已经死了就行，还有啊，我的死是我咎由自取，与你无关。”

“等等，可以的话，尽量让自己过得舒服些吧，提高些生活质量。”医生忧心忡忡地看着他，“或许还有奇迹发生呢，我有一个病人和你一样的情况，保守治疗多活了8年。”

“那他现在呢？”“蜘蛛”的目光中带着一丝戏谑。

“死了。”医生的回答有些尴尬。

“可不！谁都会死嘛，别怕就是。”丢下这句话后，“蜘蛛”便拿着药，心情愉悦地离开了医院。

就着冰凉的矿泉水吃了今天的第一顿药，“蜘蛛”放下水杯重新回到卫生间，看着镜子中有些憔悴的自己，双眼布满了血丝，他不禁呆了呆，因为印象中自己还从没有这么憔悴。难道生与死之间的分界线真的那么薄吗？他拿起梳子，开始对着镜子认真而又仔细地梳理着自己的头发，不让发型有任何瑕疵。

最终，看着镜子里焕然一新的自己，“蜘蛛”满意地点点头。他打开衣柜，随手拿了件T恤衫穿上，颜色方面根本就不用挑，因为他一个季节就只穿一种颜色的衣服。

这个季节，是白色。

下楼来到车库，“蜘蛛”钻进了牧马人，系好安全带后，他从遮光板后面取出那张相片，“蜘蛛”的心瞬间变得温柔了许多。他掏出手机给赵晓楠发了一条信息——今天下班后我来接你吃晚饭，我有话要对你说，请务必答应。

“蜘蛛”知道赵晓楠不会立刻回复他，但是“蜘蛛”不急，他有的是时间。

按下车库按钮，随着卷帘闸门缓缓开启，“蜘蛛”把车开出了车库，开上了别墅前的陡坡，沿着滨海公路向市区方向去了。

说到微信，赵晓楠和大多数人一样都是用自己的手机号注册的，刚开始的时候“蜘蛛”是抱着试试看的心态申请加赵晓楠为好友，理由是以后有什么医学方面的问题可以继续请教，“蜘蛛”知道赵晓楠看出了自己已经病入膏肓，所以这条理由是让人无法拒绝的，尤其是医生。

果然，第二天，赵晓楠就同意了他的好友申请。

法医的心也是很软的。

此刻，在城市的另一边。

李大强端坐在电视机前，眼睛紧紧地盯着电视屏幕上的滚动字幕，他表面平静，内心却异常激动。因为案件还在最后的扫尾阶段，所以新闻只有短短的一句话——据悉，18年前轰动安平市的“6·17”大案中的犯罪嫌疑人今已悉数落网并对所犯罪行供认不讳，警方正在进行下一步的调查工作，检察院已经提前介入。

这个消息对于李大强来说是值得欣慰的，不仅可以给老朋友一个交代，也是给自己一个弥补的机会。

“老头子，你干吗不吃啊？油条都快凉了。”老伴陈芳茹把目光从电视机屏幕上转向李大强。

李大强赶紧抓起饭碗，一边吃一边含糊不清地说道：“我上午要去趟海边看个朋友，中午饭不用等我吃了。”

陈芳茹点点头，也没再多说什么。

李振峰今天穿了一身黑色，开完早会后，他便把自己的计划一五一十地都跟马国柱说了。

马国柱忧心忡忡地看着他：“你一个人去吗？安全吗？”

“放心吧，头儿，大白天的，他不敢怎么样，再说了，我只是和他谈谈，心理咨询。”李振峰微微一笑，“对我，你也该放心了。”

“为什么不约他到局里来谈？”

李振峰摇摇头：“这会让他产生警惕，有些话他就不会说了。在他地盘上的话，他占主导地位，极度自恋的他或许会说一些很有意思的话。”

“叫安东陪你去吧，保险一点。”

“他有事，昨天晚上我连夜安排他去蒲州了，找个人聊聊。”李振峰咧嘴一笑。

“蒲州？”

“蒋万安的老家，”李振峰说，“‘蜘蛛’目前的作案手法我们已经熟悉了，所以我叫大龙帮我在全国案件数据库中搜查了近十年所发生的一些类似手法的未破案件，但重点是我们安平附近城市，因为我总觉得事情没有那么简单。没有哪一个杀人凶手会是从魔法师帽子里蹿出来的兔子，他们总是有迹可循的，包括我前面所说的‘兔子’。同时，我开始搜寻蒋万安的出生地，事情就变得更加迷幻了。头儿，你还记得那个在樱花小筑别墅区死去的女孩吗？”

“那个被‘蜘蛛’杀了的女大学生？”马国柱皱眉，满脸的疑惑。

“她叫林丽，户口登记上显示是安平本地人，奇怪的是她在18岁之前的所有档案都是一片空白，查不到她是从哪里来的，就连她的大学本科毕业证都很奇怪，有登记号，是真的，但是照片却和本人有很大的差异。后来是局里档案处的老甘跟我说，这种档案是经过专门处理的，很少见，一般都是对一些需要隐瞒身份的特殊人口做的第二份人口登记，这是我们公安系统为了保护某一类人而不得不做的特别处理。

“顺着这条线查下去，我们很快就查到林丽的本名。她叫姜晓丽，蒲州人，和蒋万安是老乡。蒋万安比林丽大6岁，这一次安东去蒲州，我就是要他去碰碰运气的，说不定林丽与蒋万安之间会有一些牵连。林丽虽然私生活方面不检点，可走访下来但凡认识她的人几乎一致反映说她平时生活都是很低调的，从未与人发生过激烈的争执，为人处世非常内敛。‘蜘蛛’之所以会盯上她，甚至不惜用3个月的时间来酝酿一次杀戮，还必须得等包养林丽的人到场，杀人动机或许就不是我们前面所想的‘无差别猎奇’那样单纯，更何况比对安平市的案件记录情况，可以确认这是‘蜘蛛’在安平杀害的第一个人。”说到这儿，李振峰脸上的神情变得凝重起来，“所以，头儿，‘蜘蛛’是从来都不会为别人杀人的，死在他手里的，都是一些所谓的冒犯到他的人，那这个林丽，也就是姜晓丽的死，就没有那么简单了，你说是不是？”

“你能排除林丽的死不是‘蜘蛛’的偶然作案？”马国柱不解地追问。

“这样的‘偶然作案’也不是没有，”李振峰说，“所以我在前几个月调查案件时曾经派人对林丽（姜晓丽）的个人资料，包括她在安平大学求学的经历进行了调查，结论就是林丽非常低调，毫不夸张地说甚至都到了‘惊弓之鸟’的程度。有一个小细节，我当时并没有觉得怎么样，但是现在想起来就更能解释我们如今的疑问了。这件事是她大学时期的一个女同学说的，那时候她还在宿舍住，和这个女同学关系也比较不错。这个女同学有个亲戚恰好是蒲州人，所以对蒲州方言比较熟悉。比方说我们吃的‘鱼’，蒲州人说‘一’。多次听林丽将“鱼”说成“一”后，这个室友就开玩笑地问林丽是不是蒲州人，谁想林丽的反应非常激烈，不只是当场否认，甚至还大发脾气，反复强调自己就是地地道道的安平本地人。事后，林丽虽然为自己过激的反应道了歉，但是明显更注意自己的口音了。头儿，林丽这么费尽心思地掩饰自己的过去，再结合她改名换姓的事儿，其中一定有问题，所以我就安排安东去当地再好好查查，毕竟几个月前我们还不知道蒋万安这个人的存在。”

马国柱点点头：“我等下跟林局汇报一下情况，你们就放手去干吧，需要增援随时通知我。”

李振峰走进地下车库的时候，接到了父亲李大强打来的电话，电话接通后李大强沉默了一会儿，随后对李振峰说了三个字——谢谢你。

听到手机里传来的海鸥鸣叫声和海浪不断拍打岸边礁石的声音，李振峰突然有一种恍惚的感觉，他知道，父亲李大强心中的石头终于可以放下了。挂上电话的那一刻，他们的嘴角都露出了轻松、欣慰的笑容。此时此刻，父子之间终于心有灵犀了，相信大海彼岸的赵军和也会接收到此岸的安慰。

第八章　说声再见好难

视线中的一切变得越来越黯淡，最后都成了朦胧的影子。

他听到了熟悉的警车刹车声，听到了向自己跑来的零乱的脚步声，听到了焦急的呼唤声……

万安心理咨询诊所在安平市中心的明湖苑大厦三楼，总共10个诊室加一个分诊台，为了避免预约的咨询者之间相互碰面，从而产生不必要的烦恼，诊室被设计成“Z”字形，进口与出口分开，尊重客人隐私。

“蜘蛛”提前半个钟头赶到了诊所，他一边和导诊护士打招呼，一边向自己的诊室走去。他的诊室兼办公室位于走廊的尽头，所以要走到目的地就必须逐一经过每个房间的门口。

“蜘蛛”边走边撕开护士递给他的预约信封，等看清楚预约单上的人名和工作单位时，他猛地停下了脚步，稍加迟疑后便转身匆匆向导诊台走去，再次确认：“预约人名有没有搞错？工作单位是真的吗？”

护士感到有些委屈：“没错，蒋医生，预约的人就是叫这个名字，工作单位我也再三核实过了。我们知道这种病人麻烦，也再三表明您不经常看诊，所以就打算帮他预约别的医生，结果对方非要找您，我们也没有办法，推测可能是认识您的人也说不定。”

“蜘蛛”突然觉得自己有些失态，便没有再说什么，面无表情地向自己的诊室走去。

推门走进办公室的刹那，“蜘蛛”感觉自己的视线里有人影闪过，他本能地抬头看去，一个身穿黑色T恤衫的年轻男人出现在自己身旁，正笑眯眯地看着自己：“蒋医生，早上好。”

“蜘蛛”瞬间就认出了对方，但脸上依旧是不动声色的温和，只是点点头，礼貌地问候：“你好，请问你是？”

“我姓李，我有预约，嗯……9点的，我到得还算准时吧？”李振峰一脸的诚恳。

“你就是预约的李警官？安平市公安局的？很荣幸认识你，快请进，快请进。”“蜘蛛”强压住内心的激动把李振峰引进了房间，这时他已经把刚才的不悦抛之脑后了，能够这么近距离地和自己的对手面对面，是平时做梦都不敢去想的事情啊。

“你们第一次预约的人都要核实工作单位的啊，这么严格？”李振峰问。

“很抱歉，因为上次出了点事，我们的一个医生被送进了重症监护室，后来为了避免再出现类似的事情，我们就制定了这么一条规定，也是帮你们警方嘛，你说对不对？”“蜘蛛”微微一笑，“至于说安全方面，李警官尽管放心，客人的隐私是受法律保护的，在我们中心的保密级别也是最高的。”

李振峰回头冲着“蜘蛛”咧嘴一笑：“哦，是吗？不错，那我就放心了。”

“蜘蛛”的诊室兼办公室其实并不大，满打满算也就6平方米，进门右手边是个小卫生间，一张三人沙发靠右边墙放着，正对门的位置是一张办公桌、一个小书柜、两把椅子，左面窗口下则摆着一张比较舒适的皮质人体工学椅、一盏触手可及的阅览灯、一张正好能放下一个茶盘的小茶几，墙壁是令人感觉平静的暖灰色调，脚下的地毯是那种非常厚实的灰色长毛绒毯，整个房间简洁又低调、舒服又高雅。

没等“蜘蛛”开口，李振峰便径直走到办公桌前坐了下来，神态自若，一点都不紧张。这个举动让身后站着的“蜘蛛”微微一愣，但他很快便明白了对方分明是在向自己挑衅，这么幼稚的举动对于他来讲又怎么可能会放在心上？放好公文包后，“蜘蛛”在房间里兜了个圈子，最终在自己的椅子上坐了下来，看着李振峰。他上身前倾，面露微笑，按下计时器后，双手放在桌面上以表示自己的坦诚相待，果真，李振峰目光中的一丝傲慢瞬间消失了。

“李警官，你们警察也需要做心理咨询吗？”“蜘蛛”问。

“警察也是人，自然也就会有情绪方面的困惑啊。”李振峰神情平静，目光中满是笑意。

“那是当然，只要是人，吃五谷杂粮，思想上难免就会有些小问题。”“蜘蛛”微微一笑，“好，李警官，非常感谢你的信任，我能帮你什么？”

李振峰看向“蜘蛛”的目光突然变得犀利起来，虽然只持续了一两秒钟便消失，但这也足够让对方捉摸不透他的来意。

“我想问问感情方面的问题，这么说吧，我喜欢上了一个女人，比我小几岁，是我的同事，但是我又不敢开口表白，生怕会伤害了她。蒋医生，你能教教我该怎么做吗？”

“她和你是一个办公室的吗？”“蜘蛛”开始在笔记本上记录着

咨询谈话纲要，方便结束后写病例汇总。

“不，她在底楼工作，她是我们单位的法医，一个很温柔并且很有个性的女孩，知书达理又很有修养，蒋医生，我该怎么办？我这么天天在心里堵着，上班越来越没心思了。”李振峰沮丧地叹了口气，他注意到“蜘蛛”脸上毫无表情，而实际上，毫无表情的面具下是暗流涌动的真实情感。

“李警官，你以前谈过恋爱吗？”“蜘蛛”问。

李振峰摇摇头：“以前是一门心思学习，现在是没日没夜地工作，哪儿有时间？”

“你已经过了30岁了，你父母没给你介绍对象？”

“没有，我爸妈从不爱管我这事儿。”李振峰回答得很干脆。

“你的目的是谈恋爱还是结婚？”

“当然是结婚啦。”

“那，你这位同事，她叫什么？”“蜘蛛”开始了心理诱导，“能勇敢地告诉我她的名字吗？”

“她姓赵，叫赵晓楠，是我们技侦大队的法医。”说这句话的时候，李振峰一直盯着对方的脸，果真，“蜘蛛”开始下意识地眨眼，频率也变得相对多了起来，这是情绪波动的体现，也就是说，他此刻正在竭力控制自己内心真实的情感。

显然需要往前再推一推，让事态的进程变得更严重一些。

李振峰略略向前欠身，朝办公桌的方向凑近了点，刻意缩小两人之间的距离，然后压低嗓门说：“蒋医生，告诉你一个秘密，赵晓楠知道我对她的感情，比方说上次她被人挟持，救她时我根本就没有考虑过我的个人安危。就因为我真的很爱她，所以我更感觉自己有责任去保护她，不让她受任何伤害，我是指任何人、任何事。要知道她的生活已经够艰难的了，男人嘛，给心爱的女人一个安全平静的港湾是理所当然的。”

李振峰一点都不担心自己所说的话会被对方看出什么破绽，因为他知道自己并不是在演戏，自己所说的每一个字都是发自内心最真实的想法，他现在要做的，就是在这场无声的对决中，将每一个字都当作一记响亮的耳光狠狠地抽在对手的脸上，而“蜘蛛”明知挨揍却又不得不竭力控制自己的情绪。

刚开始的时候，李振峰还有些担心，因为“蜘蛛”是个聪明的对手，他和李振峰就像一面镜子分割开的两个影子。李振峰能想到的，“蜘蛛”绝对会知晓。如果一开始就谈案子，可能扯上一天都不会有一个结果。所以，从刚才见到“蜘蛛”的第一眼开始，李振峰就打定了主意用对赵晓楠的情感来突破两人之间的界限，因为同样不怕死的两个男人，爱上同一个女人才是他们唯一的软肋，谁主动出手攻击对方，谁就会占得先机。

宁输数子，勿失一先。

两者实力均衡时，只有看准局势抢占先手，才是制胜的唯一方法。李振峰的滔滔不绝很快便让“蜘蛛”感到心神不宁。

“李警官，你怎么就知道她对你也有感觉？爱情这种东西是互相的，单相思可不行啊。”“蜘蛛”语重心长地说道。

听了这话，李振峰似乎明白了什么，他点点头：“蒋医生，我个人感觉不太像是单相思，因为赵晓楠是个性格内向的人，不善言辞，但她又是一个非常执着的人，知恩必报，心地善良。那次我受伤了，她不仅在医院陪我，还跟我说如果以后我的手有什么不舒服，随时可以去找她。”说着，他刻意朝“蜘蛛”扬了扬手掌，骄傲地说道，“你看，我没骗你吧，上面的刀疤还在呢，我不打算把它去掉，这可是荣誉，就像骑士救美女一样，是值得纪念一生的荣耀。蒋医生，你说对不对？还有啊，前天晚上她还请我去她家喝茶呢，当面说了好多感谢的话。至于说昨天晚上嘛，我们一起坐在大院里看星星，她陪我聊天，说我对她很好。蒋医生，她都对我说了这么多了，那我该怎么表达？我真的心里没谱，你帮帮我好不好？”

在李振峰的记忆中，自己从未这样夸张地和别人说过话，不过还好赵晓楠不在身边，不然得多瞧不起自己啊！他下意识地咽了口唾沫，脸上又露出了腼腆的笑容：“蒋医生，你说，下一步我该怎么做呢？我真的很担心自己会做错，让她生气，我不想伤害她。”

“蜘蛛”微微一笑：“李警官，你爱上赵法医，这点不用怀疑，但是赵法医对你的感情，我只听你的一面之词，不好妄下结论，而且赵法医有将近30岁了吧？”

李振峰点点头：“她29岁，比我小4岁。”

“这么看来她的年龄也不小了，29岁的年轻女性一般来说不会那么轻易地流露出自己内心的感受，所以，我个人建议你不要太想当然地去认为她喜欢你，你可以理解为她对你只有感激，只把你当朋友。再说了，你都没向她表白过，你又怎么能确定她没有喜欢的人呢？”“蜘蛛”的笑容平静而又诡秘，像极了一个正准备打开帽子的魔术师。

“那你的意思是？”李振峰脸上自信的笑容消失了。

“平常心吧，也别太在意，感情这种东西是强求不来的。”“蜘蛛”上身向后靠向椅背，脸上的表情也变得轻松了许多，“李警官，这么说吧，下次你再和你同事赵法医见面的时候，记得观察她的眼神，尤其是在比较大的场合，比方说开会或者食堂，如果你说话时她双眼始终盯着你看，那么，你多少还有点指望。”

“真的吗？那我记下了，下次一定留意。”李振峰笑眯眯地说道。

“还有就是你要观察她是否会经常找借口在你面前出现，比方说送一份文件或者一份报告，明明可以让助理去完成的，她却要亲自去找你，那她就有可能喜欢上你了。”“蜘蛛”伸出右手一根手指，强调，“因为恋爱中的女性和男性的心态不一样，她们更关注的是实际性的东西，也就是她们看得见摸得着的，而不是什么虚无缥缈的承诺，你明白吗？尤其是这种接近30岁的年轻女性，更注重实际而并非浪漫。”

李振峰看着“蜘蛛”的眼睛，忽然问：“蒋医生，你恋爱过吗？”

这个突如其来的反问让“蜘蛛”瞬间有些不知所措，他调整了一下坐姿，目光转移到了自己的电脑屏幕上，许久，才平静地说道：“算是吧。”

“难道说你被人拒绝过？”李振峰开始了进一步的逼迫，他故作吃惊地看着对方，“感情上受过创伤？你条件这么优秀，仪表堂堂、事业有成，也会被拒绝？真不可思议。”

“蜘蛛”的脸上没有表露出他内心的愤怒，但是周围的空气已经凝固得让人几乎喘不过气来。

李振峰瞥了一眼办公桌上的计时器，故作惊讶地站起身：“哎呀，时间这么快就到了，今天就先这样吧，谢谢你蒋医生，我们下次再谈，我有事先回单位了，跟赵法医约好了谈案子的事，去迟了的话，赵法医会责备我的。”

说这些话的时候，李振峰语气看似轻松，其实双眼始终警惕地注视着“蜘蛛”，后者情绪上的微妙变化都被李振峰看得清清楚楚。而此时的“蜘蛛”已经全然没有了最初的态然自若，他的脸色非常难看，手指紧紧抠住椅子扶手，指关节都已经微微发白，最后很是勉强地笑了笑，算是跟李振峰告别。

在办公室的门被缓缓关上之前，李振峰回头看了一眼，刹那间，他感受到“蜘蛛”向自己投来的目光是那么的冰冷。

门“咔嗒”一声关上了，李振峰这才长长地舒了口气，心中竟然有了一种劫后余生的感觉。

李振峰走出大楼的时候，闷热的空气扑面而来，他苦笑着摇摇头，转念一想，脸上的神情又变得凝重了。这意味着他后面的路变得越发难走，但是如果不这么做的话，精明的对手将永远都不可能露出致命的破绽，他必须激怒对方。

钻进警车后，李振峰才意识到自己的后背早就被汗水浸透了。

在回单位的路上，他一边开车，一边回想刚才两人在诊室里面对面惊险而又无声的那一幕，突然感到阵阵的不安。衣着光鲜的蒋万安医生就是“蜘蛛”，这点是毋庸置疑的了，但是“蜘蛛”是个心思极度缜密的人，做事从不冲动，除了对赵晓楠的感情，根本就找不到他的弱点。而经过今天的这一次会面，“蜘蛛”必定会正式把他当作对手，他不怕，因为再凶猛的野兽只要伸出爪子就有可能被逮住，李振峰怕的是牵连无辜。

此刻他回想起父亲的那段录音，里面明明有蒋万安的声音，他更加不安起来，脑海里又浮现出赵晓楠的影子，他的心更乱了。

裤兜里的手机突然震动起来，李振峰赶紧掏出手机放在仪表盘上，然后戴上蓝牙耳机，按下接听键：

——我是李振峰。

——李哥，我在蒲州，你今天去见“蜘蛛”了？情况怎么样？

安东的声音有些犹豫。

——还行，我按照原计划把他激怒了，现在刚准备回单位，你那里怎么样？

——李哥，小心蒋万安这个人，他很危险。其余的，我明天赶回来再跟你详细说，我等下还要去一趟他们镇里的派出所了解情况……该怎么跟你说呢，李哥，事情或许没我们想得那么简单，总之你最好不要单独见他，太危险了。记住啊！

电话挂断了。

看着车前方被晒得发白的路面，李振峰的脑海里又一次浮现出关门那一刻“蜘蛛”冰冷的眼神。

前面就是最后一个十字路口，远远地已经能够看到安平市公安局棕红色砖块一样的五层楼房。李振峰拨通了小邓的电话——安东不在的时候，小邓就暂时接手安东的工作。

“马上安排一组警力，24小时跟踪蒋万安，有异常情况随时汇报。另外，务必让蹲守警员注意人身安全，因为目标人物的潜在危险系数非常高。”

说实话，“蜘蛛”还从没有品尝过这么复杂的愤怒。李振峰走后，他呆呆地看着眼前的灰色墙壁，走廊里的脚步声早就已经消失，今天不会再有人来，他终于可以休息了。

从诊疗室的门被李振峰随手关上的那一刻起，他就知道自己犯了一个致命的错误，因为从对方最后的目光中，他看到了一丝慌乱与警觉。

“蜘蛛”感到很懊悔，因为明明已经知道对方今天的目的是醉翁之意不在酒，但他还是心甘情愿地掉入对方的陷阱，仅仅是为了一个女人。

难道说这辈子的磨难还要经历第二次？

坐在椅子上，他试图让自己安静下来，一遍又一遍，他告诉自己，那家伙只不过是个单相思的可怜虫而已，赵晓楠绝对不会爱上他的，因为有比他更优秀的自己，她又怎么可能会去选择那个连恋爱是什么滋味都不知道的可怜虫？不会的，绝对不会的。

他晃了晃脑袋，想把那张已经深深刻在脑海中的脸抹去，刚才那家伙竟敢离自己这么近，那脸上的笑容分明带着讥讽和嘲弄。

这简直是莫大的耻辱！

“蜘蛛”愤怒得就像他的整个身体被瞬间丢进了熊熊烈火中灼烧，他突然抓起桌上的计时钟，怒吼着用力朝前扔了过去，计时钟重重地砸在了门框上，却只是发出了一声沉闷的撞击声，便应声滑落，无声无息地被厚厚的长毛绒地毯给包裹住了。

整个诊室都是用特殊的隔音材料装修的，所以，在诊室里发出的任何声响，都只会停留在这个小小的6平方米空间内。但是房间里的人能听到外面走廊上的响动，这是单向隔音的效果。

最终，他摇摇晃晃地站起身，走进了卫生间。

半个小时后，再次打开门时，出现在走廊里的“蜘蛛”脸上已经恢复了先前的平静，如果不细看，绝对不会注意到他脸上带着些许水珠。“蜘蛛”拿着写有诊疗意见的单子交给了护士入档，然后从容地离开了诊所。

大楼外的阳光显得格外耀眼，“蜘蛛”探身从牧马人副驾驶座下方抽出那顶被洗得发白的黑色棒球帽戴上，然后把车开出了地下一层的停车库。

他承认自己太轻敌了，本以为对方上门一定会问一些与案子相关的东西，谁知竟然直接问起了感情，这让“蜘蛛”一时之间措手不及，所以才会暴露了致命的弱点。

这种被激怒的感觉简直糟透了！

他右手用力砸在了方向盘上，喇叭应声发出凄厉的鸣响声。

他打定主意今天一定要做些什么，让那个小警察好好看看，自己可不是一只吃素的蜘蛛。想到这儿，“蜘蛛”打开转向灯，直接下了城市高架桥。

身后不远处，一辆黑色福特也悄无声息地打开了转向灯，默默地跟在牧马人后面。

远处的海关钟楼上响起了整点的报时声，海面上轮船汽笛阵阵，海鸥鸣叫着振翅划过天际。

新的一天已经开始了。

九个小时前，凌晨3点多的时候，安东本打算自己开车去蒲州，但是算了算路上的花费和时间，他还是连夜买了最后一张红眼航班的打折机票。飞机上没几个人，安东到达蒲州的时候已经是凌晨4点多了，来接机的是蒲州室公安局公共关系科的王晓春警官，开车回市区的路上，两人便有一句没一句地聊了起来。

“安哥，饿不？等下到了市区带你去吃点东西。”王晓春有些自来熟。

安东瘫在车后座上，叹了口气：“这活儿没干完，还真吃不下，好意心领了，我自己随便凑合一下就行了。”

“安哥，说实在的，你们不来，我们近期可能也会去找你们。”王晓春扫了眼后视镜，“有个案子，人估计跑你们那儿去了。”

“哦？”安东条件反射似的精神一振，顺手拧开了刚刚飞机上发的一小瓶矿泉水，边喝边问，“什么案子？说说看。”

王晓春嘿嘿一笑：“闹鬼。”

“噗——”一口水直接喷了出来，安东被呛得连连咳嗽，“闹，闹鬼？你是认真的吗？”

王晓春抬头瞥了眼后视镜，苦笑着摇头：“当然不是真的，我逗你玩儿呢。但是当地有些老百姓却对此深信不疑。案发的村里为此还凑份子去外地专门请了个跳大神的，三天两头在村里折腾呢，我们派出所的人劝了好几回都不管用。”

“那死者是谁？”安东问。

“村里的老村主任姜孝言一家7口。”王晓春皱眉，“一个月前，一把火把现场烧得干干净净的，就留下了7具焦尸，死因都不好查。”

安东突然心里一紧：“姜晓丽和他们是什么关系？”

“同宗，姜晓丽的父亲是老村主任姜孝言的弟弟。”

“老村主任一家平时在村里的口碑怎么样？”安东问。

“非常好，也是治安积极分子，我们有好几个案子，老村主任都帮了不少忙。只是真的没想到这次会出这么大的事。”王晓春轻轻叹了口气，“那现场我去看了，太惨了。全烧没了。”

“确定是刑事案件吗？”此时的安东睡意全无，他上身前倾，精神抖擞。

“是的，虽然现场没有留下什么证据，但是案发当晚有人曾经看见一个男的走进了老村主任的家，之后没多久老村主任家就出事了。”

安东感到很诧异：“这，这不就是一件普通的命案吗？”

王晓春摇摇头：“如果说当晚进了老村主任家的是个谁都不认识的人，那也就算了，只要我们尽力，案子总归能破。但是这个人却是大家都认识的人，”说到这儿，他深吸了一口气，“是个早就已经死了的人。”

“谁？”安东似乎明白了什么，“怎么死的？”

“蒋万福，强奸杀人，被我们蒲州中院判了死刑，14年前腊八那天处决的。”王晓春顺手将空调开到最大，“处决那天我们局全员出动去维护秩序，村里很多人都亲眼看着蒋万福的尸体被抬下来直接去火化的。你说一个死了的人又怎么可能回来杀人呢？所以啊，闹鬼吗？从某个角度上来说确实是在‘闹鬼’，但是这鬼不在别的地方，应该是在人的心里吧。”

听了这话，安东沉默了。

和安平市局比起来，蒲州市局单位编制要相对小一些，一幢四层的20世纪建的房子，外加左右两幢两层的砖瓦结构楼房，在这个三线小城市中并没有显得格格不入。

早上7点，刑警支队办公室里，队长于涛在听了安东的介绍后，不禁双眉紧锁，他安排负责对外情报联络的王晓春拿来了几本厚厚的卷宗，接着便示意安东坐下：“蒋万安和蒋万福是同父异母的兄弟，在我们蒲州是小有名气的，尤其是这个蒋万福，当年在蒲州城里为非作歹多年，祸害了10多个年轻女学生，但因为这个人狡猾，14年前才被逮捕，当年就执行了枪决。至于说蒋万安，他的童年和他哥哥的不一样，可以说非常不幸，好几次都被他父亲的第三任老婆打得只剩半条命。他们的父亲叫蒋德福，酗酒后经常打老婆、打孩子，最后死于酒后摩托车撞车事故。自从蒋德福死后，当时已经21岁的蒋万福就不在家里住了，而是搬去了县城和一帮混混在一起，弟弟蒋万安那时候只有7岁，什么都不懂，自然就成了继母的出气筒。但是这孩子有一点很特别，那就是他特别能忍，而且情绪轻易不在脸上表露出来。”

“那他有朋友吗？那种从小玩到大的？”安东问。

于涛点头：“有一个，叫王家宝，母亲嫌弃家里穷，跟人跑了，父亲出去打工了，他和爷爷一起住，老人年岁大了耳背眼花，所以王家宝基本上属于放养的状态。村里治保主任反映说王家宝这孩子就喜欢和蒋万安在一起玩，两人几乎形影不离，再说了年龄也差不多。”

说着，于涛从档案袋里找出一张相片递给安东：“这就是王家宝和蒋万安在11岁时照的相片，是县教育局的人拍的，后来王家宝失踪了，也就没有这孩子最近的相片，我们就找县教育局要了一张。”

“王家宝失踪了？”安东感到有些意外。

“是的，村里都找遍了，就是没有找到这孩子的下落。”于涛长长地叹了口气，“当时寻人启事贴遍了整个县城，可就是找不到，村主任带着我们的干警找到了蒋万安，他说王家宝被一个女人带走了，但是问遍村里所有的人，都说没有见到。”

“都过去十四五年了吧？那孩子至今都没有被找到吗？”安东吃惊地看着他。

于涛摇摇头：“那时候我在派出所当副所长，带着人把村里的窨井都翻了个遍，活不见人死不见尸，哪怕是一颗牙齿、一撮头发之类的都没有。本以为孩子父亲能提供点线索，结果连电话都打不通了。最终我们只能做出结论：这孩子应该是离家出走寻找父亲去了，不排除被拐卖的可能，我们甚至把他的资料输入了‘宝贝回家’网站，唉，至今都没有消息。”

“那蒋万安呢？他有没有什么反应？”

于涛摇头：“蒋万安这孩子一向沉默寡言，出这件事后就更成了个闷葫芦。我们就和他的老师取得了联系，请老师帮忙关注下孩子的情况。而蒋万安的母亲在一周后也死了，死因不明，好像是死于一次意外。等等，我查查具体是什么原因。”于涛抓过卷宗翻了好几页，这才指着其中一行说道，“漏电事故，在家里睡觉的时候线路漏电，被电死了。我们在得知消息后就联系蒋万福，因为那时候蒋万安还没成年，需要人监护。结果呢，可想而知，蒋万福根本就不愿意承担这个责任，说自己打工养活自己都困难，养弟弟那就更不可能了，到后来索性电话都不接了，人也玩起了失踪。”

“他母亲是被电死的？这也太巧合了吧？”安东沉思一下问道，“是不是被人杀了？”

于涛苦笑着点点头：“我们的法医也看出来了，但是对外只能说是意外，因为凶手就是蒋万安，那时候他才11岁，是一个还未成年的孩子。”说着，他把手中的尸检报告递给安东，“上面都写着呢，综合所有的案发现场锁定的证据，完全可以认定是这孩子偷拉电线，趁母亲睡着时突然电击，最终杀了他的母亲。”

安东意味深长地说道：“这孩子很有心机。”

“这个孩子可不是我们通常意义上所说的‘孩子’，他很聪明，经常跟着村里的大人们偷偷出去电鱼换钱买东西吃，一次或许不会，但是两次三次下来，胆儿大了，他就什么都懂了。”

“那他是怎么离开村里的？”

“上学。他成绩不错，甚至用电鱼的钱给自己交了学费，尤其是继母死后，哥哥又不管他，除了政府补助外，他就靠这些旁门左道的东西打法律擦边球。有时候我们想啊，要是这孩子生活在一个普通人家，有父母疼爱，或许他的人生就不会这么艰难了。”

“村里有人帮过他吗？”安东在笔记本上一边写一边随口问道，“他年龄那么小，还要自己照顾自己，村里没人帮他吗？”

“除了政府救济外，还有一个叫姜晓丽的女孩，比蒋万安小4岁，我听老村主任说，这个女孩很善良，也很懂事，经常帮蒋万安做些力所能及的事。姜晓丽之所以这么做其实也是有原因的，她是个孤儿，父亲死得早，母亲不见了，从小就是老村主任他们一家带着的，当自己亲闺女看。”于涛轻轻叹了口气，“6年后，姜晓丽13岁，蒋万安17岁，就在这时候，蒋万福回来了，有人说是因为欠了赌债回来躲债的，有人说是干了坏事回来避风头的，总之，说什么的都有。自从他回来后，村里就不得安宁了，尤其是姜晓丽，在蒋万福回来的第三天晚上就被强奸了。”

安东听了，不由得倒吸一口凉气："那蒋万安知道吗？"

于涛并没有正面回答他这个问题："当年村里只有初中，没有高中部，所以蒋万安去了县城读高中，因为他马上要高考了，在和他班主任协商过后，我们就向他隐瞒了这个事情，然后抓捕了他的哥哥蒋万福，从蒋万福身上查出了一系列的杀害年轻女性案件后，我们固定了所有的证据，其中最主要的就是姜晓丽的供词，这使得蒋万福难以逃脱法律的制裁。案子判下来后，我们和姜晓丽进行了一次沟通，最终尊重她的意见和要求，对她进行了身份再造，也就是说姜晓丽就此消失，取代她的是'林丽'这个名字，而且是安平市户口，这是我们保护未成年女性的一个无奈之举。"

安东看着于涛："于队，最后一个问题，姜晓丽，也就是林丽，她的去处老村主任家人知不知道？"

一旁的王晓春小声回答："老村主任家没人知道她去了哪里，村里也没人知道她后来叫什么名字，就连她的新身份，也只有我们单位当时分管刑侦的陈副局长知道。直到当事人死亡，这个档案才会被解封。"

安东突然意识到事情没有这么简单。但是他没有再问下去，转而跟着王晓春走出了办公室，临走时他向于涛借走了那张蒋万安与王家宝的相片，小心翼翼地夹进了自己的公文包里。

"兄弟，带我去蒋家的老宅子看看。"安东小声嘀咕。

王晓春看了他一眼："去那儿干吗？"

安东咧嘴一笑："去看看才放心，不然的话我那头儿会扒了我的皮的，他可严格了。"

王晓春便也不再反对，两人边说边走出大楼钻进警车，离开了蒲州市公安局大院。

警车向城外开去，路上趁着王晓春下车买午饭的工夫，安东给李振峰打了个电话，但是安东并没有直接在电话中告诉李振峰在蒲州到底发生了什么，只是提醒他务必小心。

王晓春很快买回了两个大肉包子和一袋豆浆，上车后递给安东："尝尝，绝对好吃。"

警车继续向前开，车里静悄悄的，两个人似乎都各有心事。终于，王晓春长长地叹了口气，哑声说道："安哥，我知道你有话想问，尽管问吧，反正现在头儿不在，有话老憋在心里的感觉真的不好受。"

安东笑了笑："兄弟，是你不好受吧，对不？我反正有的是时间，一点都不急。"

王晓春瞥了他一眼，终于苦笑着出了声："安哥，行了，你不就是想知道姜晓丽改名这件事的真正原因吗，对不？"

安东脸上的笑容消失了，目光变得犀利起来："姜晓丽报了假案，对不对？"

这话一出，王晓春猛地一打方向盘，警车靠边停了下来。他转头看向安东，声音急切地问道："安哥，你是怎么知道的？我都没告诉过你。"

"刑警这一行干久了，身边无论谁说的话都会翻来覆去琢磨两遍才能放心，这叫职业病，懂不？"安东用手指指自己的脑门，"第一，时间，太凑巧了，蒋万福回来才三天就被举报强奸。第二，常理，蒋万福和蒋万安是兄弟俩，蒋万福再没心没肺，也应该不会对自己未来的弟媳妇下手吧，更何况对方还只是个13岁的孩子，你说对不对？更何况你们于队说了，这货是回家避难的，应该低调行事才对，这么快就把自己给暴露了，那么这种级别的犯罪嫌疑人如果再多点的话，或许很快咱们就该失业了。”

“但是，蒋万福犯下的那些杀人强奸罪行可都是真实存在的。”王晓春有些不解。

“你可别误解，我没说他什么都没干，以前犯下那么多案子，他一点都不冤枉，天网恢恢疏而不漏，他被判死刑也是迟早的事。但是，姜晓丽的案子与他无关。”安东的眼神就像一只犀利的狸猫盯着属于自己的食物，“从你们后面做出的改名决定来看，这毕竟是个大工程啊，要改很多地方，要联系很多部门，尤其是检察院，光凭你们单位是没有权力做出这个决定的，真的就只是因为姜晓丽自己提出来了吗？我想说的是你们一定隐瞒了一个大案，兄弟，对不对？”安东笑得很得意，“姜晓丽是个关键证人，所以才会这么大动干戈。”

王晓春脸上不由得一阵红一阵白，他吭哧了半天才点了点头：“是的，一个很重要的案子。是我们法医按照程序在给姜晓丽做性侵害取证的时候发现的，这女孩很可怜，她所受到的侵害不止一次，也不止一个，更不止一个月，而是一个长期存在的过程。上头对这种案子非常重视，要求我们低调搜寻证据，务必准确锁定犯罪嫌疑人再着手抓捕。”

“天哪，简直是畜生！”安东忍不住怒斥道。

“后来查出了9个人，还都是姜晓丽的同宗，至于后面怎么处理的这个案子我不知道，因为检察院提前介入了，但是可以肯定的一点是我们把姜晓丽救出来了，而那9个人也被判了刑，多的14年，少的3年。至于说那天老村主任老婆为什么会带她去报案，那就不清楚了，老村主任老婆后面也没说，只是一个劲儿地叫冤枉。”王晓春把车开进隧道，前面出去了就是目的地。

“冤枉？”安东突然一拍脑门，“我懂了，因为时间太久，没办法找到一个完整的证据链，所以姜晓丽这个案子除了她的指证外，找不到其他证据。”

“是啊，”王晓春沮丧地低下了头，“但是法院最后的判决还是大快人心的。局里担心姜晓丽被人报复，就给她直接送走了。我只听说她后来考上了大学，至于别的什么情况，就不是我的职责范围之内的事了，会由检察院出面处理。”

安东心中一怔，他欲言又止，沉思片刻后转而问道：“兄弟，我还有个问题，我刚来的时候你跟我说你们有可能要来安平找我们，对不对？为了老村主任全家被人灭口的事？”

王晓春点点头：“是的，安哥，根据线报，蒋万安回来过一次，但是很快就走了，而就在他回到蒲州的这段时间内老村主任家被灭门了。”

“老村主任家有几个人被逮了？因为姜晓丽。”安东紧张地问道。

“4个，老村主任的老婆，她当时负责组织和提供场地，两个儿子，还有老村主任的侄子。侄子现在还在里面没出来，两个儿子是上个月月初被释放的。老村主任的老婆因为年纪大了，身体又不好，三天两头还要看医生吃药，判三年刑期缓期三年执行，所以就没进去过。”王晓春回答。

安东无奈地摇了摇头：“最后一个问题很关键，兄弟你老实跟我说，这蒋万安是什么时候知道姜晓丽就是林丽的？”

王晓春摇摇头：“具体时间我不清楚，但是我听说他在拿到录取通知书后的第一件事就是回村里来找姜晓丽，结果却怎么也找不到。我想就是那个时候村里有人忍不住跟他说了他哥的事吧，他在他哥坟上待了一晚上，第二天早上就走了。后来就再也没有回来过，直到老村主任家出事。”

说话间，警车已经开进了蒲章镇。

安东拿起了老村主任家灭门案的尸检报告复印件，开始逐页仔细阅读，他双眉逐渐紧锁，脸色沉了下来。

蒲章镇是蒲州市下属最大的镇，管辖区内有18个自然村。出事的堰头村在最东边。警车刚开进村，安东一眼就看到了车前方不远处院落里那三栋被烧得只剩下断壁残垣的楼房。

“前面就是被烧的老村主任家。”王晓春把警车停在了一棵桃树下，两人下车后就径直向案发现场走去。

“这栋原来是三层小楼，整个院落里对角还有两栋，都是老村主任家的，他的两个儿子在被抓前是做汽配生意的，听说赚了不少钱。后来人进去了，生意也就黄了。”王晓春说，“三层楼那栋是大儿子家住的，左手那栋是小儿子家，老夫妻当年和收养的姜晓丽一起住在右手那栋二层楼房里，这栋二层楼房是最早建起来的，女孩住二楼，老村主任夫妇住一楼，据说当年那些事就是在女孩住的二楼发生的，具体现在也没办法考证了。”

安东注意到村民似乎对他们俩的到来避之唯恐不及，便好奇地问道："他们怎么像躲瘟神一样躲着我们啊？"

王晓春苦笑："闹鬼呗，谁都不想摊上这事儿。那个提供线索的村民说案发当晚房子里静悄悄的，一点声音都没有，都以为老村主任一家不在家，直到把火扑灭了才发觉都死里头了。"

"死人当然是不会怕火烧的。"安东忧心忡忡地看了眼失火场地，"走，我们进去看看。"

两人弯腰钻过警戒隔离带，安东拿出现场勘察报告和相片的副本依次对照着查看。

王晓春说："被害者虽然住在同一个大院里，但是因为分散在三栋楼，所以只要下手足够快就可以做到不惊动另外楼里的人。"

"你们法医这个报告上说刀伤最少的是老大家的闺女，一刀抹了脖子，其余的人身上至少有10刀，最多的是老村主任，身上足足38刀，而且都集中在胸口部位和颈部，"安东抬头，满脸的难以置信，"过度杀戮，这分明就是仇杀啊。"

王晓春无奈地点点头："结合当地村民提供的线索，我们第一时间就想到了是蒋万安做的，因为只有他才有可能对老村主任一家恨之入骨。我们查询了人口数据库，得知他最后活动的范围有可能在你们安平，就打算派人去你们那儿调查一下情况，正好这时候在你们发过来的相片中，我们认出了蒋万安和姜晓丽。"说着，他长长地叹了口气。

两人最后来到右手边那栋被烧毁的二层小楼前，走进尚未全部坍塌的一楼，地上一片狼藉。安东小心翼翼地走着，穿过堂屋来到后面的卧室，站在门口，盯着床的位置看了会儿后，说道："所有的死者几乎都是在床上被发现的，可见凶手对这一家的内部结构非常熟悉，知道卧室的位置，知道主人的生活习惯，等等。‘蜘蛛’在安平所做的几起案子里，也是在数次踩点过后确保无误了才下手，他是个非常有耐心的罪犯，绝对不会冲动杀人。而且他杀人有个特点，就是只为自己杀人，目的性和目标性都非常强，但是这起案子如果说是他为自己杀人的话，有些不好解释，毕竟蒋万安和老村主任家之间没有直接的恩怨瓜葛，难道说他做这个，是在为姜晓丽复仇？可是姜晓丽明明是死在‘蜘蛛’的手里的啊。”

“‘蜘蛛’？”王晓春有些迷糊，“‘蜘蛛’是谁？”

“我们怀疑是蒋万安在安平犯案时所使用的网名，他曾经发了几段视频到论坛上，都是用的‘蜘蛛’这个名字。”安东回答，“我们去蒋家老宅吧，看看能不能发现点什么，今天来得及的话傍晚我就赶飞机回去。”

“没问题。”王晓春答道。

两人走出了案发现场大院，钻出警戒带，刚要向不远处的警车走去，这时候，一个中年妇女走了过来，向他们打招呼道：“警官同志，反映情况的话是找你们还是直接去派出所找胡所长？”

王晓春问：“大嫂，什么情况？你尽管说吧。”

“就死人那天凌晨，我们看见起火了，就打119报警，结果火警根本打不通，一直占线。”中年妇女有些不安，神情恍惚不定。

安东问：“大嫂，你们家住哪儿？”

中年妇女伸手朝坡上一指：“喏，就是路口那家，我们的卧室正好对着老村主任他们家的方向。”

王晓春和安东听了，不由得面面相觑。安东上前一步接着问：

“那你们后来是怎么做的？”

“不止119打不通，就连你们110也打不通，眼瞅着老村主任家的火越来越大，都邪了门了，你们说是不是？见火势越来越大，我老公就骑了摩托车到坡下亲戚家打电话报警，还是打不通，最后都快到镇里了才算有了信号。后来总算报警电话打成功了。今天吧，我老公趁着去县城赶集的机会，就问了通信营业厅的人，他们说这种情况疑似有人故意屏蔽了信号塔，干扰了发射器信号，所以才会打不出去电话。”

“为什么不早反映这个情况。”安东板着脸问。

中年妇女没有回答安东的问话，转身看着王晓春：“我反正已经跟你们公安反映过这个情况了，事情过了一个月了，至于有没有什么价值，那就看你们的了。”

怎么可能会没有价值？

趁着王晓春和中年妇女继续在用方言交谈，安东在微信群里联系了郑文龙，很快得到了郑文龙的反馈——经查证数据终端备份资料，确认案发当天晚10点至凌晨3点之间蒲州市蒲章县堰头村确实发现可疑的信号传输故障，不排除是人为所致。

“这种信号干扰器的功能是不是包括阻止电话进出？座机也会被干扰吗？”安东问。

“那是当然，你以为座机就不用信号啦？很多座机，尤其是偏远山区，都是走的网络通话一条线，一旦网络被控制，座机自然就成了一块结结实实的大板砖。”郑文龙郑重其事地说。

王晓春送走了中年妇女，转身走回警车。

“我懂了，那家伙用信号干扰器就是希望自己在‘干活’的时候不受打扰。”安东想了想，接着又说道，“纵火后点燃现场的引燃物质，你们报告上说是汽油一类的东西，这一旦被点燃，是很难被扑灭的，过火面积又大，凶手又断了周围手机、座机的通信信号，他摆明了就是不想让人救火，”安东轻轻叹了口气，“兄弟，这家伙真的好狠毒啊，赶尽杀绝。”

“可是，安哥，我总觉得有内应，不然的话蒋万安都离开堰头村这么久了，怎么一下子就把细节了解得这么清楚？”王晓春问。

安东环顾了一下自己周围的民居，紧锁双眉：“最重要的是，那台沉重的信号干扰器是谁帮他弄来的，你们应该一查就能查出来，因为这种和空调外挂机差不多笨重的家伙，我相信你们蒲州市应该不难找到，只要循着这条线索追下去，就能把那个包庇的家伙逮出来。也许你们还能查获一家非法经营商铺，这种大型信号干扰器是不允许普通老百姓随意购买的。”

“明白。”王晓春目光深邃，脸上露出了奇怪的笑容。

当天晚上，安东提早结束了在蒲州的工作，风尘仆仆地乘坐飞机赶回了安平市。

晚上9点，飞机准时降落在安平机场。出机场后，安东先给母亲打了个电话报平安，然后匆匆搭上回市中心的最后一班地铁。安东在飞机起飞前就已经通知李振峰自己带回的消息非常重要，故约定今晚10点30分在单位召开全员紧急案情分析会。

地铁车厢里空空荡荡的，毕竟是末班车，难得车厢里会有第二个人。怕自己睡着，安东便开始刷手机看新闻消磨时间。

47分钟的路程很快就过去了。走出三阳广场站时，周围已经是一片漆黑，路上安静极了。站在十字路口，安东等了会儿，直到绿灯亮了才过马路。他兴冲冲地在人行道上走着，身边是高大的法国梧桐树，树影绰绰，海风吹过后发出了轻微的沙沙响，自己平时无数次来往于这个路段，都没注意到夜晚的梧桐树影子竟然有着一种特别的美。

前面是个24小时便利店，安东琢磨着买点吃的再回单位，那几个兄弟晚上一定饿了，老吃方便面也不是事儿。出差时取了500元现金，现在兜里还剩200多块钱，反正平时也用不到，干脆就全花了吧。如今案件终于见到了曙光，安东的心情明显比离开安平时好了许多。

拐进便利店的时候，他没有注意到门前花坛边的阴影里站着个人，一动不动，因为站的时间太久，以至和身边的暗黑完美地融合在了一起。

安东不太会买东西，所以挑了老半天才把吃的买好，随后抱着一大堆吃的走出了便利店。

因为是老城区，这条路上的路灯不是太好，昏暗得只能勉强看见物体的轮廓，具体的，就看不清了。路面虽然装了监控，但是架不住这疯长的梧桐树枝，便总是会有一些致命的盲区。

前面还有不到300米的距离了，安东已经可以看见安平市公安局的棕红色楼顶，他本能地加快了脚步。这时候，因为东西实在太多太重，塑料袋提手断了，安东没办法，只能把两个袋子对扎在一起，然后和公文包一并抱在怀里向前走去。

还有不到200米，安东走得有点累了，他放缓了脚步。此时，手机响了起来，他干脆停下，腾出手把塑料袋和公文包抱到左手，右手摸出手机低头看去。

是李振峰，问他有没有到，说队里的会议会按时召开，现在就等他了。

安东笑了笑。

就在这时，他注意到身后有微弱的脚步声，真的很轻很轻，就像奔跑的狸猫，完全可以被忽略的那种。他感觉到了，那是正在快速接近自己的脚步声。

不过马上就要到公安局了，前面就是，还有不到100米的距离，而且安东感觉有点累，这两天一直都在跑，根本就没有好好休息，走路也变得不像以前那么轻快了。

安东心想：这半夜三更的在路上跑也是很正常的，现在不都流行夜跑来锻炼身体吗？他抱着那两个大塑料袋，夹着公文包，顺手把手机揣进兜里，主动朝路边的花坛方向挪了挪，好给后面来的人腾出空间继续向前跑。

安东的脸上甚至还带着笑容，今天他的心情本来就很好。

而周遭的一切都显得那么平常。

直到一把冰凉的猎刀准确无误地直直地插进他的颈动脉，又迅速拔出，安东还没有弄明白到底发生了什么。

脖子上的刺痛就好像被人狠狠咬了一口，他有点蒙，回过神来后本能地用右手去摸脖子上的创口，黏糊糊的带着一股熟悉的腥味。他心里一沉——自己被袭击了，颈动脉的破裂导致带着自己体温的鲜血正随着心脏的每一次跳动向外喷涌而出。

恐惧与愤怒同时刺激着安东的神经，除了公文包，他丢掉了手里的塑料袋，顾不得颈部的疼痛，猛地向对方扑了过去。因为他知道，一切挽救或许都已经来不及了，他必须抓住对方，不让这家伙再去伤害别人。

他抓住了那把猎刀的刀刃。

接下来所发生的一幕让安东呆了呆，他无法理解，因为他竟然听到袭击者对自己发出了一声诡异的笑声，然后手一扬便顺势迅速跃到一旁，刀刃划过安东右手的两根手指，瞬间手指断裂，血流如注，对方就这么静静地看着安东。对方显然是个老手，他并不担心安东会喊“救命”，因为刚才那一刀已经让他无法发出声音了。虽然他现在拼命捂住自己脖子上的伤口，但死亡根本就没有放慢它的脚步。

每一次呼吸都是一次折磨，安东慢慢靠着花坛边坐了下来，他太累了，累得连手都抬不起来了，他已经忘记了手指钻心的疼痛，而破裂的喉管正在不断地被血液填满，要不了多久，他的胸腔之中就会充满血液，那时候，谁都救不了他了。

凶手缓步向他走来，同时把那柄猎刀插回腰间的刀鞘，腾出戴着手套的双手似乎要来拿安东身边的东西。

距离越来越短。

安东顿时明白了他的意图，知道这不是什么简单的劫匪，他立刻死死地抱住公文包，双眼愤怒地瞪着凶手。

对方并没有放弃的打算，反而嘀咕了句：“怎么样，还不服？”

安东确实已经感到自己快不行了，既然这样，他知道自己必须得为同事留下一点证据，哪怕耗尽最后的力气。于是，看着对方慢慢接近自己的同时放松了警惕，注意力全在自己右手死死按住的公文包上时，安东突然腾出没有受伤的左手，迅速向对方的眼睛抠去。

这真是一个完美的时间差，凶手眼角被抠裂了，但安东并未听见凶手的惨叫声，而是继续向他的公文包走来。安东绝望了，他本能地抱紧了怀里的公文包。就在这个紧要关头，一辆巡逻回来的警车缓缓拐进安平路，向安平市局的方向开来，车灯雪亮，眼见着就要照到安东的身体了。此时凶手知道拿不到公文包了，便迅速转身朝着相反的方向跑去。

脑海中的警报戛然而止，危险解除。

瞬间，意识已经有些模糊不清的安东长长地舒了口气，脸上终于露出了欣慰的笑容。

视线中的一切变得越来越黯淡，最后都成了朦胧的影子。他听到了熟悉的警车刹车声，听到了向自己跑来的零乱的脚步声，听到了焦急的呼唤声……一切的一切，是多么的熟悉啊，但是他太累了，连说话的力气都没了。

睡一会儿吧，就一会儿。

安东轻轻地闭上了双眼，笑容在嘴角被永远地凝固了。

办公室的会议区，李振峰正在焦急地等待着安东到来。

白板上写满了“蜘蛛”所做过的每一起案件的详细线索，李振峰双手抱着肩膀，看着白板皱眉苦苦思索着。突然，他感觉自己有些喘不过气来，胸闷得厉害，眼泪也瞬间夺眶而出。

而这种情况以前从来都没有在自己身上发生过。

到底出什么事了？他看向墙上的挂钟，现在是晚上10点27分，安东的飞机是晚上9点准时到的安平机场，这个时候应该回来了。

难道这家伙偷懒去街对面找吃的去了？

想想又不太可能。因为飞机起飞前，安东给自己打电话时曾经说过马上登机了，一下飞机就会赶回来，因为他发现的情况实在是太重要了，需要马上开会。

惴惴不安的感觉萦绕在李振峰的心头，突然，他听到一阵急促的脚步声由远而近，便赶紧向门口跑去，来人是特警巡逻大队的，除了那身制服，人，李振峰并不认识。

还没开口说话，远处便隐约传来120急救车的警报声，由远至近逐渐清晰，李振峰又看看眼前这张满是汗水和眼泪的脸，来人双手沾满了鲜血，嘴唇哆嗦着说不出话。李振峰瞬间脸色煞白，心里什么都清楚了。

李振峰沉着脸用力推开对方，飞奔下楼，朝着120停车的地方跑去。

他竭力使自己平静下来，但是眼泪却再也止不住了……

120急救车并没有带走安东。

凌晨的安平市街头死一般的寂静，满地的止血纱布使得本就一片狼藉的地面更多了一分难言的凄凉。安东静静地躺在地上，脸和上半身被盖上了一块蓝色的一次性手术垫单，脖子底下全是血，滑落在身体两边的手上也满是血。

一旁的小邓抽泣着把手中的黑色公文包交给了李振峰，声音沙哑："李队，我赶到的时候安哥的身子还是软的，他死死地抱着这个公文包不放，我后来在他耳边说叫他放心，会交给李队的，他应该是听出了我的声音，这才松了手，李队，看一眼吧，求你了，安哥他没了，这回真的没了……"说到最后，小邓再也忍不住了，他号啕大哭了起来，周围的几位同事也纷纷难过得伸手抹泪。

“哭什么哭，哭了人就能活过来了？查监控了吗？傻站着干什么？凶手跑不远的！都给我去找！”李振峰双眼通红，声嘶力竭地怒吼道。他从未用过这样的语气和周围人说话，但是他知道这时候大家不能停下来，因为一旦停下来就会被痛苦包围，只有坚持下去，刑侦支队的士气才不会垮。

这时候，接到指令的赵晓楠和小九各自带着工具箱赶到现场，几台聚光灯架了起来，警戒带封住了整条路面。技侦大队的技术员不断地进出现场，李振峰则呆呆地站着，任由泪水在眼眶里凝聚，视线变得模糊起来。

“李队。”赵晓楠的声音在耳畔响起。

李振峰缓缓抬起头，脸上满是泪水，看着她递过来的纸巾，他却没有去接，只是摇摇头，哑声说道：“我把我兄弟交给你了，帮我好好照顾他，别让他再遭罪了。”

赵晓楠点头：“你放心吧。”

“谢谢。”李振峰转身头也不回地走了，凄凉的夜色中，他的背影显得格外沉重。

赵晓楠轻轻叹了口气，她来到安东的身边蹲下，看着眼前这熟悉的身形，目光中充满了难言的悲伤。

警戒带外，一辆出租车在十字路口左拐，还没等完全停稳，马月便拉开车门跳了出去。她拿出工作证件给警员看了下，然后快步跑到赵晓楠身边，却什么都没说，只是呆呆地看着地上躺着的安东，身体止不住地颤抖，泪水夺眶而出。

原来生与死之间的界限真的很薄很薄，有时候都不会给你机会去说声再见。

第九章　海鸥鸣泣之时

这世界上没有一样东西是完美无缺的。

此刻，黑暗已经逐渐褪去，安平路308号大院内静悄悄的。

市局每一位干警都已经知道了安东殉职的消息，他的工作台上放了一朵洁白的纸花，警帽端端正正地摆在案头，写有安东名字的姓名牌也被擦得纤尘不染，他最喜欢的钢铁侠水杯里面还有半杯出差前没来得及喝完的水。

一切都没变，只是这家伙再也回不来了。

李振峰站在门边，看着空了的安东的位置，神情有些恍惚。

“李队，监控有情况了。”小范在门口探头招呼道。

李振峰迅速转身，一边用手背抹了下自己红肿的眼睛，一边快步冲进对面图侦组办公室：“怎么样？”

“安哥是在便利店的门口被人盯上的，这家伙一直跟在他身后，直到最后才下的手。”小范指着电脑屏幕说道，“安哥9点10分坐上的从机场开往光熙站方向的末班地铁，9点55分的时候走出了三阳广场地铁站1号出口，10点05分的时候来到街角的便利店门口。他本来直接走过去了，但是又折了回去，进了便利店，应该是去买东西了。”

便利店中的视频镜头是高清的，光线充足，角度也正好可以看清楚人脸上的表情。看着监控视频中安东脸上的笑意，李振峰感觉自己的心就像被人狠狠地打了一拳，痛得他不得不闭上了双眼——安东买了很多东西，都是吃的，还能听到他在说是给同事买的，今天要加班，说马上案子就要结束了，大家心里都很高兴，说自己答应很久了，要请大家吃夜宵的，最后甚至大方地说就这么点钱全花光，一点都不要剩下。

最后走出便利店的时间是晚上10点15分，安东提了两大袋东西，什么都有。也就是在这个时候，花坛角落里的那个阴影开始有动作了，他走了出来，远远地跟在安东身后，穿过马路走向对面，就在安东即将到达目的地的时候，凶手突然加快了脚步向前飞奔，因为路窄，安东又提了那么多东西，根本就没意识到危险正在靠近，而是本能地让路。

因为树枝遮挡，这段监控不是很清楚，只能拍到一个边角，没有看清楚对方到底是如何对安东下手的。10点25分，一辆巡逻回来的警车开进岔路。

而那个凶手就此再也没有了踪影。

10点32分，120救护车赶到现场。

“现场的东西都送去痕迹鉴定那边了，对吗？”李振峰问。

“是的，小九说一个小时后可以出结果。”小范回答。

看着监控视频中那个紧跟在安东身后的黑影，李振峰冷冷地说道：“那就好，不耽误开会，你们对犯罪嫌疑人继续追踪下去，找不到去向就给我倒查，查他是从哪里来的，一定要给我把他找出来！”

一个小时后，案情分析会议室里座无虚席。

马国柱沉着脸，林局则双眉紧锁，神情凝重。很快，走廊上传来了急促的脚步声，小邓抱着一个大号的牛皮纸袋走到圆桌前，然后戴上手套，依次把所有的物品都拿了出来。

这里面装着的正是安东用命保护下来的资料。

一个统一发放的制式公文包，上面还有安平市局的标志；一张相片，有一定年份了；一本用过的速记工作笔记；一份复印文件；一支圆珠笔；一本工作证；两张用过的来回机票；最后拿出来的是一部手机。

“他的衣服我就不拿过来了，等下小九会通过视频向我们汇报，包括赵法医那里，我刚去过，她说或许晚一点能出结果，她尽量快，因为马月暂时需要休息一下。”小邓哑声说道，眼眶有些微微发红。

小邓、小范是安东的直接下属，平时的工作都是由安东安排的，三人之间的关系也像亲兄弟一样，所以对于今天发生的事，他们两个受到的打击可想而知。

林局问：“袭击安东的犯罪嫌疑人，能锁定具体身份吗？会不会是抢劫不成而导致的杀戮？”

马国柱掏出烟，想了想，摇摇头：“不太像，虽然他是守在便利店门口的，但安东毕竟是个男人，身材并不瘦削。而一般拦路抢劫的，对象都以年轻女性为主，而且对人下狠手的不多，只图财不害命，但是安东脖子上那伤口我看了，一刀毙命，根本就没法救，人家就是冲着命来的。”

“那会不会是安东以前打击处理过的人出狱后来报复？”林局

转头看向李振峰，“李队，你们查过吗？”

“查过，没有，最近都没有可疑的人在公安局外围出现过，就只有今晚。”李振峰皱眉说道，“我只是觉得太过于巧合了，要知道我们这条路后面是市政府工作机关，根本就没有住宅小区，对面小吃街虽然24小时营业，但是晚上10点过后也基本没什么人了，就零星开着两三家店铺，什么样的人会在这个地方抢劫？而且是下手非常狠的那种？我总觉得这个人的手法很熟悉。”

话音未落，会议室大屏幕上出现了小九的图像，他急切地说道：“各位，我刚做出来，安哥伤口的凶器痕迹与樱花小筑别墅凶杀案、德云新村凶杀案以及通天苑小区凶杀案三起案件中死者身上发现的伤口痕迹完全相同，可以确定是同一把刀所致。是一把这样的刀，刀柄不一定相同，但是刀刃完全一致。”

与此同时，电脑大屏幕上出现了一把长柄猎刀的图样。

小九的声音又一次响了起来：“这把刀非常锋利，只要一下，安东的右手两根手指就从第二节指关节处被直接削了下来。”

“你的意思是安东当时伸手去夺刀了？”李振峰紧张地追问。

“从现场的血迹和足印分布来看，安东是想和对方搏斗，但是无奈自己体力不支，所以还没怎么出手就被对方控制住了。”说到这儿，小九忍不住深吸一口气，“我刚去法医那边了，赵姐说第一刀下去的时候，安哥都来不及还手，是突然发生的事，那混蛋就是冲着他的命来的。”

李振峰重重地叹了口气：“我安排他去蒲州出差，结果出了这么档子事，都怪我，安东为了能及早赶回来，肯定一路上都没休息好。”

“小李啊，你也别太自责，作为警察，工作是第一位的，安东是个好警察，相信他也不会怪你。”马国柱语重心长地说道，“特警那边查车有没有什么情况返回？”

李振峰回答：“目前为止没有查到什么可疑车辆。还有就是我们单位外面的现场警戒已经撤了，我同意的。”

马国柱点头：“那我们等法医尸检报告出来再确定下一步的具体动向。小范，那笔记本上怎么说？”

小范摇摇头：“都是速记文，我看不懂。”

李振峰鼻子一酸：“把速记本给我吧，安东的速记都是我教的。”他伸手接过了小范手里的速记本，翻到前天那一页。他读着上面的文字，双眉渐渐紧锁，脸上露出了不可思议的神情，短短的几页纸很快就读完了。最后他合上笔记本，抬头看向大家：“有两点我必须先说明一下，第一，樱花小筑别墅杀人案中的死者，安平大学在读女研究生林丽，本名叫姜晓丽，是蒲州人，她的本名我们在她活着的时候是不可能知道的，因为她在未成年的时候是一起严重的刑事案件利害关系人，为了保护她的人身安全，当地的检察院和公安局对她进行了人身保护，对原有身份做了锁定，并且在系统中重新做了一套新的身份，就是我们看到的林丽。后来她的档案自动解封，就是因为她死了，所以我们才能够在系统中查到她的原始档案，否则的话我们永远都不会知道真相。

“第二，万安心理咨询诊所的老板蒋万安，我们虽然怀疑他就是‘蜘蛛’，但是一直都没有找到直接的证据，因为‘蜘蛛’在其所犯下的安平市辖区内的四起案件中，都没有留下过任何证据，除了那几段上传的视频。其中有一段视频是‘蜘蛛’最后上传的，大龙给我看过，从声纹信息判断，里面的男性声音高度疑似蒋万安医生，但是不能排除蒋万安医生认识‘蜘蛛’，而‘蜘蛛’偷拍上传文档的可能性。所以，我就和安东商量分头行动，我和蒋万安面对面接触，而他去蒋万安的老家查一查，如果能找到证据证实蒋万安就是‘蜘蛛’的话，我们就可以抓捕他了，而且能同时弄清楚蒋万安与姜晓丽之间的关系，顺着这根线，我们也能解开这一连串多米诺骨牌似的案件的谜底。”

说着，他拍了拍安东留下的工作笔记：“这里面记录了一个非常错综复杂的故事。蒋万安从小受到继母的虐待，后来继母死亡，当地派出所的人查出来凶手就是蒋万安——他用电鱼的方法把他继母电死了，但是因为他当年只有11岁，所以没有受到任何惩罚。蒋万安有个哥哥叫蒋万福，吃喝嫖赌无恶不作，最后因为强奸杀人被判了死刑，14年前被枪决了。蒋万安有个青梅竹马的小伙伴，叫姜晓丽，姜晓丽小他4岁，也是个孤儿，从小被村主任收养，谁想她却被村里人虐待，养父养母疑似从中非法获益。后来，姜晓丽病得很严重，而那时，蒋万安去县城上高中准备考大学，他哥蒋万福在外面惹了祸回家避难，结果姜晓丽的养母陪着她去派出所报案说她被蒋万福强奸，这直接导致了蒋万福落网并被判了死刑，直至处决前都没有跟弟弟见一面。那时候蒋万安正在准备参加高考，一切事情都被老师和村里人瞒住了。而姜晓丽因为举报了养父养母一家和村里的一些人，不得不离开家，获得了一套新的身份。至于她在安平为何会被人包养，以及最后为何被害，这上面就没写。但是根据几起案件的作案手法来看，只有姜晓丽的尸体被分尸后又被重新摆放了回去，而别的死者，都是一击致命，或者像金爱珍夫妇，就是德云新村的案子，被捅了那么多刀，还是没有被分尸。我们假设‘蜘蛛’就是蒋万安，他对金爱珍的杀人手法很像在发泄他对自己继母的恨意，这就能解释为何会出现过度杀戮的情况。”

这时，赵晓楠的头像在电脑屏幕上亮了起来，背景就在法医解剖室。赵晓楠摘下口罩和手套，凑近镜头，手里拿着一张X光片：“安警官的死因是创伤性失血性休克，他体内的血几乎流干了，刺切创面就在颈部右面，距离耳郭下方3.2厘米处，深度为14.3厘米，颈动脉被割断，喉管被割断，这些都是一刀造成的。右手食指和中指被断去一截，凶器非常锋利，高度疑似与颈部形成刺切创的凶器为同一把，造成的原因应该是安警官当时准备去夺刀，但是对方力气非常大，借力挥动凶器，直接断了安警官的两节手指。还有，在安警官的左手指甲里发现了不属于他自己的人体组织，还在等DNA结果。

“身体别的方面一切正常，”说到这儿，她放下了手中的X光片，神情严肃地说道，“我的总结有以下两点：第一，凶手双上肢力量非常强大；第二，凶手练过专门的搏击术，对对方颈部的要害位置能够一击命中。我还要补充一点推断，那就是这样的下刀收刀的手法，我在前面三起案件的死者身上都看到过。‘蜘蛛’总共犯下四起案件，其中一起是车祸引起的尸体焚烧，所以并不算在内，但是剩下的几起，和这次完全一致。所以我个人认为杀害安警官的凶手是‘蜘蛛’的可能性非常大。”

“谢谢赵法医。”马国柱点了点头，然后问李振峰，“那后来姜晓丽养父那家人，安东这次去见到了吗？”

李振峰摇摇头：“上个月月初，姜晓丽养父一家7口一夜之间全部被杀，现场被汽油焚烧过，根本没有线索可寻，当地警方怀疑是蒋万安做的。安东在上面也说了，有人曾经目睹疑似蒋万福的人当晚在案发现场出现过，而根据大数据显示，蒋万安那段时间正好回到了蒲州，所以安东怀疑这起灭门案是蒋万安干的。我现在不明白的是他为什么要突然回去杀害这一家人，动机又是什么？难道说为了姜晓丽？还有就是，他是怎么找到姜晓丽的，要知道姜晓丽改名林丽后，非常低调。”

马国柱脸上的表情瞬间变得僵硬了：“你的意思是有人把姜晓丽的消息透露给了蒋万安？”

李振峰并没有回答他这个问题，相反，他打开速记本，找到其中一段，念了起来——当地刑警队负责人于涛表示案发当天，姜晓丽案件中的老村主任的两个儿子刚从监狱里被释放出来。

“头儿，”李振峰接着说道，“我觉得问题在这儿。那起灭门案之所以最后以纵火收场，大概率是凶手为了焚尸灭迹，只要我们找到那个通风报信的人，就能抓捕蒋万安，这也是安东最后的意思，他在上面画了重点。”

马国柱和林局互相看了一眼后，点点头：“那就按照你的意思去做吧。”

走出会议室，天空已经大亮，灼人的热浪扑面而来。

安平路308号门口的电子显示屏上打出了今天的天气预报和高温警报，最高温度将突破39℃，本轮高温还将持续一周时间。

李振峰刚准备下楼，马国柱在身后叫住了他。

两人来到僻静处，马国柱掏出两根烟，递了一根给李振峰，这才低声说道："你打算什么时候向赵法医挑明这事？"

李振峰脑海里再次响起黄锦城教授对他说过的话，他迟疑了一会儿后，轻声说道："鉴于她父亲的情况，我会尽量妥善处理这件事的，并且在她身边保护她，以免她受到伤害。"

"只要'蜘蛛'一天没被抓住，她就有危险，你能保她多久平安？"马国柱向他投来了犀利的目光，"还有就是，赵军和法医不是因车祸去世的吗？和他女儿又有什么关系？"

李振峰抬头看了看马国柱，默默地摇头："他找我老师看过病。"

一听这话，马国柱吃了一惊："严重吗？"

"他是自杀的。"李振峰眼中闪过一丝惆怅，"虽然我老师没有明说，但是我知道与这种病症相对应的只有一种可能，那就是严重的抑郁症引起的精神分裂。我想赵军和法医就是意识到自己精神即将彻底崩溃，才选择自杀这条路的，因为他的内心深处所能感受到的，就只有深深的绝望了。"

马国柱露出恍然大悟的神情："我记得以前处理过一个案子，阳光谷小区的，一个男的把他老婆杀了，最终查出来是精神分裂，也是抑郁症引起的，当时精神卫生中心派来协助我们调查的一位老师就说过这种病会有家族遗传的可能。这么看来，你的担忧不无可能。"

李振峰点头，嘴角露出一丝苦笑："所以我现在一直都很关注她的精神状况，有些不确定的事情，我真的不敢跟她明讲，我就怕她无法控制自己的情绪。赵晓楠法医本身就很难和周围的同事有共情，这个和她小时候失去双亲不无关系。她是个优秀的法医，身上有很多周围人无法超越，甚至无法复制的优点，她的坚韧果敢也是一般女性所没有的，但是正因为她小时候的特殊经历，所以她在学会保护自己的同时，把和周围人沟通的所有的方法以及可能都拒绝了，有得必有失。我老师曾经说过，这世界上没有一样东西是完美无缺的。”

“那你下一步打算怎么办？”马国柱忧心忡忡地看着李振峰，“安东已经殉职，队里不能再出事了，不然的话这支队伍在精神上就散了。”

“不会的，相信我，头儿，我们一定能抓住‘蜘蛛’！”李振峰的眼中闪着泪光，“不然我对不起安东这家伙，我这辈子都会良心不安。”

刹那间，马国柱在李振峰身上仿佛看到了一个熟悉的身影。他本来想笑，却嘴一撇差点哭出声来，他赶紧抽了一口烟，却呛得连连咳嗽，老半天才嘶哑着声音点头说道：“嗯，你越来越像我师父了，好好干！”

法医办公室里，赵晓楠从小范手里拿过会议记录纲要时，看到里面夹着一张相片，五寸，相纸有些陈旧，相片中是两个勾肩搭背的小男孩。赵晓楠不由得仔细端详，半天后抬起头说道：“右边这个，和那个心理医生有点像啊，这眉弓，这鼻梁骨，还有下颌骨的形状和轮廓，他是不是姓蒋？”

小范摇摇头：“我不清楚，这是从安哥的遗物中发现的，他在笔记本上也没写，就是夹了这张相片。李队说想麻烦你给右边那个孩子做个三维人脸模拟，然后打印出来，年龄嘛，在30到35岁之间就可以了。”

“左边那个怎么了？”赵晓楠随口问道。

“据说很早就走失了，家里人一直都没找到他，应该是被拐卖了吧。”

“好的，我做好后直接发给你们办公室。”赵晓楠拿着相片走进了后面的实验室。

安平市公安局门口发生刑警遇袭被害事件的消息迅速传遍了安平市的大街小巷，社交媒体上更是不断滚动播出对该起凶案的各种猜想。午后，陆续有民众手捧白色的鲜花来公安局门口安东遇害的地方祭奠，一时之间平日里安静的安平路上竟然变得格外拥挤起来。

“蜘蛛”把自己的牧马人停在两条街区外，戴上墨镜，步行走进安平路范围。他的手里也拿着一束洁白的鲜花，表情沉重，跟在祭奠的人群后面缓缓向前。

地上的血迹已经被处理干净了，除了一些明显的水渍以外，根本就看不出昨天晚上这里到底发生了什么。

“蜘蛛”呆呆地站在花坛边，看着满地的鲜花，他努力回想着昨晚那一幕——虽然隔了1米左右的距离，他仍然能够感觉到昏黄的路灯下那个警官临死前对他迸发出的愤怒。其实，只要动作快一点，或者说再补上一刀，他应该就可以拿到那个黑色公文包了，但是他却没有那么做，他不知道那一刻自己到底在想什么，或许是因为这位被杀的警官并不是自己要攻击的真正目标？也或许自己实在是不忍心下手，因为对方什么都没有做错？

眼角虽然出了很多血，但已经不那么疼了，只是不得不戴上墨镜，不过还好，阳光刺眼，身边很多人都戴着墨镜。

昨晚本来说好了要请赵晓楠吃饭，而这也是自己一直盼望的机会，如果不是白天的时候和李振峰进行了正面交锋，他的心里还不会那么迫切地想见到赵晓楠。但是，这一切却被一个突如其来的电话打断了。

“蜘蛛”心里涌起了一种莫名的伤感，他放下手中的鲜花，轻轻叹了口气，转身离开了人行道。

不远处的梧桐树下，赵晓楠面无表情地看着“蜘蛛”渐行渐远的背影，目光冰冷，若有所思。沉默许久后，她默默地折返回安平路308号大院内，走进大楼，顺着台阶回底楼办公室，刚走到通道口，一眼就看见了正坐在绿色长椅上的李振峰，她不禁有些意外：“李队，你怎么来了？”

“我想看看我兄弟。”才过去一个晚上，李振峰却明显憔悴了许多，眼神中满是哀愁。

等赵晓楠走近，他抬起头问：“马月……还好吧？”

赵晓楠本想说一切还好，迟疑了片刻却还是摇摇头，沉声说道：“她跟我说了，案子结束后，打算去见安东父母的，说她妈妈已经见过安东了，老人家很喜欢安东，婚期就定在10月份，国庆节，但是现在，什么都没了。”

李振峰一听这话，先是苦笑了一下，接着用双手捂住了脸，颤抖着声音埋怨道：“安东这家伙，瞒得严严实实的，还把不把我当兄弟啊？我都已经把他推荐去分局当刑侦支队长了，人生三大乐事他一下子占了俩，这小子真幸运。”

走廊里静悄悄的，如死一般寂静。

李振峰双手捂着脸，身体忍不住颤抖起来。这一幕让赵晓楠脑海中的记忆又瞬间回到了多年前自己失去父亲的时候，同样只能一个人默默地坐在殡仪馆的长椅上捂着脸哭泣。

她默默地在李振峰身边坐了下来，想安慰他却又不知道该如何开口，只能继续说道："所以我让马月带薪休假了，她今年的假还没休，正好出去散散心陪陪家人。"

李振峰突然放下双手，转头看向赵晓楠，嗓音沙哑："你不要单独去见蒋万安，他很危险。如果他来找你，你一定要通知我。"

"为什么？"赵晓楠感到不解，"他昨天晚上约我吃饭，我本来是答应了的，想正好见面时和他说清楚，以后不要再送花给我了，可以做朋友，但是感情方面不行，可是……"

"可是什么？"李振峰猛地抓住了赵晓楠的手，这个举动明显有些失态。

赵晓楠迅速把手抽了回去，继续说道："他给我发消息说他临时有事，所以改期了。"

"那时候是几点？"

"晚上6点前后，我还没有下班。"赵晓楠满脸疑惑地看着他，"出什么事了吗？"

"他约你在哪儿见面？"

两人之间的气氛突然变得紧张了起来。

"他说晚上7点左右会来公安局门口等我。"赵晓楠感觉到了李振峰眼中流露出的陌生的眼神，"出什么事了？"

"你真的以为你能改变他？"

“我不明白你的意思。”赵晓楠满脸的疑惑，“蒋万安医生就是有些太执着，我想，跟他说清楚了他应该能明白吧。”

“上次偷你相片的人就是在告诉你，你是他的，你难道忘了？一个内心极度自恋、极度反社会的人，你还指望他能做个正常人？这简直是天方夜谭！”

李振峰压抑许久的痛苦终于爆发了，他猛地站起身，冲着赵晓楠冷冷地说道：“你怎么这么蠢？你能改变他吗？他是谁你知道吗？

“他从小被他继母虐待，差点儿被打死，我记得你跟我说起过他经常犯癫痫，那就是他继母打的。后来，当他有足够大的力气的时候，他就把他继母像电一条鱼那样给活活电死了，那时候他多大？他才11岁。

“他潜行3个月，就只为杀了他青梅竹马的初恋女友，把她五马分尸，他有后怕过吗？那可是大活人！

“他高调地杀人，享受着别人的恐惧给他带来的快乐，因为在情商方面，没有谁能比得过他，也没有谁能逮得住他。你知道为什么我们刑侦支队一直都不敢动他吗？就因为所有案发现场他都没有留下过任何活口和目击证人，也就是说，但凡在案发现场看见过他脸的人，知道他是谁的人，都死了，一个都活不下来。他用他自己的规则在不知疲倦地玩弄着周围人的性命，你难道指望这种反社会型人格障碍的人会有一丁点最起码的同理心吗？你这简直是白日做梦！

“还有那段视频，就是‘蜘蛛’最后上传的那个，我没敢给你看，因为视频中的主人公就是你，你懂吗？那段视频中的主人公是你！”看着赵晓楠满脸惊愕的神情，李振峰苦笑道，“怎么，你想不到吧？最起码的一点，你知道坐在你对面的那个男人一直在偷拍你吗？你还指望你能改变他，让他把你当朋友？你真是个情感上的白痴。我一直苦口婆心地劝你离他远一点，就是因为我怀疑他就是“蜘蛛”，但是我没有证据，证据，懂不懂？”

“你，你不信任我？”赵晓楠喃喃地说道。

“我怎么信任你？你说啊？你父亲的事你都不跟我商量，你只愿意去找我父亲，信任是相互的，你知道吗？”李振峰的眼泪瞬间滚落了下来，“别的暂且不论，我承认我喜欢你，但是蒋万安出现在你身边，他哪个方面都比我强上好几倍，无论是物质条件，还是工作条件，而我只是个普通的小警察，连换辆车都要考虑很久，理由很简单，就是我没钱。如果我早告诉你，说他很有可能就是‘蜘蛛’，你会相信我说的话吗？因为我什么证据都拿不出来，除了推测。你曾经说过心理侧写是最不靠谱的，所以，为了能尽快找到证据抓住‘蜘蛛’，将他绳之以法，我才派安东去蒲州。安东才会搭上了一条命！”

走廊里静悄悄的，空气沉闷极了。

李振峰竭力控制住自己的情绪，他深吸一口气，闭上了双眼，嘴里轻声说道：“对不起，我有些失态，请原谅。”

赵晓楠茫然地摇摇头：“没事，你没有做错。”

李振峰轻轻笑了笑：“我该走了，一会儿还要开会，下次再来看我兄弟吧，再见。”说着，他头也不回地转身快步离开了。

赵晓楠看着他的背影，眼泪从脸颊上滚落了下来。

历史总是那么惊人的相似，李振峰突然能够理解父亲李大强的心情。回到办公室后，他破天荒地主动给父亲打了个电话，接通后，听着电话那头传来的熟悉的声音，李振峰的视线模糊了。

——阿峰，怎么啦？要不要我叫你妈来接电话？

——不用了，爸，我只想和你说几句，我等下就要去开会了，没时间和妈聊天。

——好吧，儿子，有话尽管说。

——爸，对不起，我以前没有办法理解你，现在我终于能够理解当年你失去兄弟时的感受了，安东走了，我现在心里空落落的……

电话那头的李大强突然打断了儿子的话，他低沉而又果断地说道：

——我告诉你，李振峰，安东可不想看到你现在颓废的样子。那孩子我见过，他是真的把你当亲哥，当自己奋斗的方向与榜样，你必须坚强起来，你要对得起他对你的信任，明白吗？他用命换来的东西，你不能枉费，不然的话，你这辈子都会活在自责里。振作一点，儿子，别让你兄弟对你感到失望！你要记住，每一个刑警遇到死亡威胁时，都绝不会退缩的，这是我们当刑警的使命！你既然选择了这个职业，就应该感到骄傲！也为安东这孩子感到骄傲！因为他没有后退。

——爸，你都知道了？

——马国柱今天电话里跟我说的，那孩子太惨了，脖子上老大的口子，手指都被切断了，还拼了命保住公文包，到死都不松开，是条汉子！

长久的沉默，李振峰不由得哽咽了，他清了清嗓子：

——爸，谢谢你，我一定会破案的，我也会永远记住安东，他是我的兄弟！

傍晚，夕阳洒满原本湛蓝的天空。

门卫老王抬头看了眼天空，摇摇头叹了口气：“夕阳越美，明天越热，唉。”一转身，他的眼前突然出现个年轻男人，把他吓了一跳，他本能地倒退一步，怒气冲冲地埋怨：“年轻人，大白天可不能吓唬人。”

“大伯，您误会了，我找人。”年轻人一脸的尴尬。

“找人就找人，怎么这么探头探脑鬼鬼祟祟的，知道这里是哪儿吗？”老王瞪了他一眼。

“知道，知道，”年轻人赶忙放下双肩背包，笑眯眯地从里面抽出两根一米多长的竹竿一样的东西递给老王，“大叔，我叫方永成，江州市永成竹艺加工厂的老板，这两根我们厂的招牌产品‘老头儿乐’就送您啦。”

“不要，不要，我怎么能随便拿你东西，要犯错误的。”老王赶紧摆手。

方永成却硬要塞给他，一边塞还一边说不值几个钱的东西，就当个纪念吧。

话都说到这份儿上了，老王只好接过“老头儿乐”看了看：“做工还不错，谢谢了，小伙子，不过，无功不受禄，你来公安局找谁？现在都下班了，要不明天再来？”

一听这话，方永成脸上的笑容消失了，他神情严肃地说道：“这事儿拖不得，大伯，你帮我找下你们刑侦的头儿，我见过一个老头儿，年龄和你差不多，姓李，他说是从你们这里退休的。”

话音未落，老王一拍大腿：“你找刑侦支队的李振峰不就行了，你刚才说的就是他爸，以前也是个老刑警，前年退休了，闲不住的老家伙。”

“那，这个李警官在吗？”

老王连连点头：“在，在，他天天就住单位，不过这几天有案子，怪忙的，脚不沾地。”

方永成赶紧说道：“我就是为那个案子来的，我是死者金爱珍的儿子方永成，能不能麻烦老伯帮我找一下他？”

老王看看他：“成，你稍等，我给他打电话，让他下来接你。”

很快，李振峰匆匆地来到大门口，再次确认过身份后，他便把方永成带到自己的办公室，经过安东办公桌前，方永成下意识地停下了脚步，低声问道：“这是不是那位殉职的警官的座位？”

李振峰头也不回地点点头：“是的，那里永远都会是他的座位。请坐吧。”他伸手指了指自己办公桌前的椅子，然后转身在桌子后面自己的椅子上坐下，双手十指交叉，看着方永成，“方先生，现在办公室里就只有我们两个人，你想告诉我什么？”

方永成深吸了一口气，情绪稳定了许多：“我这次接到通知来安平给我母亲金爱珍和她丈夫秦刚办理丧事，同时接收房产，就是德云新村案发现场那处房产，因为属于婚前财产，法院通知我说我可以直接办理继承手续。我本来是不需要过来找你的，但是我突然想起我母亲金爱珍的案子非常蹊跷……”

“蹊跷？”李振峰皱眉看着他，“这又从何说起？”

方永成皱了皱眉：“就是感觉太巧合了。李警官，可能你不知道，上次有位退休的老警官和一位年纪和我差不多的年轻人一起到竹艺厂来找我。我那时候正好遇到一些财务方面的问题，本来想向母亲金爱珍求助，请她暂时助我渡过难关，谁知我母亲立刻拒绝了，她的为人我就不说了，毕竟死者为大。当时我和那位退休老警官谈话的时候曾经抱怨过我母亲把本来属于我的房子给了我后爸秦刚的儿子秦小敏，并且在小时候虐待我。”

李振峰回想起父亲李大强给他的那个帆布袋：“那是我父亲，他回来后把这些事都告诉我了，我也听了那段录音。”

“那就好。我觉得很奇怪，因为当时我抱怨了我母亲金爱珍那么多，他们都没有说我不孝一类的话，相反却对我母亲充满了恨意，尤其是那个跟在你父亲身边的年轻人，他当时说了一句‘这种女人干吗不去死’，而且他脸上的表情冰冷可怕。”

李振峰双眉一挑，顺手从文件夹里取出蒋万安的相片递给他：“你看看是不是这个人？”

“没错，就是他。”方永成有些激动，“其实呢，李警官，如果确实是他杀了我母亲金爱珍的话，我还真不知道该说什么才好。”

李振峰听了这话，知道对方已经顺利度过了财务危机，便果断地说道：“那就什么都别说，好好做你的生意去吧。”说着，他从文件栏里拿出一份记录纸和一支笔递给方永成：“把你刚才说的都写下来吧，最后别忘了留下你的联系方式和手指印。”

“没问题。”方永成点点头。

方永成走后，李振峰拎着父亲的帆布袋和方永成的那份确认过的笔录资料来到马国柱的办公室，一进门就把所有资料都放在了马国柱的办公桌上："头儿，我们可以下手抓'蜘蛛'了，刚才有个目击证人，金爱珍的儿子方永成，他认出了蒋万安，在见过蒋万安后的第二天，他母亲金爱珍就被害了。"

"'蜘蛛'为什么要杀金爱珍？"马国柱摘下眼镜靠在椅背上，眯着眼看着李振峰。

"很简单，那段录音我仔细听过了，显然是方永成的经历无意中让'蜘蛛'想起了自己的童年，想起了自己被继母虐待的日子，所以他是为了自己杀人。这种带有复杂的自恋型变态人格的人是绝对不会有同理心和是非观念的，在他看来，只要和他作对的人就是错的，就必须得死。我想，在他脑海中，可能觉得金爱珍只不过是他继母在这个世界上的又一个分身罢了。"李振峰长长地舒了口气。

"'蜘蛛'怎么会跟着你爸去了江州？"马国柱突然意识到了事情的严重性，自从上次陈芳茹出事后，虽然有惊无险，但是此后只要能和自己师父师娘联系起来的，他心里总会感到些许不安。

"这个我不知道，不排除他是想对我下手，却无意中接近了我爸。不过你放心，头儿，我爸鬼得很，他可是个老警察，不然的话，他不会把这张'蜘蛛'的名片和这些东西一起交给我。只是因为我，他无法成为直接证人罢了。"

马国柱点点头，脸上的神情缓和了些，咧嘴一笑："这倒是，你爸是个老狐狸。那你给蒋万安安'尾巴'了吗？"

李振峰轻轻叹了口气，然后把一张单子递给马国柱："下午快下班前督察大队给我送来的，这事是我让安东安排的，他殉职了，现在移交给了我，你看看吧。"

马国柱一看，顿时火冒三丈，伸手一拍桌子："这家伙投诉三次了？”

“理由是警察骚扰无辜平民，说再发现一次就要直接去法院告我们执法不当。”李振峰脸上一阵红一阵白，“而且他开车技术非常好，对整个安平市区的交通也了如指掌，先前那几个被他甩掉了好几次，只要这家伙离开家，就没有一次能跟得上的。没办法，我今天又把小邓派过去了，他在部队是汽车兵，回到地方上还参加过一次方程式赛车比赛，车技一流，应该能咬住那家伙。”说着，他看了看手机，“现在一切顺利，就等头儿你下令抓人了。”

马国柱脸上的神情变得凝重起来，他语重心长地说道：“抓人没有问题，但是你要记住，现在的目击证人还只能够证实你的推断，并不能从实际证据上锁定‘蜘蛛’就是蒋万安，不排除他是个被人利用的‘工具人’。而且，从蒲州的灭门案可以看出‘蜘蛛’是有同伙的，这家伙对我们警方内部的消息了如指掌，况且安东不会无缘无故地遇害，小邓说安东死死地抱着黑色公文包，法医那边也证实安东脖子上的致命伤是‘蜘蛛’的刀留下的，那‘蜘蛛’为什么要杀安东？那个黑色公文包里到底有什么重要的证据使得‘蜘蛛’不惜冒险在公安局门口下手杀一个刑警？这些问题，你都要心里有数，因为都是你即将去面对和解决的，你明白吗？”

李振峰点点头，目光严峻。

“阿峰，既然安东不在了，你也需要一个人帮忙，去找赵法医吧，我想这个时候也只有她的冷静才能帮到你，你需要她在证据上给予你最大的支持，去吧，平时的话就让小邓和小范跟着你，他们跟着安东也很长时间了，也该独当一面了。”

“我不想让赵晓楠牵涉进去太多，她毕竟是个女人，我怕她感情用事。”李振峰说出了自己的担忧。

“迟了，我想她已经牵涉进去了。”马国柱若有所思，“赵晓楠不是个普通的女人，她身上所具有的承受力与忍耐力是常人无法想象的。如果我有她那样的经历，我或许还不如她。你现在侦察的案件需要法证的支持，赵晓楠法医或许在某些情感方面的理解力相对薄弱一点，但是相信我，她是个好法医，在这一行里，我们安平市找不到第二个这样的法医了，你需要给她足够的信任。”

李振峰没有再多说什么。

第十章　最后一块拼图

如果还有下辈子，如果还有机会，
我一定好好生活，好好爱这个世界，做个好人。

晚上10点49分。

“蜘蛛”站在别墅的窗口，手里拿着酒杯，明显感受到了步步逼近的威胁。他现在什么地方都不能去了，因为那辆灰色的比亚迪随时都可能出现。

那辆该死的车就像幽灵一样跟着自己整整一天了，他完全确信坐在方向盘后面开车的那家伙就是个警察。每当自己接近那辆比亚迪的时候，那车都会以最快的速度开走，本以为自己已经把它甩掉了，可开着开着一看后视镜，那辆车在自己后方一个车位的距离处又出现了。

“敌进我退，敌退我进”，在安平市区热闹的街头，牧马人根本就开不出它应有的速度。“蜘蛛”感受到了严重的挑衅，这让他坐卧不宁。

“蜘蛛”也曾经想过干脆把车开出安平市区，然后在省际公路上找机会当面拦住那辆车，但是这个念头很快就被打消了，因为那么做太愚蠢，只会招来更多的警察，暴露自己。

仔细回想自己杀过的每一个人，“蜘蛛”可以肯定自己根本就没有留下过任何能把‘蜘蛛’和蒋万安这个名字联系起来的证据，所以，必要的时候，他必须得忍耐。

而这，恰恰正是“蜘蛛”最擅长的。

想到这儿，他仰头把手中的酒一饮而尽，嘴角露出了诡异的笑容。

比亚迪车内，小邓正在吃泡面，手机响了起来，是李振峰打来的，他赶紧取出蓝牙耳机戴上，接通电话。

“李哥，一切正常。”小邓说。

“他现在在哪儿？”

“自己的别墅，里湖别墅区21号。”小邓回答，“房型图我已经发到群里了。”

“好的，你要让他保持在你的视线范围之内，但是一定要注意安全。”李振峰一边忙着给自己戴上枪套、扣好防弹衣，一边果断地说道，“刚才头儿同意收网，我们这就过来，最多12分钟的路程，别让他接近你。”

小邓听了，嘿嘿一笑：“李哥，你放心吧，现在这手机60倍变焦功能，足够清晰了，他跑不掉的。”

“别大意，随时保持联络。”李振峰挂断电话，跑下楼梯，向车库跑去。

很快，四辆警车开着警灯，却并不鸣警笛，飞一般地冲出了安平路308号大院，朝着里湖方向疾驰而去。

痕检实验室里，赵晓楠仔细看着面前两份血液样本检验报告，这是分别从安东左右手指甲缝中提取的样本的报告结果，很显然，其中一份并不属于安东。

突然，她猛地转身对正在看显微镜的小九说道："低钠血症！严重的低钠血症！你赶紧复核一下样本中有没有奥卡西平的残留物？"

小九点点头，调整了仪器上的对比数据和类型，片刻工夫后，看着电脑屏幕上跳出来的数据结果，他脸上露出了惊喜的神情。为了确保数据准确无误，他又做了一遍，最终，看着完全一致的三遍比对结果，他激动地站了起来："赵姐，没错，有奥卡西平，真的有，这人长期服用奥卡西平！"

"那就对了，凶手就是蒋万安。"

"赵姐，你的意思是安哥在临死前留下了凶手的血液证据？"回想起安东伤痕累累的脖子，小九实在不忍心再继续说下去。

赵晓楠轻轻叹了口气："第一刀是脖子和喉管，第二刀是右手食指和中指，最后安东用左手进行反击，顺序就是这样，光是脖子上那一处伤口就已经致命，受伤后每一次的呼吸、每一个细小的动作都会直接导致颈动脉破裂处往外喷血，我想他在受到这么严重的致命伤的情况下却还能护住公文包并做出最后一击，靠的应该就是自己的意志和勇气了。我记得我父亲曾经说过，一个优秀的刑警，如果知道自己即将死去，一般来说都会第一时间想办法为我们留下直指凶手的线索。以前很多殉职的警官几乎都是这么做的，咱们的英雄安东也做到了。"

略微停顿后，她接着说道："你赶紧通知李振峰，告诉他杀害安东的凶手就是蒋万安，受伤部位裸露在外又非常脆弱的话，那就是在脸上，因为凶手那时候的姿势是想去拿安东的公文包，他放松了警惕，所以安东抓住了这个机会，从角度来看只可能是毫无防护的脸部，叫李队尤其注意凶手的脸部是否有指甲造成的撕裂伤。”

小九回答道：“他刚带人离开单位，我这就联系他。”

赵晓楠刚打算转身离开，无意中看到了自己带来的那张相片，虽然长大后的模拟相片已经传给了刑警支队，但她心中还是有个疑问没有解开，便对小九说：“我去下隔壁人像库，有需要随时找我。”

小九伸手做了个“OK”的手势。

赵晓楠走出痕检实验室的时候与一位年轻警官擦肩而过，对方直接就走进了房间，赵晓楠走了几步，总觉得哪里有些不对劲，她回头朝痕检办公室的方向看了看，摇摇头，走开了。

与此同时，城市的另一头，里湖边上，四辆警车悄无声息地迅速向前行驶着，导航仪上显示离目的地还有不到1公里的距离。

李振峰按下车载无线电台通话器：“我是1号，现在统一关闭警灯，检查下装备，目标里湖别墅21号，目前距离目的地还有不到500米。我再重复一次，犯罪嫌疑人练过搏击术，擅长近身攻击，武器为一把锋利的猎刀，注意个人安全防范。再次强调，现在关闭所有无线电台，防止窃听。”

很快便传来了后面三辆车上支队干警肯定的回复。

李振峰深吸一口气，把车开进了别墅区。别墅区的保安早就得到了消息，所以并没有阻拦警车。前面不远处就是小邓停车的位置，四辆警车随后逐一停下。

下车之前，李振峰习惯性地拍了拍副驾驶座：“走了，兄弟。”

副驾驶座上空无一人。

里湖别墅21号是独栋别墅，上下共3层，与周围别墅有30米左右的距离，所以别墅中所发生的一切足够隐蔽了。

“蜘蛛”关掉了别墅里所有的灯，仅仅留下大门前的廊灯。坐在黑暗里，他手里操控着无人机，看着别墅外逐渐包围的警察，却一点都不担心——他已经做好了两手准备。

他似乎这一辈子都在等待这一刻的到来。他不会束手就擒的，而且他确信警方没有直接的证据来指证他，要不然的话，自己早就被逮了。

就在这时，一条信息跳出手机页面——快走！他们有证据了。

“蜘蛛”脸色一变，他迅速关闭无人机装置，拿上手机，抓起车钥匙就往厨房的位置跑去，那边有个暗门可以直通地下室车库，他的那辆牧马人就在那里。

在他关上暗门的同时，传来了破门的声音，而左手边的后门处也出现了人影。

“蜘蛛”不知道地下室那边会不会也有伏击人员，但是只要他能上车，他就什么都不怕。

他用力关上暗门，反手扣好搭扣，确保警察不会从这里追过来，然后迅速冲下楼梯，来到自己的牧马人旁边。这时候嘈杂的脚步声已经进入别墅内部，“蜘蛛”恨透了李振峰，他拉开车门上车，按下卷帘电动车库门的同时给自己系好了安全带。

果然，车库门外守着警察，他们冲上来要拦住牧马人，可这时候车库门只开了一半。“蜘蛛”急了，一脚油门加速，逼得他们不得不跳开，卷帘门被撞变了形，牧马人被撞烂了，随后牧马人一头扎进了浓浓的夜色中。留守的小邓一看不好，立刻上车，开出去才几米远，及时赶到的李振峰来不及打开车门，干脆就从后排打开的车窗处钻了进去。

“快开快开，不惜一切代价追上前面那辆车！”李振峰语速飞快地吩咐道。

“好嘞！”小邓系好安全带，猛踩油门到底，这辆不起眼的比亚迪便在滨海公路上尾随着牧马人由东往西一路狂奔起来。

李振峰好不容易才从后排座位钻到前排副驾驶座上，坐了一会儿后，他歪着头听了听：“小邓，你这车是不是被你动过手脚了？”

小邓一边仔细开车，一边笑了笑，也不否认。“我自己掏钱给这车换了性能最好的发动机，内部又改动了几个地方，外面看不出来。我本来想去参加年底的改装车大赛的，没想到现在就可以派上用场。我开过单位里几乎所有的车，都是些老车型，都没有牧马人跑得快，所以，索性就自己搞。”小邓面露尴尬的神情，“咱们单位的车实在是太老了，如果是像我们这样碰上的话，十辆车十辆报废，根本就别指望追人了，抓个小偷都得担心半路抛锚。”

前面的牧马人一路疾驰，遇到十字路口的红灯也丝毫没有减速的迹象。还好这个时候路面上几乎没什么车辆经过。看着眼前这个僵局，李振峰的脸顿时沉了下来，他把位置通知给了市局情报中心，要求增援。

眼瞅着前面就要上高架桥了，李振峰果断掏出配枪，对小邓说道：“你把稳方向盘，尽量和车保持直线距离，我把他的后轮胎打下来。”

小邓神情凝重地用力点点头。

在一辆高速行驶的车上打移动靶难度是非常高的，这不仅考验驾驶者的技术，对射击者的要求也很高。

距离一点点拉近，在两车距离不到10米的时候，李振峰果断地从车窗探出上半身，打开手枪保险，对准牧马人的后右轮开始了射击——啪！

清脆的枪声响过后，牧马人瞬间失控，因为车辆位置处于上坡，所以车子并没有因为失速而翻车。见“蜘蛛”还想继续往前开，李振峰皱眉摇摇头，瞄准左后轮又一枪打过去——啪！

这一下，牧马人再也没有办法往前开了，一阵火星在马路上亮起，那是车轮钢毂与地面接触摩擦留下的痕迹。只坚持了不到10米的距离后，疯狂的牧马人车头便重重地撞在了高架桥上坡的桥墩上，彻底停了下来。

“快快快！拿好配枪。下车抓人！”李振峰一边吩咐小邓，一边通过肩膀上的便携无线电台联系调度报出自己的位置。

两人举着枪来到跟前，车里却静悄悄的，仔细一看，“蜘蛛”头歪着，已经陷入了昏迷状态，如果不是因为胸前的安全带，他或许早就没命了。

在等待后援到来的时候，李振峰在牧马人的踏脚板上发现了一部手机，这是“蜘蛛”的手机，用的是指纹锁，这方便，很快就解开了。他打开社交账号滑动了两下，脸色顿时变了：“不好，有内鬼！”

李振峰看到了那条最后发给“蜘蛛”的警示信息，回想起自己在来的路上小九打的电话，李振峰的心顿时提到了嗓子眼儿。他赶紧掏出手机回拨了过去，电话接通后，听到是小九的声音，便语速飞快地问道：“我是李振峰，刚才有没有什么人来过办公室，我是指不是我们单位的人。”

“有啊，蒲州市局公共关系科的，一个姓王的警官，他说是因为老村主任家灭门案来的，想调查些新情况，寻求我们的帮助。”小九问，“李哥，出什么事了吗？”

“没事，你注意安全。对了，我刚开了两枪，打的是两个后轮，等下你来的时候记得问小邓要我的配枪，我现在送犯罪嫌疑人去医院。具体位置坐标我已经发给你了。”李振峰说。

“好，我马上就去。”

“现在一楼的特警巡逻大队值班室里应该还有人，你立刻去告诉他们，代码23，必须当面告诉，不能通过电话。”李振峰沉声说道，“他们会知道怎么做。”

“明白。”

电话挂断后，120救护车的警报声越来越近，交警也已经陆续赶到了现场，周围被严格控制了起来。

李振峰把自己的配枪交给小邓，然后跟着救护车带着“蜘蛛”去了最近的医院。

在救护车上，李振峰被告知因为心率检测仪正在使用中，所以不能使用手机，他便寻思着等下到了医院再给赵晓楠打电话。

接近午夜的街头，高楼大厦上闪烁着点点的霓虹灯，昏黄的路灯下，救护车清脆的警报声响彻了安平市的夜空。

30分钟前，机房里只有赵晓楠一个人。

她的本意是想通过人像模拟把相片中的那位11岁左右的小男孩长大后的样子呈现出来，然后通过“宝贝回家”网站帮他寻找失散的家人，虽然潜意识告诉她这孩子可能已经不在这个世界上了，但是试试吧，毕竟这个世界上还是存在着多种可能性的。

因为刚做过蒋万安的人像模拟，电脑里的算法还没被完全删除，输入这个小男孩的人脸数据就相对容易多了。听着电脑扫描仪发出的轻微震动声，赵晓楠的心里有些许莫名的不安。

终于，30岁左右的人像模拟图做完了，电脑自动进入比对程序，在全国户籍档案人口数据库中进行比对查找。快的话不需要多长时间，最慢的，赵晓楠听小九抱怨过——整整一个月后才比对成功。因为电脑人像的相似度最高也只能做到60%～70%，所以一旦出现相似度太高的情况，就必须人工比对，这对有参照物的要好操作一点，但是像手中这张相片中的11岁男孩的人像就比较难比对了。

但是这一次不到15分钟的时间，电脑便跳出了‘比对成功’的字样，等点开对方的档案资料时，赵晓楠呆住了。她身后传来了一个陌生而又冰冷的声音，让她感到头皮发麻：“是的，这个人就是我。”

赵晓楠猛地转身：“你是谁？”

王晓春出示了一下自己的工作证：“蒲州市公安局的。”他咧嘴一笑，“你们的工作效率还挺高，这么容易就找到我了？”

“你真的是相片中的这个男孩？”赵晓楠有些意外，她突然一怔，眼神中充满了警惕，“你认识‘蜘蛛’？”

王晓春在赵晓楠原来的位置上坐了下来，伸手指了指相片中的蒋万安。“你说他叫什么？‘蜘蛛’？”他嘿嘿一笑，“这外号还真不错，挺像他的。他自己取的外号吗？”

赵晓楠茫然地摇摇头：“我只是法医，我不知道。请问你有什么事吗？”

“没什么，没什么，我只是来联系一下工作，没什么大事。”王晓春站起身，又盯着赵晓楠看了会儿，缓缓点头，“确实不错。”

“你什么意思？”赵晓楠不喜欢他的眼神，便皱眉问道，“什么不错？”

“我是说他喜欢你，眼光不错。”

“谁？”

王晓春伸手指了指那张相片：“你们一直要找的他呀，唠叨过好几回了，”他突然伸出手，飞快地在电脑上敲击了一串代码，紧接着电脑发出了异样的声音，而赵晓楠刚刚查出的资料正在一行行地消失。

“你想干什么！”赵晓楠怒吼了一声扑了上去，想护住电脑，但是一切都已经来不及了，很快，刚才的档案全部消失。赵晓楠转过头愤怒地看着王晓春，“你为什么那么怕我知道你的底细？你和蒋万安到底是什么关系？”

“我和他一点关系都没有，我甚至都不认识他。”王晓春直起腰身，脸上露出了无辜的表情。

赵晓楠突然意识到事情不妙，她赶紧在工作台上四处寻找那张相片，却再也找不到了，她不禁高声呵斥：“把相片给我！这里是安平市公安局，你胆子也太大了吧？”

这时，门外传来了嘈杂的脚步声，门很快被推开了，两位特警队员出现在了门口，他们认识法医，便冲着赵晓楠点点头，然后对王晓春说：“请出示下你的工作证件。”

王晓春赶紧又一次拿出了工作证，同时诚恳地说道：“我是蒲州市局的，我想你们的法医可能误会我了，我只是好奇这台电脑，所以就忍不住动了一下，谁想到被我失手搞坏了，我承认我错了，我愿意赔偿维修费。”

两位特警用征询的目光看向赵晓楠，赵晓楠则注视着地面，似乎有些发蒙，房间里的气氛顿时变得尴尬了起来。王晓春趁此工夫刚要走，赵晓楠突然伸手一指王晓春，大声叫道：“拦住他，他是‘蜘蛛’的同伙！不能让他跑了！”

两位特警一听到“蜘蛛”两个字，便立刻向王晓春扑了上去，一个拧住了他的胳膊，另一个迅速对其进行了搜身，摸出一把水果刀，便捏住刀身递给了已经从兜里摸出乳胶手套戴上的赵晓楠。

“你，你血口喷人，我是警察！”王晓春被这急转直下的一幕惊得手足无措，但是他双腿依旧站得笔直，就像锥子一样牢牢地扎在地面上一动不动。

赵晓楠才懒得理他，她弯下腰，示意特警帮她把王晓春右脚的皮鞋脱下来。

王晓春知道自己再也瞒不过去了，长长地叹了口气，不再挣扎。

看着手中的皮鞋，赵晓楠在桌上找了一支笔，用笔尖挑开皮鞋跟部的一层暗扣，一个小暗格随即弹了出来，掉出了一张被叠得四四方方的旧照片，正是刚才失踪的那张5寸老照片。

“你手脚还挺快的嘛，我就一个转身的工夫，你就藏好了。”赵晓楠冰冷的口吻中充满了讽刺。

“赵法医，你是怎么发现藏在那儿的？”身边站着的特警惊奇地看着她，“我都猜不出来。”

“这是毒贩经常用的一种藏毒方法，我帮禁毒大队处理过一个案子，所以知道这种手法。”赵晓楠轻轻一笑，转而问道，“你们是怎么知道这边有情况的？”

“小九来找我们，说了紧急代码，我们就知道楼里进了危险人物，而且危险系数很高，疑似有人被挟持。为了不打草惊蛇，我们送走小九后就包围了整栋楼，一个个房间搜过来的。”高个子特警伸手指了指外围，“所以这家伙根本跑不掉的，我们有10个人守住了各个通道。放心吧，赵法医。”

两位高大的特警带走了王晓春，就等刑侦支队的人回来后移交给他们。

这时候已经是早上4点，赵晓楠站在窗口，听着远处海面上传来的海鸥的鸣叫，脸上露出了些许欣慰的笑容。

紧急代码制度现在已经很少被使用了，甚至有些年轻的干警都不知道它的存在，李振峰也是情急之下才突然想起父亲曾经随口说过的一句话，知道只要本单位人员当面对特警单位值班人员说出这个代码，那就意味着单位楼里进了危险人物，需要特警全力协助。李大强语重心长地告诉过儿子李振峰，现在虽然电子化的高科技占领了市场，但是关键时刻，尤其是人质被挟持的时候，一些看似落后的联络方法其实是最管用的。李振峰赌了一把特警单位还延续着这个老旧的联络方式，结果他赢了。

现在看来，只要坐实了王晓春和蒋万安之间的关系，那么犯罪动机也就找到了，这个案子终于可以了结了。

安平市第一医院急诊手术室外，李振峰焦急地等待着，他时不时地抬头看一眼手术指示灯。窗外，晨光已经驱散了安平市城区天空中的黑暗。

刚才，小邓给他打来电话说王晓春已经被特警扣留，市局单位里的警情解除了，李振峰的心里才算有了一些安慰。

零乱的脚步声响起，小范匆匆赶到："李队，你回单位去吧，这里有我守着就行了。"

"单位那边没事吧？情况怎么样？"李振峰焦急地问道。

从里湖别墅现场撤回安平市公安局后，小范交接完证物就直接来了医院，他点点头："一切都好，赵法医有惊无险，人像库的资料有点受损，大龙说恢复数据没问题，他现在正在努力抢修，上午10点前就可以正常使用。"说着，他伸手指了指手术室，"那家伙伤到哪儿了？我看了阿水给我拍的现场相片，那一下应该不会致命吧？"

阿水就是小邓，全名邓淼淼。

李振峰摇头，神情凝重："不，他有个脑瘤，很严重，车祸那下撞击直接就导致脑出血了，主刀医生说手术成功的概率只有三成，但即使成功了，成为植物人的可能性也非常大。"

小范脸上露出了失望的神情，轻轻叹了口气。

李振峰拍了拍他的肩膀："随时联系。"便接过警车的钥匙头也不回地匆匆走了。

经过一番交涉，最终由黄锦城教授出面，李振峰在三天后拿到了王晓春被医院封存起来的精神病历，那时候，他已经改名叫王晓春。

下面是他住院和治疗的部分摘要。

第一部分：

12岁时，因焦虑和失眠住院两周。

诊断：焦虑反应，依赖型人格。

体现：过度依赖他人，不愿为自己的生活负责任。

第二部分：

一年后，在和母亲发生严重肢体冲突后住院两周，然后私自服用了过量药物，出现了妄想症状。

诊断：偏执型精神分裂症。

体现：经过深度沟通交谈，确定他是一个游戏者，能够操纵别人。孤僻、愤世嫉俗、拒绝回答问题，尤其是拒绝重复回答问题。

非自愿转院至中心医院，并住院三个月。

第三部分：

17岁时，因有谋杀老师的想法而被精神卫生中心强制拘留两天。

诊断：人格障碍，排除被动、依赖。

体现：各个方面都很合作，自制力和社会评价都不错，也能在药物帮助下控制个人情感。

观察一周后出院。

第四部分：

半年后走访，一切正常，社区评价很高，已经能够正常适应学校相关就读要求，可停止休学。

备注：依照相关法律法规要求，经监护人同意，对该名未成年病患解除医学限制，并对本医疗档案进行封存处理。

合上病历档案，李振峰吃惊地看着黄锦城教授："老师，我还从没见过这么复杂的控制型人格障碍。”

黄锦城教授苦笑着点点头：“起先的时候我也无法相信，但是这份病历是业内很有名的方教授写的，我不得不信。其实这孩子很小的时候就已经有了苗头，而且他母亲是有家族病史的，当时这个病例在犯罪心理学界还引起了一些关注。”

“为什么？”

“第一，未成年；第二，他把筷子直接插进了他母亲的眼睛。”教授叹了口气，“在知道他被捕的消息后，方教授昨天晚上住进了医院，他深深地自责，觉得当初是自己没有严谨的治学态度，所以才会放过这个病例，以为他已经完全恢复了。现在看来，是王晓春成功骗过了方教授。这个打击对于方教授来讲，或许不亚于学术被质疑。”

“老师，我真的很想不通，我本以为这个蒋万安是自恋型人格障碍，他又怎么会被王晓春控制？”李振峰问。

黄教授微微一笑：“阿峰，你犯了典型的教条主义错误，以前你在学校的时候，我就一直提醒你，在思维方式上要注意别被概念所局限，因为犯罪心理学中每一个现象都不是绝对单一存在的，它们之间都是互相影响，互相依存的，而一个人也不会一种人格障碍持续一辈子，就像这个王晓春，他的本质是多种特征的适应性障碍。打个比方吧，你有一套游戏规则，我玩不来，处处受限，但是我又想玩，于是，我要么转身走开去玩别的游戏，要么我就从你手里直接拿走游戏的控制权，然后由我来制定新的规则。那你会给我吗？答案是肯定不会。好吧，那我就控制你，让你心甘情愿地把游戏交给我，这就是王晓春所做的事情。”

“他控制了蒋万安？但是老师，有些控制是要对方愿意让你控制才行，如果出现抵触情绪不是就不成功了吗？”李振峰问。

“是呀，所以结合蒋万安的童年来看，他受到过家人的虐待，那种虐待可不是单纯体现在肉体方面，更重要的是在无形的精神方面。”

李振峰恍然大悟：“我明白了，镜像原理！孩子身上所体现的一般都是父母曾经施加于孩子的，他到了一定的年龄如果遇到同样的问题，就会想着用同样的方法去应对，因为他曾经在自己父母身上看到过非常好的效果。

“蒲州市局那边反馈说王晓春的父亲打跑了母亲，后来父亲又结婚了，就和自己的新婚妻子一起把王晓春接到城里生活，还特地改了名字。之所以这么做，原因很简单，蒲州市局的调查报告上说是因为王晓春，也就是王家宝的父亲和后来的妻子生了一个女儿，妻子不能再生了，他才想到自己在老家农村还有一个儿子，就去把儿子接了回来，却并未告诉自己的老父亲，因为怕老父亲想跟他一起生活多个累赘，结果弄得村里人都以为这家孩子丢了。”

黄教授苦笑着点点头：“这孩子后来之所以会人格扭曲到这种程度，差点出现双相性情感障碍，就是因为他有一个扭曲的原生家庭，他父亲几乎控制了他的人生，逼得他最后控制了自己，然后控制了别人。”

“所以病历中才会记录他竟然骗过了心理学教授。”李振峰难以置信地摇摇头，“天哪，这种人……”

“怎么，你想说这种人是变态？”黄教授长叹一声，“他走到今天这一步，和他父亲扭曲的教育方式是分不开的，而在这之前，在农村的那几年，他一切都很正常。不过，我们没有必要去责怪他的父亲，因为或许连他自己都不一定会意识到这一点。”

李振峰说：“当王晓春重新获得自由后，他的念头就是报复，因为控制型人格障碍会与反社会型人格相并存，他和蒋万安差不多年纪上了大学，毕业后正好赶上蒲州市局在社招警察，他就去应聘了。他一直想当一名警察，但是在思想方面却始终都过不了关，鉴于他除此之外的各项条件都很优秀，所以王晓春最终被聘为公共关系科的办事员，负责媒体方面的工作。蒲州市局调查下来说他就是在那个时候根据人口普查资料联系上了蒋万安。

“蒋万安的犯罪心理很值得研究，”黄教授说，“他并不是单纯意义上的自恋型人格障碍，而是建立在依赖型这个基础上的。阿峰，你要知道，一个人长久地控制另外一个人，可不是一天就能发生的，这需要长时间的积累，包括在言语上和行动上。孩子从出生开始，就本能地把自己的父母当作自己的依靠，这是最初的依赖，如果这种依赖丧失了，他就会顺着这条线去依赖最亲近的人。蒋万安最亲近的人就是他哥哥蒋万福，后来蒋万福走了，他就和王家宝认识，两人年龄虽然差不多，但是王家宝在情商方面必定是远远超过蒋万安的。”

李振峰不由得笑了：“老师，你怎么这么清楚？”

黄锦城的脸上笑容消失了：“阿峰，我现在都怀疑这个王晓春早就对蒋万安产生影响了，所以才会在多年后再次相见时，迅速进入控制状态，我觉得一点磨合期都没有。”

李振峰打开蒲州市局的报告仔细看了几页，用力点头。“没错，用电脑查询姜晓丽被猥亵案的记录上出现王晓春名字的时间（备

注：警务人员查询户籍档案资料时都会自动记录警员警号，该规定为了杜绝公民个人身份资料被随意查询和泄露的风险）与姜晓丽被蒋万安杀害只相隔了半年，完全可以就此推断出蒋万安是在得到王晓春通风报信后才杀害的林丽，也就是姜晓丽。难以置信，这么多年了，一个人的恨与爱应该都被消磨得差不多了，”说到这儿，他抬头看向自己的老师，“隔了20多年，还这么恨对方甚至要到杀人分尸的地步，绝对是不正常的。”

黄锦城教授点点头，目光中透露出一丝不安：“如果不是被人挑唆，我也觉得不太可能。但是他这么做到底为什么？难道说姜晓丽发现了他的什么秘密？以致过了这么久还要被追杀？”

“不，老师，只有一个可能，那就是王晓春肯定见过长大后的姜晓丽，他的工作是和媒体打交道，不排除在一个偶然的机会下，他见到了姜晓丽，然后爱上了她，但是姜晓丽却否认了，她说自己叫林丽。王晓春觉得其中有问题，便回去冒着被处分的风险查了被封存的户籍档案，证实了姜晓丽就是林丽，也知道了姜晓丽那个众人提到时都会下意识讳莫如深的案子，他恼羞成怒之下就想到了蒋万安。”说到最后，李振峰的目光变得犀利了起来，“所以，姜晓丽是受害者，但是在王晓春的意识形态中，她就是个不折不扣的骗子。于是，半年后，蒋万安带着王晓春的恨意杀了无辜的姜晓丽。”

临走时，黄教授忍不住问：“那个蒋万安，现在情况怎么样？”

李振峰轻轻摇摇头：“一直没醒过来，医生说有成为植物人的可能。”

一周后，天气变得凉爽了许多，毕竟是秋天了。

看守所1号审讯室里，李振峰把右面的位置让给了小邓，而这个位置以前都是安东坐的。现在小邓正式接替了安东的工作，李振峰也开始试着在心里慢慢适应。

从王晓春被带进来的那一刻起，李振峰就从他的目光中读到了轻蔑。

果然，刚坐下，王晓春便迫不及待地说道："都已经是第几次了啊，你们累不累啊，我跟你们说你们是判不了我死刑的，最多一两年我就可以出来了，杀人的事儿与我无关，不就是干扰正常办案丢个工作嘛，渎职罪没啥大不了的，这活儿反正赚不了几个钱，我早就干腻味了。"

李振峰冷笑："你对法律研究得挺透彻啊，那你跟我说说主犯和从犯的区别。"

"你什么意思？"王晓春的目光中闪过一丝警觉，"什么主犯与从犯？我不明白你在说什么。"

"你这么快就把你的好兄弟蒋万安给忘了？"小邓从电脑后面探出头来说道，"人家可是一直念叨着你呢。你也太不够意思了吧？"

"我只是收了他一包烟而已，别的跟我一点关系都没有，我充其量就是渎职，我再说一遍。"王晓春的情绪中突然有了些许急躁。

这回轮到李振峰笑了："真的只有一包烟？你未免也太不把我们警察当回事了。"说着，他站起身慢慢踱步来到王晓春的身边，"那我来帮你回忆一下吧，你们蒲章县堰头村的案子，姜孝言一家7口被杀案，当晚发生了通信线路被干扰的情况，对不对？你当然不会把这条新线索往上报，因为这个干扰器是你私自从蒲州市的无线电管理局借的，理由是你们办案需要，"说着，他伸手指了指办公桌上的文件，“里面有一份就是蒲州市无线电管理局出具的借证明报告。你虽然没有说实话，但是人家记下了你的警号和长相，你这么做无外乎两个目的，第一，不让当地村民在发现火情后及时报警，这直接导致了案发现场3幢小楼被全数烧毁。第二，让蒋万安顺利完成杀人计划而不受任何外界干扰。

“你借这台机器的时间是死者姜孝言的两个儿子释放回家的当天上午，也就是说从那一刻开始，你就有了整个杀人计划。你立刻联系了蒋万安，因为你不想让自己的双手沾染上鲜血，你需要一个人帮你，所以，你一个电话把10多年没回家的蒋万安招了回来，你需要他来帮你杀人，因为你恨老村主任一家。”

王晓春狠狠瞪了李振峰一眼：“我为什么要害他们？我和他们无冤无仇。”

李振峰点头：“没错，他们和你是无冤无仇，但是你在去年五一的时候来安平旅游，顺便拜访了蒋万安。你就住在安平大学城隔壁的休闲度假中心。哦，我差点忘了，你的父亲给你在安平这个海滨城市留下了三套房产，因为你是他唯一的儿子。他去年4月份去世的，把所有家产都留给你了，所以你想着好好享受一下，就去了安平大学城隔壁的休闲度假中心住了一段时间。我对你是怎么遇到姜晓丽的不感兴趣，也不想在这个上面浪费时间去推测，反正你是对她一见钟情。你认出了她，但她却否认自己是姜晓丽，只说自己叫林丽。

“回到蒲州后，你对姜晓丽念念不忘，却又对她现在的巨大变化耿耿于怀，于是你便利用职权第一次在系统中查找姜晓丽的生活轨迹，这时候，你发现了一个秘密，那就是姜晓丽的猥亵案。你怎么可能容忍这样可怕的事情发生在你喜欢的女孩子身上？于是，我相信从那一刻开始，你就存了报复之心，但是你绝对不会亲自杀人，而且那时候老村主任家还差两个人。于是，你就开始等待，等到他两个儿子终于被放出来的那一天，你就可以下手了。

“但是你不会喜欢自己双手沾满鲜血，因为你不愿意承担责任，于是，你想到了蒋万安，那个已经被你完全控制并且从小就对你崇拜至极的男人，你只需要告诉他一句——你喜欢的女孩回来了，但是她现在成了一个荡妇。这句话直接就判了林丽的死刑。

“你伤心吗？”

王晓春茫然地看了他一眼：“她怎么死的关我屁事。”

“林丽死后没多久，你便接到了老村主任的两个儿子的释放通知，这时候，你又联系了蒋万安，你或许是这么告诉他的——那个坑害姜晓丽的一家人已经齐了，你可以下手为姜晓丽报仇了。如果不是这一家为了金钱而出卖灵魂的话，姜晓丽的一生是绝对不会这么坎坷的。”

李振峰突然叹了口气：“你知道光凭你一个人或者蒋万安一个人，都是不可能在一晚上就那么顺利而又悄无声息地杀害7口人的。再说了，蒋万安那么多年都没回去了，这也是你们会嫁祸给已经死亡的蒋万福的原因。姜家对蒋万安还是有警觉的，你想想看，什么样的人晚上上门拜访，一个普通的农户家庭不会让人起疑心？和蒋万福几乎长得一模一样的蒋万安吗？而且即使是蒋万安，他进门后会不和主人吵架？会不动手？‘蜘蛛’杀人，但是‘蜘蛛’的内心是很单纯的，你正是利用了他的单纯和姜家对你的信任。”

说着，他头也不回地问小邓：“现在几点了？”

“下午3点24。”小邓回答。

李振峰点点头：“这个时候，7具被土葬的尸体都已经被重新送往蒲州市公安局法医中心了，我们的赵法医也去了，我跟你透露点消息，这个赵法医虽然是个女的，可是挺厉害的，你应该也已经领教过了吧？听说她在你鞋底发现了点儿东西。”说到这儿，他轻轻一笑，“基层法医都是很辛苦的，我们男人尚且受不了，而她一个女人却坚持了下来，你说，她能不厉害吗？所以你栽在她手里，真的是你的荣幸！”

此时的王晓春，俨然已经面无血色。李振峰心里顿时有了数，他冲小邓使了个眼色，小邓心领神会，立刻给赵晓楠和马国柱分别发了消息——蒲州灭门案凶手是两个，立刻重新验尸。

李振峰长长地舒了口气，他冲着门外站着的蒲州市公安局刑侦支队干警点头示意可以进行交接工作，身后却传来了王晓春颤抖的声音：“别，别把我送回去，我交代，我申请从宽处理。”

李振峰其实已经知道他要说什么了，但还是转身看着他：“你想说什么？”

“你，你先答应我。”

“你没资格跟我讲条件。”李振峰冷冷地说道，“安警官的事，我们已经知道了，你也不必费心了。”

“安警官不是我杀的，我没让他杀人，他疯了，真的疯了。安警官是蒋万安杀的，我只是想让他拿到那个黑色公文包而已……求求你，我错了，别把我关进去，求你了，我精神不正常，我进过精神病院，我，我有病历记录……”王晓春瞬间变成了暴躁的孩子，又是哭又是闹，眼泪鼻涕一大把。如果不是手铐把他固定在了约束椅上的话，后果不堪设想。

李振峰头也不回地走出了房间，门在背后缓缓关上。

面对走廊里的两位蒲州市公安局的同事，他轻轻叹了口气：“你们也看到了，他心里有鬼，所以现在精神状况也有点不太稳定。”

其中一位年纪较大的刑警点了点头：“李队，放心吧，这种撒泼耍赖的货色我们见多了，有对付他的方法的。”

李振峰尴尬地笑了笑：“我刚才使了个诈，不过现在我同事已经在对尸体进行再次勘验了，7具，工作量不小，但是至少是看得见曙光的。”

“这也是我们工作上的失误，当初招聘的时候没有把好关，让这种人进来，真是丢我们警察的脸。我们于队都请求调去基层派出所当巡逻警了，正副局领导也挨了处分，全省通报批评。让这种坏分子进入警队是我们的耻辱。”老警察神情沮丧，“真没想到我们看犯罪嫌疑人一看一个准，看自己队伍里的坏分子却大意了。作为全局处分，后续3年我们局里都没有招聘了，编制也降低了一档，不过这样也好，以后用实际行动再去慢慢弥补吧。”

李振峰本想宽慰几句，话到嘴边却说不出一个字，只能长长地叹了口气。

“对了，李队，你们的安警官，到底是怎么遇害的？”年纪较轻的刑警问道。

李振峰嘴角露出了一丝苦笑：“我兄弟啊，怎么说呢，为人太实诚了，我交代给他任务，叫他去你们蒲州调查蒋万安的事，结果呢，拔出萝卜带出泥，一下子牵出好多情况，眼瞅着要挖掘出真相却被害了。他太信任王晓春了，把自己的想法都跟对方说，还好在临上飞机前给我打了个电话又确认了一些情况，所以有些在工作笔记上没写的事情，他也都告诉我了。安东上飞机后，王晓春急了，因为他做梦都没有想到自己的秘密可以瞒得住周围很多人，却无法瞒住一个远道而来的警察同行。于是，他情急之下就叫蒋万安出面抢走公文包，谁想蒋万安有强迫症，直接就把我兄弟杀了，我兄弟拼命护住了公文包并抓伤了她，给我们顺利破案留下了关键性的证据。消息传过去，后面的事，你们就知道了。”

老刑警嘿嘿一笑：“天网恢恢，疏而不漏。”

“蜘蛛”醒来已经是一个月以后的事了。

得到消息后，李振峰便匆忙赶到医院。病房在九楼独立病区，门口24小时有人守着。为安全起见，同层没有再安排别的病人。

李振峰来到病房门口，值班的警察是小邓手下的人，一个刚入行的年轻警察，他认识李振峰，便赶紧站起身立正。李振峰微微一笑，摇摇头，示意他坐下，这才推门走进了病房。

房间里的墙壁被刷成了一片淡淡的绿色，给人一种平静的感觉。监护仪上面的红灯不断闪烁着，屏幕上也是有规律的波动。

“蜘蛛”斜靠在病床的枕头上，看着窗外的阳光，一只手被手铐铐在了护栏上，插着导尿管，整个人比上一次见面时整整瘦了一圈。

听到房门的响动，“蜘蛛”把头转了过来，他认出了李振峰，点点头：“你来了。”

李振峰在他身边的椅子上坐了下来，看着他，许久，轻声说道：“我终于知道你为什么给自己取名叫‘蜘蛛’了，因为大自然中的蜘蛛一辈子都很孤单，只有在每一次成功捕猎和吞噬掉对方后才能够真正体会到自身存在的价值。你这一辈子其实一直都在寻找被人认同的机会，因为你害怕孤单，所以明知道别人是在利用你，内心根本就瞧不起你，你还是死心塌地地遵守着你的人生准则。我不知道你的童年到底经历了什么，但是有一点我可以肯定，那就是你一直在试图逃离。所以，当你离开生你养你的村落时，你根本就没打算回去。”

“蜘蛛”嘴角微微抽动，脸上露出了一种奇怪的笑容，“你不会明白的，那种黑暗，看不到尽头的黑暗，我到现在晚上睡觉都不敢关灯，因为我生怕黑暗又一次在梦中把我带走，那时候我就真的再也醒不过来了。”

“黑暗？”

“冰冷而又坚硬的黑暗，”说着，他又轻轻叹了口气，“你不会明白的。但是我现在不怕了。”

李振峰心中一震：“你小时候经常被你继母关在漆黑的空间里，不给你吃的，对不对？”

“蜘蛛”看向了另一个方向。“都过去了，不要再提了。你的目的不就是要我的口供吗？”他伸手指了指床头柜，“里面有一个信封，是我的自白书，我都签字按手印了，有见证人签名的。几起案子都是我做的，包括那位死在公安局门口的刑警。他是个勇敢的家伙，说真的，我有些卑鄙了，因为实打实地较量的话，我肯定不是他的对手。我向他们说对不起了，如果有下辈子，我一定会报答他们，好好做人。尤其是那个勇敢的警察，最后的那一刻，他真的一点都不怕死，是条汉子！”说到这儿，“蜘蛛”抬头看向李振峰，脸上露出了虚弱的笑容。

"我随时都可能离开这个世界。""蜘蛛"咧嘴一笑，眼神中闪烁着异样的光芒。

"肿瘤没有摘除吗？"李振峰感到有些意外。

"蜘蛛"摇摇头，叹了口气："医生说这个脑瘤是我小时候被打后未及时治疗形成的，时间太久了，脑部血管都变形了。或许，这就是我的报应吧。对了，那个信封中还有一个U盘，是我所有案子的录影，包括蒲州灭门案，我想，你们会用得到的，我都录下来了，也算是我送给那家伙最后的礼物吧。"说着，他缓缓闭上了双眼。

李振峰迟疑了一会儿后，轻轻叹了口气，说道："我一直有件事想不明白，你为什么那么信任王晓春？为什么心甘情愿地做他的傀儡？"

"蜘蛛"若有所思地看了他一眼，目光有些空洞："人是群居性动物，如果孤独久了，是会抑郁的。我虽然孤独，但我一点儿也不绝望。现在我已经习惯了听别人说话，也就更渴望别人能听我说话。"说到这儿，他轻轻叹了口气，闭上双眼，"他是我最好的倾听者，我也是他最好的倾听者。我一直都把他当兄弟。"

李振峰默默地摇了摇头，然后看着"蜘蛛"说："我曾经听过这样一句话，'想要窥探一个人的内心世界，就像一次冒险旅程，因为每一个人，无论他有多真善，在他的内心深处往往是漆黑一片'。你窥探太久了。"

"蜘蛛"默不作声，转头看向窗外，眼神中充满绝望。随后，"蜘蛛"重重地发出了一声叹息，这声叹息是一个人生命终止时才能发出的声音。

与此同时，心肺监测仪上出现了一条直线。看着“蜘蛛”平静的面容，李振峰心中微微一怔，目光复杂。

零乱的脚步声在走廊上响起，那是护士和值班医生的脚步声。

李振峰拉开床头柜，在里面果然发现了一个信封，还有一张纸条和一张相片，相片真是赵晓楠丢失的那一张，纸条上写着：李警官，请帮我把这张相片亲手交还给赵晓楠法医，替我跟她说声对不起，如果还有下辈子，如果还有机会，我一定好好生活，好好爱这个世界，做个好人。

署名：蒋万安。

准备把尸体运往太平间的时候，李振峰的目光无意中落在了“蜘蛛”滑落的右手臂上，那上面布满了累累的刀痕，瞬间，他一切都明白了。

夕阳西下，赵晓楠关好办公室的门，刚一转身就看见了坐在长椅上的李振峰。

“李队，你……”

“我有事找你。”李振峰轻轻一笑，右手在自己身边的椅子上拍了拍，“能坐下谈谈吗？”

赵晓楠没有拒绝，上前坐了下来：“你说吧。”

李振峰从兜里取出那张相片递给她：“‘蜘蛛’走了，今天上午，这是他临走前叫我交还给你的，还说如果有下辈子的话，他一定好好做人，好好去爱这个世界。还叫我跟你说对不起。”

空气一下子变得有些沉重，赵晓楠无声地收起了相片。

“我父亲赵军和不是车祸死的，他是自杀。”赵晓楠哑声说道，“他其实早就患上了抑郁症，但是因为我母亲一直照顾着他，所以，我母亲在世的时候，他没有发病。可是我母亲去世后，父亲的抑郁症就加重了，有好几次，都是我把他从死亡线上拉回来的。你知道我家为什么那么单调吗？因为很多有可能导致他自杀的东西都被我扔了。我本以为父亲能一直好好地安逸地走完自己的一生，但是‘6·17’案件过后，我发觉我再也救不了他了，”说到这儿，赵晓楠脸上露出了苦笑，“你永远都不会明白一个法医要想自杀的话，是多么容易，我父亲用的是一支圆珠笔芯，就这么简单。我后来把浴缸拆了，我自己一个人干的，因为浴缸里最后全是我父亲的血，我不可能再去使用那个浴缸了。我一直想弄明白的，不是我父亲的死因，而是我父亲最后那个没有完成的心愿，他在遗书中对我说，叫我别恨他。他把我一个人丢在这个世界上，我怎么可能不恨他？他还提到‘6·17’案件，提到李大强的名字，说最后拜托我一件事，一定要弄清楚这个案子，不然他去了另一个世界也不会感到心安的。”她长长地舒了口气，笑了笑，“不过现在，我想我父亲应该可以笑着离开了吧，你说对不对？”

李振峰若有所思地看着赵晓楠，夕阳在她的头发上留下了一道美丽的光环。

尾声

记忆在这样犹豫着的时间里发酵，
终究走上了两条各自不同的路。

深秋，红叶烂漫。

参加完安东的海葬，李振峰便开车返回了安平路308号。他把车停在大院的角落，径直回了二楼自己的办公室。他一边走一边解开警服的风纪扣，经过安东的办公桌时，他把一朵白色的菊花放在了桌上。

摘下警帽挂好，他弯腰打开了那个似乎被锁了很久的抽屉，拿出于老板给自己的纸包，想了想，最后索性底儿朝天倒在了桌面上。里面东西其实并不多，只有一张用塑料薄膜封好的旧报纸、一张旧的房屋设计图、一封年代久远的家书和一张古老的黑白相片。

就在这时，小范探头进来说道："李哥，差点儿忘了跟你说了，两天前有个大学教授打电话找你，说什么密码分析的，这是她给你的留言。"

李振峰一皱眉："怎么到现在才说。"随即手一伸，接过了小范递给自己的纸条，上面就四个字——李林杀我。

李振峰惊得目瞪口呆，他伸手一指纸条："小范，你确定没记错？”

小范摇摇头，委屈地说道：“没，我和她核实了好几遍，最后还问她是不是急件，因为你去法院了。结果那老太太回我一句——不急，100年都等了，还差这几天？”

“李哥，她怎么知道是100年的？”小范好奇地问。

“因为我给她的那串速记密码是100年前才有的玩意儿，她才会这么说。”李振峰心神不宁地朝外挥挥手，“把门带上，我要安静会儿。”

傍晚，李振峰开车回了趟家，一进门直接就走进了父亲李大强的书房，然后一股脑儿把所有的东西都倒在了书桌上，指着这些，神情激动地问正在书桌旁看书的父亲：“爸，死者是太爷爷的亲妹妹李玉兰，凶手就是太爷爷，这是他唯一的妹妹，他怎么下得去手？还有，那个办公室，现在的法医办公室，当年就是太爷爷李林的办公室，是他亲手把自己的妹妹塞进了那堵墙，正对着他办公桌的墙，然后就这么看着那堵墙，听着妹妹临死时的哀号。爸，他到底是不是人啊？让我们家族蒙羞，难怪了，他不让后人祭祀他！他还知道他不配！”

突然，李振峰怔住了，因为李大强没有露出惊愕的神情，而是嘴唇颤抖，老泪纵横。

“爸，难道说你一直都知道这个事？”李振峰简直不敢相信自己的眼睛，“你都知道？你为什么不告诉我？咱们家族的人做出这么可怕的事情，你为什么不说出来？”

身后突然传来母亲陈芳茹的声音：“老头子，阿峰既然已经知道了，你就别瞒着他了，给他看吧。”

李大强轻轻叹了口气，然后从腰间摸索出一把老式钥匙，打开了面前的书桌抽屉，在最里面的夹层中找出一个牛皮纸信封，然后放在桌上，轻轻推到李振峰面前，哑声说道："你要找的答案。"

李振峰拿起那封信，刚要打开，李大强伸手拦住了他，语重心长地说道："你要记住，阿峰，那是个兵荒马乱的年代，有些人不得不做出痛苦的选择，就算一辈子都会良心不安，也仍旧要做，你太爷爷因为职务特殊，他无法置身事外。但是无论他做过什么，他绝对没有让我们家族蒙羞过，而他最后做出的决定，也是经过深思熟虑的，我们作为他的后人，能做的就是尊重他的抉择。总之，阿峰，你好好看吧，爸爸不打扰你。"说着，李大强摘下了老花镜，然后平静地走出了书房，顺手带上了门。

李振峰望着李大强的背影消失在门口，低头打开了发黄的信件。

本人李林，生前最后的职务乃安平城第一巡捕房华人探长，本人供认亲手砍伤本人之唯一胞妹李玉兰，并把她禁锢于巡捕房内密室之中，任由其死亡并严守其尸体下落之秘密，确保无虞。

本人尊重家父遗愿——不亲手杀死胞妹。

但是胞妹的死全由本人一手造成，故此，本人写下此遗书以告知吾之后人，今后逢年过节祭祀务必撤去本人之所有牌位，吾亦不受任何香火，且宗祠除名。

胞妹李玉兰，背叛国家，背叛民族，投靠异类，罪行累累罄竹难书，身为其胞兄，深感蒙羞，为避免其继续祸害国民，本人无奈出此下策，今愿以本人之命抵偿胞妹之命，期盼胞妹来世能堂堂正正重新做人。

李林顿首绝笔

1928年7月12日

李振峰看完信件，走到窗边望着远方，记忆在这样犹豫着的时间里发酵，终究走上了两条各自不同的路。

远处夕阳如血一般殷红，海鸥飞过，阵阵长鸣……

番外　树欲静而风不止

两只老虎，两只老虎，
跑得快，跑得快，
一只没有耳朵，一只没有眼睛，
真奇怪，真奇怪……

1928年夏季的一个夜晚，李林的内心却突然感受到了一阵阵秋天般的凉意。

李林站在书房里，墙上挂着父亲的相片，面前的桌案上摆着一个紫红色的绒布袋子，他的目光久久地凝视着它，苦苦思索着什么，以至没有察觉到妻子华菊芳出现在书房门口。

“林——”妻子的眼神中流露出了深深的担忧与不舍，“你真的要去吗？”

李林抬头，转身的刹那间桌上的绒布袋子消失了，浓浓的笑意出现在他的脸上：“阿芳，没事的，你不用担心我。”

“华仔睡着了。林，”华菊芳欲言又止，她紧紧地咬住了自己的嘴唇，似乎在竭力控制住内心的不安，终于，她抬头说道，“你既然已经决定了，那就去吧，我和华仔等你平安回来。”

李林温柔地看了妻子一眼，伸手指了指靠墙的红木书柜，平静地说道：“阿芳，我把所有的东西都放在第一个带锁的柜子里了，如果明天午时前我还没有回来，你就打开它，然后带着华仔和箱子里的东西去乡下你娘家的老屋住，永远都不要再回来，记住了吗？

陈伯会在那里等你们。”

华菊芳强忍着没让眼泪掉下来，她用力点点头：“走之前去看下华仔吧，林！”

李林苦笑着摇摇头：“别傻了，我又不是见不到了。”

内心深处的他知道自己承担不起后悔的代价。于是，他最后拥抱了一下妻子，便头也不回地走出了家门。

夜晚的安平县城街上偶尔也会有行人经过，但更多的是一些他不愿意看到的人。不过这本就是个兵荒马乱的年代，魑魅魍魉游走街头也是很正常的。

从家里走到安平路巡捕房只花了不到10分钟。

李林打发走了阿水和阿才——乐百门舞厅今晚有通宵场，阿水绝对不会错过，而阿才早就心心念念家里生病的老母亲，所以对顶头上司的突然开恩，两人自然不会细究个中缘由。

至于说逮住的那个家伙，只不过是偷了租界天主教堂功德箱里的几个铜板而已，本就不是什么大事。李林叫他写下了悔过书后，也一并把他打发走了。

最后，楼里的老落地钟敲了10下，整个大楼里瞬间安静了下来。

一切准备好后，李林背手站立在黑暗中，目光犀利地注视着楼外院子里的动静。

很快，院子里便开进了一辆黑色的庞蒂亚克，犹如幽灵一般无声地在台阶下停住，从驾驶座上下来一位年轻的女性，她关上车门，左右看了看，然后便毫不犹豫地走进了楼内。

楼内漆黑一片，只能听到墙角的落地钟发出的单调的“嗒嗒”声。

年轻女人的脚步停了下来，她左右看看，转身刚准备离开，身后便传来了李林沙哑的嗓音：“妹妹。”同时，“刺啦”一声，火柴点亮了房间里的蜡烛。

李玉兰猛地转身，眼神中的一丝慌乱转瞬即逝，看着坐在椅子上的李林，她旁若无人地收起了手中的勃朗宁，莞尔一笑：“哥，你装神弄鬼地干什么？把我大老远地约到这儿来，还搞得这么神秘？说，找我有什么事？”

“刺啦”一声，李林又点燃了面前茶几上的另一支蜡烛，瞬间，楼里变得亮堂了许多。

“坐吧，陪我下盘棋。”

李玉兰难以置信地笑出了声，但是尽管如此，她还是在李林对面坐了下来，面前的茶几上摆着一副熟悉的棋盘，右手边是一壶茶，两个碧玉茶杯，茶水是刚刚沏好的，虽然盖着盖子，却依然能够闻到清冽的茶香。

“你叫我来就是陪你下棋？哥，你也太有闲情逸致了吧？”李玉兰摘下了精致的白纱手套，微微一笑，目光中却闪过了冰冷，“那我就陪你玩玩，不过，你可别忘了，你是绝对赢不了我的。”

一阵风吹过，烛光摇曳，李林伸出握拳的右手，手背向上：“猜。”

李玉兰瞥了他一眼：“双。”

李林轻轻叹了口气，摊开右手：“你赢了，你先。”

“哥，因为你始终都只会出双，而不会出单，明白吗？”李玉兰的声音苍白如纸。

李林没有正面回答她，只是给两人的茶杯里都分别倒满茶水：

“这是你嫂子老家的碧螺春，今年刚托人带来的，知道你喜欢喝。”

“嫂子还好吗？我挺忙的，都没时间去看她。”李玉兰在棋盘上放下了一枚黑子。

“托你的福，她和华仔都很好。”李林也落下一子。

“哥，有些话我知道你不喜欢听，但谁叫我是你的妹妹呢，你说是不是，你还是考虑一下吧，去那边帮他工作，这样的话，嫂子就不用天天那么辛苦了。”李玉兰又提到了那个让人不喜欢的话题，但是这一次，李林却并没有生气，他脸上的表情依旧平静自然，就好像第一次听自己妹妹提起这件事一样。

“哥，你在听我说话吗？”

李林抬起头，轻轻一笑：“当然，我答应你，事情结束后，我一定会去找他的。”说着，他伸手指了指棋盘，“该你了。”

李玉兰有些意外：“哥，你真的答应了？”

“我会去找他的。”李林看了看茶杯，“快凉了，会影响口味，喝了吧。”

李玉兰点点头，开心地笑了：“谢谢哥，我就知道你会同意的。”她顺势又在棋盘上落下一子。

李林紧紧地盯着棋盘，似乎在犹豫着什么，直到李玉兰喝下了第三杯茶的时候，他才如释重负般轻轻点了点头：“你输了。”

“你说什么？”李玉兰猛地回过神来，她低头看向棋盘，果真如李林所说，她已经没有了任何退路，除了认输。

“你……你，这不公平！”她忍不住叫了起来。

黄色的烛光中，李林的脸上露出了鄙夷的神情：“每一步棋子都是你自己下的，没有人逼你，这是你自己造成的结局。”

话音刚落，李玉兰手中的棋子滚落到了棋盘上，她的身子也瘫软了下去，她惊恐而又愤怒地看着李林：“哥，你在，在茶里下了毒？你要杀我？”

李林摇摇头，他站起身，扛起妹妹，吹熄蜡烛后一步步摸黑向地下室走去。

“你……你放开我，哥，你放开我，你知道这么做的后果吗？哥……”

李林根本就没有在意李玉兰逐渐颤抖的声音，他一边走着，一边默默地自言自语：“1926年12月1日午夜，安平县张李巷9号纵火案，一家8口被发现烧死在家中，门上铁将军把门，窗户被人封死，邻居说火场中传出的惨叫声让人听了头皮发麻。

“1926年12月23日午夜，安平县王家小学旁的碾子村村东头欧阳家，4条人命，死法完全相同，铁将军把门，火势异常凶猛，无法救援。

“1927年3月8日午夜，安平县吉祥路71号老人院，午夜一场火灾夺去了24条人命。

“1927年9月4日午夜，安平县凤鸣路幼稚园发生火灾，32个孩子被活活烧死。

“1928年4月3日午夜，安平县收容所被人纵火，17条人命。”

突然，李林停下了脚步，他推开一扇门走了进去，然后重重地把妹妹放在了椅子上，接着便在她面前坐了下来：“最后一次，上个月7号，安平县童子军营地，6条人命。”

房间里的空气混浊而怪异。

“你，你跟我说这些干什么？”李玉兰想挣扎，但是自己的四肢根本无法动弹，整个人除了脖子能转动外，全身软弱无力，“哥，你到底给我下了什么药？”

“刺啦”一声，蜡烛被点亮的刹那，李玉兰惊恐得差点叫出声来，正对着自己的墙面上是一个可怕的黑洞：“这是什么地方？你为什么要把我带到这里？哥，你到底想干什么？”

李林始终都低着头，这时候他才抬头看着前方，目光中却空洞无物：“91条人命，据说，他们在出事前都经历过一件相同的事——得到过一家盛心教会的捐助，这家教会给钱给粮，还贴心地给人看病，给孩子检查身体，尤其是那个年轻的女医生，人长得美，心也善良。只是这些受捐助的人都有一个相同的结局，那就是一个月后，都被烧死了。”他把头转向李玉兰，冷冷地说道，“李医生，我说得对不对？你们之所以不让尸体留下来，就是因为他们都感染上了一种致命的病毒——肺鼠疫。而最终选择将他们活活烧死，一方面是因为怕病毒在安平县城扩散，另一方面是掩盖他们最终的目的。”

“你，你是怎么知道的？”因为惊恐，李玉兰喘息着问道。

“陈伯去收容所见自己的叔叔时无意中认出了你，他知道自己的老东家是干什么的，所以在他叔叔莫名去世后，陈伯就连夜来求我了。妹妹，父亲让你去学医可不是让你害人，我们李家悬壶济世上百年，祖上还曾经做过太医，而你却帮着别人害人，你对得起父亲对你的期待吗？你还是个中国人吗？”李林的声音低沉而又微微颤抖。

“哥，哥，你听我说，我快要成功了，你跟我一起走，离开中国，离开，远远地，好不好，你带上嫂子，哦，不，只要有钱了，什么样的女人都好找，他们给了我好多钱，只要我研制出疫苗，我们就发达了，真的，好几辈子都用不完的钱啊，哥，你在听我说话吗？哥，哥……”

“你对我这么好不就是要父亲给我的《金匮要略》吗？”李林苦笑，“你也不想想，你是学医的，父亲临死前却把《金匮要略》给了我，你不觉得奇怪吗？”

李玉兰的脸瞬间铁青，她突然语速飞快地对李林说道：“哥，我警告你，你答应过父亲，你答应过他不会杀我，你发过誓的，你把我放了，你快把我放了，他们明天要是没见到我回去，你会死得很惨，明白吗？还有嫂子和侄子，你就忍心看到他们和那些死了的人一样？哥，你快放了我！”

李林似乎一直都在等妹妹李玉兰说这句话，现在终于听到了，他轻轻叹了口气，站起身来到李玉兰身后，戴上手套，伸出左手捂住她的嘴，右手举起了一把锋利的匕首。

李玉兰疼得昏死了过去。

地上掉落了一个紫红色的绒布袋子，李林弯腰捡起了它，把匕首插了回去。然后面无表情地抱起了被砍断手脚的妹妹，上前几步探身把她塞进了那个黑色墙洞，然后在摇曳的烛光下用早就准备好的砖块和墙灰把墙洞严丝合缝地补好了。

打扫完一切后，他就静静地坐在自己的办公桌后面，看着那个补过的墙洞，似乎在等待着什么。

很快，里面便传出了李玉兰惊恐的尖叫声，但是因为墙洞已经被封死，尖叫只会使空气变得越来越稀薄，而声音也变得断断续续。

眼泪顺着眼眶无声地滚了来，李林轻声地哼起那首记忆深处的童谣——两只老虎，两只老虎，跑得快，跑得快，一只没有耳朵，一只没有眼睛，真奇怪，真奇怪……

一遍又一遍，溶洞里的声音终于消失了，那个曾经被自己亲手送去上学的小妹妹走了。李林探长双手捂着脸，失声痛哭了起来。

两天后，一份报纸传遍了安平县城的大街小巷——益心教会女医生李玉兰离奇失踪，隔日教会失火8人殒命，治下无力，难辞其咎，安平县巡捕房华人探长李林当众请辞，自杀谢罪。